Wilma Müller

Losgelöst –
Nur Asche und Rauch bleiben

AF237569

Wilma Müller, geboren 2003, hat gerade ihr Abitur bestanden. Mit 13 Jahren begann sie ihre Ideen zu Papier zu bringen. „Losgelöst – Nur Asche und Rauch bleiben" ist der finale Band der Gelöst-Trilogie. Außerdem stammen diverse Fantasyromane und die Kinderbuchreihe „Bougoslavien" – eine Katzenwelt aus ihrer Feder.

Wilma Müller

Losgelöst –
Nur Asche und Rauch
bleiben

Bibliografische Information der Deutschen Nationalbibliothek:

Die Deutsche Nationalbibliothek verzeichnet diese Publikation in der Deutschen Nationalbibliografie; detaillierte bibliografische Daten sind im Internet über http://dnb.dnb.de abrufbar.

Illustrator: **Nigella Marx**

Grafik: **Noah Bach**

Herstellung und Verlag: BoD – Books on Demand, Norderstedt

ISBN: 978-3-7568-3990-2

Für alle, denen Geister

im Kopf rumspuken.

;-)

Kapitel 1 – Ilka

Direkt neben mir ging eine Granate hoch. Noch gerade rechtzeitig konnte ich mich mit einer Nebelwand schützen. Trotzdem riss mich die Druckwelle der Explosion von den Füßen. Hart knallte mein Kopf gegen einen Brustpanzer, der seinem Träger nicht viel gebracht hatte.

Benommen blieb ich für einen Moment liegen. In meinen Ohren surrte es und kurz bildete ich mir ein, das Lied aus dem Radio zu hören und ich verlor mich in der Erinnerung.

Ich wusste nicht einmal wie es hieß, es war nur irgendeins von den tausenden, neumodischen Pop-Liedern. Wenn man mal genauer auf den Text achtete, war es wahrscheinlich der totale Schrott, aber die Melodie war eingängig und ich hatte nichts dagegen, so etwas im Hintergrund laufen zu haben.

Vor mir schlängelte sich die mit Schlaglöchern übersäte Straße ihren Weg durch die im ruhigen Wind wiegenden Felder. So oft war ich diese Strecke schon gefahren, dass ich sie im Schlaf hätte finden können (vorausgesetzt ich könnte im Schlaf auch Auto fahren oder gehen).

Sanft stieg die Straße an, bis auf die Höhe des kleinen Waldstücks, dort hatte man dann den Hügel überwunden und man konnte Widanbach sehen. Mein wunderschönes zu Hause.

Über den Himmel ziehende Wolken malten wandernde Schatten auf die goldbraunen Ähren. Alles wirkte so friedlich und natürlich. Doch diese Schatten jagten mir unwillkürlich einen Schauer über den Rücken.

„Ilka", drang eine Stimme zu mir wie aus weiter Ferne. Etwas verwirrt schaute ich mich um, aber ich war alleine im Auto und auch am Wegesrand und auf den Feldern war keine Menschenseele zu sehen.

„Ilka!", dieses Mal war sie drängender und lauter. Am Rand meines Bewusstseins wurden Schreie hörbar, das Klirren von Waffen. Immer mehr verblasste meine Erinnerung und ich kam wieder in der Gegenwart an.

Etwas desorientiert blinzelte ich nach oben. „Wilhelm?", murmelte ich und fasste mir gegen meinen brummenden Schädel. „Hoch mit dir!", auf seine typisch feinfühlige Art riss er mich auf die Beine.

Für einen Herzschlag schaute ich auf das Kampfgetümmel vor mir. „Das ist doch Irrsinn", sprach ich meine Gedanken laut aus. „Ist halt eine Großoffensive", meinte die kämpferische Seele als wäre es nichts weiter. Locker blockte er mit seinem Schwert einen Pfeil ab, der in unsere Richtung flog, doch ich konnte ihm seine Anspannung ansehen.

„Dann treten wir diesem Schattenvolk mal ordentlich in den Allerwertesten", entschlossen ließ ich etwas Nebel aus meinen Händen strömen, auch wenn es hier sowieso schon ziemlich dunstig aussah.

Eine Granate kam auf uns zu. Keine Ahnung, ob sie von den Schattenseelen oder von uns stammte. War mir auch egal, ich wollte nicht noch einmal durch die Luft geschleudert werden. Also lenkte ich sie durch ein geschicktes Zusammentreffen mit einem meiner Flager um, sodass sie stattdessen über den Köpfen einer kleinen Gruppe Schattenseelen explodierte, die sich gerade formiert hatten. Jetzt wurde nichts mehr aus ihrem kleinen Angriff.

„Nicht töten lassen!", rief mir Wilhelm noch über die Schulter zu, als er sich wieder mitten ins Gefecht stürzte. Und auch ich machte mich wieder daran Schattenseelen auszuschalten. Ständig flogen mir Granaten, Tränke, Pfeile und noch so manch anderes um die Ohren. Es war unmöglich auf alles gleichzeitig zu achten. Alles war völlig chaotisch und es kam mir so vor, als würde die Flut an Feinden nie abreißen.

Irgendwann hatte ich fast alle meine eigenen Waffen verloren und ich machte einfach mit dem weiter, was mir so in die Finger fiel. Einen meiner Flager fand ich wieder, den benutzte ich danach natürlich. Ansonsten bemächtigte ich mich größtenteils anderer Flager, die auf dem Boden lagen oder ziellos durch die Luft zogen. Wenn es wirklich kritisch wurde, griff ich auch mal nach einem Schwert oder einer Axt, allerdings konnte ich damit nicht so besonders gut umgehen.

Plötzlich blieb mein Fuß an etwas hängen und ich verlor den Halt. Um Haaresbreite wäre ich durch meine Tollpatschigkeit von einem zerbrochenen Speer, der im Boden steckte, aufgespießt worden. Das wäre echt ein peinlicher Tod gewesen! Neben mir lag jemand auf dem Boden. Angespannt schaute ich genauer hin. Nicht dass ich neben einer verwundeten Schattenseele lag, die ihre Chance nutzte, um mich mit in den Tod zu holen. Doch ich hatte nichts zu befürchten.

Mit ausdruckslosen Augen schaute mich ein mittelalter Mann an. Seine hellen Haare klebten ihm blutig an der Stirn. Gerade als ich seine ebenfalls blutverschmierte Kleidung unter die Lupe nahm, um festzustellen ob er einer von uns oder einer von denen war (auch wenn das jetzt nichts mehr änderte), löste er sich vor meinen Augen auf.

Mit einem kämpferischen Aufschrei stach eine Frau ganz in schwarzer Kleidung mit ihrem Schwert nach mir. Doch ich kam ihr zuvor. Zielsicher trennte ich ihr mit einem Flager den Kopf ab. Und noch bevor die Leiche auf dem Boden aufkommen konnte, zerfiel auch ihr Körper in winzige, flimmernde Stückchen, die innerhalb von Sekunden vollkommen verblasst waren.

Nur ihr Schwert fiel klirrend zu dem anderen Zeug, das sich hier schon angesammelt hatte. So viele waren hier schon umgekommen und niemand war bereit nachzugeben. Einfach nur schrecklich.

Mühsam stand ich wieder auf. Erst jetzt bemerkte ich die Wunde an meinem Bein, bis jetzt war sie mir dank all dem Adrenalin gar nicht aufgefallen, doch langsam gewann die Erschöpfung die Oberhand.

Kaum dass ich wieder auf den Füßen war, knallte mir ein Geist gegen den Rücken. Und wieder landete ich im Dreck. Gereizt schob ich den regungslosen Körper von mir runter. Scheinbar hatte jemand seinen Gegner einfach in der Gegend rumgeworfen und ich hatte das Pech gehabt in Wurfrichtung zu stehen.

Warum mussten mich so Sachen immer treffen?!

Grimmig stand ich erneut auf und klopfte mir ein bisschen den Dreck von den Klamotten, auch wenn ich mir das eigentlich hätte sparen können. Ich war sowieso übersät mit kleinen Blutspritzern, Ascheresten von etlichen explosiven Geräten und noch jede Menge anderen Arten von Schmutz, die sich bei diesem ganzen Gekämpfe ansammelten.

Und dann erkannte ich sie. Mir stockte der Atem. Oh mein Gott! Meike!

Sofort ließ ich mich wieder zu ihr auf den Boden fallen. Ein Schwertknauf ragte aus dem Bauch meiner Freundin und eine dünne Spur Blut lief ihr aus dem Mundwinkel.

Mit rasendem Herzen tastete ich nach ihrem Puls. Ja, da war er, zwar schwach, aber noch da. Ohne lang zu fackeln startete ich eine Nebelreise zum Spiegelsee. Dort versorgten die Heiler die zahlreichen Verwundeten. Hoffentlich konnten sie auch Meike helfen.

Hätte ich nur früher hingesehen! Meine Freundin fällt schwerverwundet auf mich und was mache ich?! Schmollen, aufstehen, klamottenrichten. Wütend auf mich selbst starrte ich geradeaus, während ich mit Meike im Arm nach oben schwamm.

Endlich durchstieß mein Kopf die Wasseroberfläche. „Ich brauche Hilfe!", meine Stimme klang ganz schrill vor Sorge. Mit leicht zittrigen Händen legte ich meine verrückte Freundin vorsichtig ans Ufer. Sie sah so blass aus.

„Ilka!", rief eine bekannte Stimme und Flora kam auf mich zugelaufen. Gerade hatte sie einem jungen Mann mit rabenschwarzen, in alle Richtungen abstehenden Haaren, eine Armschlinge umgelegt. Im Gesicht hatte er noch einige Schrammen und auch der Oberkörper schien noch ein wenig Pflege vertragen zu können, aber Meike brauchte dringender Hilfe.

Konzentriert musterte Flora für einen Herzschlag den Schwertknauf. Dann zog sie ihn mit einem Ruck raus. Sofort sickerte dunkelrotes Blut aus der Wunde. Schnell drückte die Heilerin irgendwelche Kräuter in den Schnitt, schüttete einen ordentlichen Schluck einer übelriechenden Flüssigkeit dazu und verteilte eine rosa Salbe um die Wundränder.

Mit schlafwandlerischer Sicherheit fing Flora an, irgendetwas in einer Schale anzurühren.

„Das Schwert ist vergiftet. Ich kriege Meike schon wieder hin, aber sie wird Zeit brauchen, um sich zu erholen", informierte sie mich nebenbei. „Und wie sieht die Lage hier ansonsten aus?", fragte ich und ließ den Blick zum ersten Mal wirklich über die Lichtung schweifen.

Das hier war mein zweites zu Hause und jetzt waren überall Blut und Schmerz.

„Es ist gut, dass wir schon Vorräte angelegt hatten. Aber wir kommen trotzdem kaum nach. Keine Ahnung wie es mit den Toten aussieht", antwortete mir Flora und schaute ernst auf Meike herab.

„Ich sollte vielleicht wieder los…", meinte ich von einem eiskalten Gefühl ergriffen. Langsam entfernte ich mich ein wenig vom Ufer. „Pass auf dich auf, ja?", Floras sonst so unbeschwerte Art war von Angst überschattet. „Natürlich", sagte ich darauf nur irgendwie mechanisch.

Warum machten wir diesen ganzen Wahnsinn überhaupt? Na ja, eigentlich wusste ich es schon. Die Schattenseelen waren uns schon zu nahe gekommen und wenn wir ihnen nicht die Stirn boten, würden sie uns vollkommen zurückdrängen und wir müssten versteckt und in Angst leben, so wie die Lichtseelen. Trotzdem wünschte ich mir, dass es aufhörte.

Mit einem gewaltigen Knoten im Bauch tauchte ich unter. Ich wollte den See nutzen, um wieder zurückzugehen, aber eigentlich wollte ich das nicht.

Kleine Auseinandersetzungen machten ja fast schon Spaß. Doch das hier war etwas ganz anderes. Freund und Feind waren kaum zu unterscheiden. Und Seelen starben, ohne dass ihre Kameraden es merkten.

So wollte ich nicht sterben. In mich hatte sich eine unfassbare Angst gekrallt. Nur eine falsche Bewegung und ich könnte tot sein oder schlimmer noch, sterbend am Boden liegen, während um mich herum weiter die Schlacht tobte und niemand sah mich…

Ziellos trieb ich durch die blauen Weiten. Der Kampf war unvermeidbar gewesen oder vielleicht doch? Alles hätte anders laufen können. Nur wie? Nie würden die Schattenseelen genug haben und wer von uns wollte diesen verkommenen Seelen schon das geben was sie wollten? Aussichtslos. Alles war aussichtslos…

„Jetzt reiß dich doch mal zusammen! Willst du feige die ganze Zeit hier rumtreiben wie eine Wasserleiche?! Man kann auch sterben, wenn man über eine Teppichkante stolpert! Also geh jetzt da raus und zeig diesen Schattenseelen, dass sie uns nicht kleinkriegen, klar?", rückte ich mir selbst den Kopf zurecht.

Dann mal los.

Auch wenn sich immer noch mein Selbsterhaltungstrieb dagegen sträubte, konzentrierte ich mich auf den Wald, nur wenige Kilometer von Widanbach entfernt. Fast sofort erschien etwa eine Armlänge vor mir das schwammige Fenster.

Noch konnte ich einen Rückzieher machen. Aber was wäre ich dann für eine Nebelseele? Man musste doch zusammenhalten. Außerdem war ich schon als Jungseele nicht vor der Verantwortung weggelaufen, jetzt war nicht die Zeit damit anzufangen.

Entschlossen tauchte ich durch das blasse Portal und landete direkt neben einem der Windräder im Wald. Auf der abgeholzten Fläche standen fünf Nebelseelen dicht an dicht. Um sie herum hatte eine kleine Schar Schattenseelen einen

Angriffsring gebildet, einer von ihnen hielt so einen beschissenen Nebelreisen-Blockierer in der Hand.

Für einen Augenblick blieben die Schattenseelen einfach stehen, wahrscheinlich wollten sie den Moment der Angst ihrer Opfer auskosten. Typisch! Doch dieses Mal würde ihnen ihr Verhalten auf die Füße fallen oder in diesem Fall auf den Kopf.

Wütend landete ich auf dem Kopf der Schattenseele mit dem Nebelreisen-Blockierer. Weil ich aus einiger Höhe gefallen gekommen war, hatte ich den kleinen Mistkerl glatt ausgeknockt. Die allgemeine Verwunderung nutzte ich für einen passenden Spruch: „Hat euch denn niemand beigebracht, dass man mit seinem Essen nicht spielt?"

Betont ruhig zertrat ich den Nebelreisen-Blockierer. Dann hatten sich die Schattenseelen wieder eingekriegt und sie gingen prompt zum Angriff über. Drei Flager hatte ich noch bei mir, die anderen hatte ich zurückgelassen als ich Meike zum Spiegelsee gebracht hatte. Mussten halt die drei reichen.

Konzentriert ließ ich meine scharfen Stricknadeln durch die Luft sausen. Eine Schattenseele nach der anderen ging zu Boden. Auch in meine eingekesselten Kameraden war wieder Leben gekommen und sie stürzten sich auf ihre Widersacher.

Zwei der dunklen Krieger wollten sich mit Schattenreisen verpissen, doch bevor sie sich auflösen konnten, hatte ich sie schon erwischt.

Innerhalb kürzester Zeit hatten wir den Haufen Schattenseelen fertiggemacht. Mit einem Pfeil durch die Schulter und einer ordentlichen Schnittwunde am linken Hinterbein lag ein Puma am Boden. „Henry!", rief ein Junge und ging neben der Raubkatze in die Knie. „Bring ihn mit einer Nebelreise zum Spiegelsee, die kümmern sich dann um deinen Freund", ordnete ich an und machte mich schon für den nächsten Angriff bereit.

Zwischen den Bäumen wurde wild gekämpft und schon drangen die ersten auf die gerade freigeräumte Lichtung vor. Gekonnt ließ ich meine Flager durch die Luft wirbeln und auch die drei noch anwesenden Nebelseelen kämpften mit mir von der Lichtung aus.

So war es deutlich angenehmer als in diesem Getümmel, in dem ständig etwas von hinten, vorne, eigentlich von allen

Seiten, kam. Trotzdem war ich bald so abgekämpft, dass meine Flager zunehmend an Genauigkeit verloren. Außerdem konnte das Adrenalin die Schmerzen nicht mehr überdecken. Schlimm war ich zwar nicht verletzt, aber es tat weh. Plötzlich tauchten um mich herum haufenweise Schattenseelen auf. Ach, du Scheiße! Hatten die es etwa auf mich abgesehen? Ich hatte nicht vor lange genug zu bleiben, um das herauszufinden.

Weil ich fast schon wetten würde, dass sich diese Schattenheinis mit einem Nebelreisen-Blockierer ausgestattet hatten, versuchte ich erst gar nicht auf diesem Weg zu verschwinden.

Kurzerhand flog ich senkrecht nach oben. Einfach aber effektiv.

Pfeilschnell schoss ich an all den verdutzten Gesichtern vorbei und immer höher. Schließlich durchbrach ich den Nebel. Neben mir tauchte ein Rotorblatt des Windrades gemächlich wieder in den grauen Schleier ein und ich tat es ihm nach.

Mit einem kleinen Lächeln auf den Lippen ließ ich mich rückwärts fallen. Für solche Spielereien war jetzt eigentlich kein Platz. Immerhin hatten wir gerade Krieg. Aber ich liebte den Nebel einfach, ich liebte mein Leben. Und solche kleinen Augenblicke hielten einen lebendig.

Weich umgab mich wieder der Nebel. Von links kam ein dunkler Schatten auf mich zu. Jetzt hatte ich den Moment genug genossen. Sofort startete ich wieder durch. Immer mehr Schattenseelen schlossen sich meinem Verfolger an, aber ich ließ mich nicht so einfach einfangen.

Ich musste mich voll und ganz aufs Fliegen mit meinen riskanten Ausweichmanövern konzentrieren, weshalb meine Flager ziemlich ziellos hinter mir hertrieben. Trotzdem schaffte ich es wie durch ein Wunder eine der Schattenseelen abzusäbeln. Dummerweise waren noch genug andere da, um sie zu ersetzen.

Meine Situation wurde immer heikler. Das würde nicht gut ausgehen.

Mir fiel nur eine Möglichkeit ein, wie ich sie vielleicht loswerden konnte. Auch wenn ich von der nicht besonders angetan war. Also dann, auf in den Kampf.

Entschlossen sauste ich nach unten. Allen entgegenkommenden Schattenseelen wich ich spielend aus. Sie hatten halt nicht damit gerechnet, dass ihnen ihr Opfer plötzlich entgegenkommt.

Der Schlachtlärm wurde immer lauter. Ein auf Irrwege geratener Pfeil schoss an mir vorbei und bohrte sich in einen meiner Verfolger, der mir schon unangenehm nahe gekommen war. Jetzt war ich ihn wieder los.

Während ich noch überlegte, wo ein strategisch günstiger Platz zum Landen war, flog wieder etwas auf mich zu. In dem ganzen Durcheinander bemerkte ich es erst ziemlich spät. Hektisch flog ich einen kleinen Haken, um ihm noch auszuweichen. Es erwischte mich leicht kurz unterm Kinn... und blieb hängen. Ernsthaft?! Ein Tirio?! Scheiße!

Augenblicklich war es aus mit der Magie und schon ging es abwärts. Von meinem Sturzflug hatte ich noch so viel Schwung, dass ich weder strategisch noch besonders elegant landete.

Gerade so schaffte ich es mich noch im Fall umzudrehen, sodass ich statt mit dem Kopf, mit den Füßen aufkam. Das hatte zur Folge, dass ich bis zur Hüfte in der Erde versank. Oh man! Seit Jahren hatte ich nicht mehr ungewollt im Boden gesteckt!

Aber es hätte schlimmer kommen können. Nur einen Meter weiter lag eine besitzerlose, zweischneidige Axt rum, die mit der Klinge nach oben zeigte. Wenn ich darauf gelandet wäre... Nein, ich wollte es mir lieber nicht ausmalen.

Ich brauchte meine Magie wieder, sonst war ich schon so gut wie tot. Also biss ich meine Zähne zusammen und riss den Tirio aus meiner Haut. Vor Schmerz keuchte ich auf. Widerlich warmes Blut lief mir den Hals hinab.

Zwei Schattenseelen landeten nicht viel mehr als eine Nasenlänge von mir entfernt. Erschöpft warf ich mit dem Tirio nach ihnen. Doch mein Wurf war so lasch, dass sie ihm selbst auf diese kurze Entfernung locker ausweichen konnten. Über meinen Angriff lachten sie nur.

Ja. Hahaha. Sehr witzig.

Wütend packte ich mir die Axt und schwang sie nach den Beinen dieser beiden Spaßvögel. Damit hatten sie nicht gerechnet. Ich hatte zwar nicht genug Wucht um ihre Beine abzutrennen, aber ich konnte sie zumindest in die Knie zwingen. Jetzt musste ich sie nur noch einen Kopf kleiner machen.

Entschieden holte ich wieder mit der schweren Axt aus, doch mein Opfer hielt die Waffe einfach fest. Dann eben Plan B. Bevor sich die Schattenseelen richtig aufrappeln konnten, nahm ich erneut den Kontakt zu meinen Flagern auf und schickte sie schnell auf Mordmission.

Weitere Schattenseelen waren im Anmarsch. Von meiner jetzigen Position aus konnte ich nicht viel unternehmen. Also krabbelte ich etwas schwerfällig aus dem Boden. Der Tirio hatte mir ordentlich eins ausgewischt und auch schon vorher war ich nicht mehr gerade in Bestform gewesen.

Schnell verdichtete ich den Nebel um mich herum zu einer kuppelförmigen Nebelmauer. Das sollte mir eine kleine Pause verschaffen. Ziemlich fertig legte ich mich auf den Rücken. Ich konnte spüren wie sie auf meine Mauer einschlugen, ewig würde sie nicht mehr halten.

Kurz schloss ich die Augen und stöhnte, mit den Nerven total am Ende. Danach wandte ich mich wieder den praktischen Dingen zu. Oder anders gesagt, ich schaute mir an, was ich noch mit mir in meiner schützenden Kuppel eingeschlossen hatte. Vielleicht war ja was Nützliches dabei.

Es gab ein Messer, mit abgebrochener Spitze, zwei Stiefel mit schicken Klingenspitzen und einen Metallhandschuh mit Stachelaufsätzen an den Knöcheln. Warum nicht. Zog ich mir ein paar neue Sachen an.

Zuerst wechselte ich in aller Ruhe meine Schuhe, als würde da draußen, auf der anderen Seite der Wand aus Nebel, keine erbitterte Schlacht toben. Als nächstes holte ich mir den Handschuh, an dem bei genauerem Betrachten noch ein bisschen Blut hing. Nett.

Klirrend rutschte etwas aus dem stachelbesetzten Accessoire. Ein kleines Fläschchen fiel auf den Boden. Schnell hob ich es auf. Der Deckel fehlte, aber es war noch beinahe voll. Vorsichtig roch ich daran.

War das etwa... ein Heiltrank? Das war fast schon zu schön um wahr zu sein.

Weil ich keinen anderen Weg kannte, als einfach zu probieren, nippte ich an der hellgrünen Flüssigkeit. Tatsächlich! Es war wirklich ein Heiltrank! Gierig trank ich ihn aus. Der eigentliche Besitzer dieses Elixiers war wohl gestorben bevor er dafür die Gelegenheit gehabt hatte.

Augenblicklich fingen meine Wunden an, sich zu verschließen. Erleichtert fuhr ich über mein frischverheiltes Kinn.

Plötzlich tauchte ein schwarzer Schatten neben mir auf. Mit dem Handschuh schlug ich nach der ankommenden Schattenseele. Doch noch bevor sie wirklich da war, machte sie wieder einen Rückzieher. Was sollte das denn?

Nur einen Augenblick später merkte ich es. Mir wurde schwindelig. Meine Mauer löste sich auf. Alles verschwamm um mich herum. Der Schlachtlärm, die auf mich herab starrenden Gesichter. Nichts kam mehr durch. Und dann war einfach alles weg.

Ich konnte ja nicht wissen, dass sie mich für eine Opferung zum Steinsee bringen würde. Aber selbst mit dieser Gewissheit hätte ich nichts tun können. Unaufhaltsam trieb mich der Schleichangriff der Schattenseelen in die Dunkelheit der Ohnmacht.

Kapitel 2 – Jolanda

Der Pfeil bohrte sich in ihre Brust. Mir blieb die Luft weg. Sie taumelte einen Schritt nach hinten. Gegen mich. Ich hielt sie fest oder ich versuchte es. Meine Gedanken waren wie betäubt.

Mit ihr in meinem Arm ging ich langsam auf die Knie und legte sie vorsichtig zu Boden. Ihr Oberteil glänzte feucht von ihrem Blut. Bei jedem ihrer röchelnden Atemzüge bebte der Pfeil.

Sollte ich ihn rausziehen? Oder machte es das nur noch schlimmer?

Hilflos kniete ich neben ihr und starrte ungläubig auf meine Oma herab. Sie konnte doch nicht einfach sterben! Nicht sie! Nicht für mich!

Schwach griff sie nach meiner Hand.

„Igh, igh", würgte sie keuchend. Irgendetwas wollte sie mir sagen, das sah ich in ihren Augen, doch ich wusste nicht was. Dann sackte sie zusammen, leblos. Ihre freie Hand rutschte haltlos auf den versteinerten See und etwas klirrte leise.

„Oma?", fragte ich mit erstickter Stimme. Eine warme Träne lief mir über die Wange. Meine Augen brannten und es fühlte sich an, als würde jemand meine Kehle zudrücken. „Bitte!", es war nicht viel mehr als ein Krächzen.

Was sollte ich nur tun? Sie war wirklich tot. Ich wusste es, aber es war so falsch.

Ihr Körper wurde blasser, durchscheinender. Und dann zerfiel sie einfach in winzig kleine Funken, von denen nichts mehr übrigblieb.

Fassungslos sah ich dabei zu wie feine, glühende Linien wie Adern die steinerne Fläche durchzogen. Dafür war sie gestorben? Gestorben… Meine Oma war tot. Sie war weg und würde nicht wiederkommen. Es war aus.

„Was für ein tragisches Schauspiel", belustigt grinste der Interficientis sein Raubtier-Lächeln. „Es funktioniert", hauchte Katarina fast schon ungläubig. Bestimmt arbeiteten sie schon Jahrzehnte hieran, dann verlor man sicher irgendwann den Glauben daran, sein Ziel wirklich zu erreichen.

„Jetzt noch die Enkelin", befahl der herzlose Anführer zufrieden. Erwartungsvoll legte die eiskalte Bogenschützin den nächsten Pfeil an die Bogensehne. Sie ließ sich Zeit mich anzuvisieren. Verzweiflung, Angst, Wut und Trauer krallten sich in mein Herz und lähmten mich vollkommen.

Meine Oma war tot und jetzt sollte ich auch sterben...

Ich hatte doch schon einmal alles für diesen See gegeben! Ich wollte nie wieder dieses Gefühl haben! Ich wollte nicht sterben! Ich wollte das alles hier nicht!

Katarina ließ die Sehne los. Zischend durchschnitt der Pfeil die Luft. Zitternd kniff ich meine Augen zu. Aber der Schmerz blieb aus.

Ein nervtötendes Piepen drang an mein Ohr. Verwundert öffnete ich meine Augen, doch es fiel mir unglaublich schwer.

Über mir war eine weiße Decke. Der Geruch von Desinfektionsmittel lag in der Luft. Mein Körper war zu erschöpft, ich konnte ihn nicht vernünftig bewegen. Trotzdem war ich mir ziemlich sicher, dass ich in einem Krankenhaus lag.

Wie viele Tage war ich eigentlich von meinem Körper getrennt gewesen? An diesem blöden Schulausflug war ich rausgeschmissen worden und dann... Es war so viel passiert.

Oma Ilka. Bei dem Gedanken an sie traten mir wieder Tränen in die Augen. Stumm lag ich in meinem Krankenbett und weinte vor mich hin. Warum war sie nicht auch einfach in ihren Körper zurückgekehrt? Warum musste sie sterben?

Irgendwann bemerkte auch mal jemand, dass ich aufgewacht war und die Hölle brach los. Jede Menge Tests und Fragen. In meinem Kopf schwirrte alles herum. Mein Körper fühlte sich fast schon fremd an und ich wollte nur noch nach Hause.

Aber obwohl meine Vitalfunktionen wohl erstaunlich normal waren, wollten sie mich noch für zwei Tage zur Beobachtung da behalten.

Als sie mich fertig durchgecheckt hatten, war es schon sehr spät. Die Sonne war längst verschwunden. Von draußen kam nur noch das dämmrige Licht der Straßenlaternen in mein Zimmer.

Zwar war die Besuchszeit eigentlich schon vorbei, aber wegen den besonderen Umständen machten sie für mich eine kleine Ausnahme. Für ein paar Minuten durfte meine Familie mich besuchen. Alle waren da, meine Schwester, meine Eltern, Opa Titus... Nur sie fehlte. Eine riesige Faust zerknüllte meine Eingeweide.

18

„Oma Ilka?", fragte ich mit zittriger Stimme. Bei dem Gedanken an die Antwort brannten mir wieder Tränen in den Augen. „Keine Sorge. Sie hat sich nur eine kleine Erkältung eingefangen und schläft momentan zu Hause. Bald kannst du sie auch wieder sehen", liebevoll legte Opa Titus seine Hand auf meinen Scheitel.

Schluchzend schüttelte ich den Kopf: „Nein, sie ist tot. Ich hab's gesehen." „Schhhh. Ist schon gut. Es ist alles gut", besänftigend nahm mich meine Mama in den Arm. Für einen Moment schaute ich über ihre Schulter. Opa Titus erwiderte meinen Blick. Er verstand mich und ich sah die Sorge in seinen Augen.

Dann drückten mich auch Alma und mein Papa an sich und ich ließ mich von ihrer Nähe trösten. Viel zu früh kam die Krankenschwester wieder rein und sagte, dass sie gehen mussten.

„Morgen kommen wir wieder", versprach mir meine Mama und gab mir einen kleinen Kuss auf die Stirn. Eigentlich war ich dafür ja schon zu alt, aber jetzt gerade war das vollkommen in Ordnung.

„Bald kannst du wieder nach Hause", zum Abschied umarmte mich Alma noch einmal extra fest. Am liebsten hätte ich sie nie wieder losgelassen. „Schlaf schön", wünschte mir mein Papa fürsorglich. „Nichts gegen Krankenhausessen, aber wenn du wieder zu Hause bist, wird zuerst mal schön ordentlich gegrillt", verabschiedete sich Opa Titus mit seinem typischen Humor.

Traurig schaute ich ihnen hinterher. Alleine blieb ich in der Dunkelheit meines Zimmers zurück. Gedämpft hörte ich von draußen das Geräusch des Martinshorns und ein Vogel flog mit einem leisen Aufprall gegen mein Fenster.

Bei dem Gedanken die Nacht hier zu sein, kamen mir fast wieder die Tränen. Ich wollte in mein eigenes Bett! In meinem Zimmer! Mit meinen Fischen und meinen Kuscheltieren!

Vorsichtig legte ich mich auf die Seite und zog meine Beine an. Langsam hatte ich wieder ein bisschen Gefühl für meinen Körper, doch es war immer noch komisch. Und dann all die Fragen, die ich einfach nicht aus meinem Kopf verbannen konnte.

Wie konnte Omas Körper noch leben, wenn ihre Seele doch gegangen war? Wollte mich Opa Titus vielleicht nur schonen, weil ich ja im Krankenhaus lag und mich erst erholen sollte?

Aber er hatte so aufrichtig gewirkt. Wenn Oma für ihn wirklich tot wäre, wäre er doch viel erschütterter gewesen und nicht einfach nur sorgenvoll.

Und Theo. Hatten sie ihm vielleicht etwas angetan, als ich verschwunden war? Wie hatte ich mich überhaupt so von ihm trennen können? Was wenn ich mir über unsere Verbindung unbewusst die nötige Energie gezogen und ihn somit umgebracht hatte? Nein! An sowas durfte ich einfach nicht denken!

Es wäre so leicht Antworten zu bekommen. Ich musste mich nur von meinem Körper loslösen und wieder zurück zu den Geistern.

Aber irgendetwas hielt mich zurück. Pummelchen war gestorben, um mich zu retten. Oma Ilka hatte sich für mich geopfert. Und ich war immer noch hier und ich hatte eine Heidenangst zurückzukehren.

Was, wenn sie es nächstes Mal wirklich schafften mich umzubringen? Oder wenn noch mehr gute Seelen für mich ihr Leben gaben?

Ich wollte das nicht! Ich konnte das einfach nicht!

Mein normales Leben war so ruhig und schlicht. Hier war ich nichts Besonderes, von mir hing nichts ab und meine größte Herausforderung war es, im Geschichtsunterricht nicht einzuschlafen.

Vielleicht sollte ich einfach alles hinter mir lassen. All die Kämpfe und die düsteren Geheimnisse. Immerhin war ich noch am Leben, da sollte ich mich nicht von der Welt nach dem Tod kontrollieren lassen.

Doch das würde auch heißen, dass ich Theo im Stich ließ und auch Fuchszahn, Boudica, Laila, all die netten Seelen würde ich einfach aufgeben. Und natürlich meine Leidenschaft an magischen Geräten zu tüfteln... Drüben war nicht alles schlecht. Nur war es das wert?

Die ganze Zeit wog ich das eine gegen das andere ab und all die offenen Fragen, bei denen ich nicht mal wusste, ob ich die Antworten hören wollte. So bestand wenigstens noch Hoffnung...

Trotz all der Zweifel und der Angst, die mein Herz regelrecht zu Sushi verarbeiteten, fielen mir doch irgendwann die Augen zu.

Asche schwebte vom Himmel wie graue Schneeflocken. Mit bloßen Füßen ging ich über die dicke Schicht Asche, die alles unter sich begraben hatte. *Klagend ragten um mich herum verkohlte Bäume in den wolkenschweren Himmel. Kein Geräusch war zu hören, alles Leben hier war längst verstummt. Irgendetwas sagte mir, dass ich daran schuld war. Nur wegen mir wurde hier alles zerstört.*

Fröstelnd schlang ich meine Arme um mich. Ich trug ein weißes Kleid, das definitiv nicht aus meinem Kleiderschrank kam. Aber gerade kam mir das gar nicht mal so seltsam vor. Beklemmt setzte ich im immer gleichen Rhythmus einen Fuß vor den anderen. Ich wusste nicht wie lange ich hier schon ging, nur dass ich nicht aufhören durfte.

„Erinnerst du dich daran? Der Traum mit dem alles begann. In der Nacht vor dem Unfall träumte Ilka von einem verschneiten Wald in China und ich besuchte sie, um sie zu warnen. Und jetzt? Sieh dir nur an was du getan hast. Von der zerbrechlichen Ruhe sind nur Asche und Rauch geblieben", drang plötzlich eine Stimme durch die Totenstille.

Erschrocken fuhr ich herum. Hinter mir saß auf einem abgebrannten Baumstumpf Pummelchen. Aus ihrer Brust ragte ein Pfeil.

„Ich wollte das nicht", brachte ich heiser hervor. *„Trotzdem hast du es zugelassen!",* abfällig schaute mich die tote Katze an. *„Es tut mir leid",* betroffen machte ich einen verlorenen Schritt auf sie zu.

„Ilka hat wenigstens versucht ihren Fehler wieder gut zu machen, aber du verkriechst dich einfach nur feige!", warf mir Pummelchen hasserfüllt vor.

Schuldbewusst senkte ich meinen Blick.

„Wenn ich gewusst hätte, wie schwach du bist, hätte ich nie mein Leben für dich aufgegeben. Du bist es einfach nicht wert. Du wirst nie sein wie deine Oma", mit diesen Worten wandte sie sich von mir ab und zerfiel zu einem Haufen Asche.

Allein und innerlich ganz hohl stand ich da und kleine Ascheflöckchen verfingen sich in meinen Haaren. Ich erkannte Pummelchen kaum wieder. Wie hatte sie sich nur so verändern können? War das auch meine Schuld?

Plötzlich wurde ich von hinten gepackt und gegen einen der verkohlten Bäume geschleudert. Mein erschrockener Schrei wurde erstickt, als ich mit meinem Gesicht in der Asche landete.

Schnell richtete ich mich wieder auf. Keine zwei Meter von mir entfernt stand meine Oma. Ausdruckslos schaute sie zu mir rüber. Auch in ihrer Brust steckte noch der tödliche Pfeil. In ihrer Hand lag eine schwere Metallkette.

„Es wird Zeit, dass du dorthin kommst, wo du schon längst sein solltest. Der Abgrund wartet", kaum dass sie geendet hatte, schwang sie die Kette wie eine Peitsche nach mir. Gerade so konnte ich zur Seite springen. Bei meiner Landung stob eine kleine Aschewolke auf.

„Oma?", fragte ich zaghaft. Sofort folgte der nächste Schlag. Wieder konnte ich der Kette nur knapp entgehen. Nein, das war nicht mehr meine Oma. Sie war gestorben und sie würde nicht wiederkommen.

Entschlossen griff ich nach einem Schwert, das einfach so rumlag und stellte mich ihr entgegen. Besser als ich je kämpfen könnte, blockte ich die Angriffe der Toten ab und startete eine Attacke nach der anderen.

Ich musste es irgendwie schaffen, ihr die Kette wegzunehmen. Vielleicht konnte ich dann mit ihr reden. Immerhin war sie noch meine Oma… irgendwie.

Auf einmal verfing sich ihre Kette in einem Baum. Wütend zog sich daran, doch bis auf ein klagendes Knarzen war nichts zu holen. Das war meine Chance!

Völlig selbstverständlich holte ich mit meinem Schwert aus und zerschnitt sie in der Körpermitte. Augenblicklich zerfiel auch sie zu Asche. Langsam segelten die Aschefetzen zu Boden und in mir machte sich schleichend die Erkenntnis breit.

Ich hatte meine Oma getötet! Nein! Oh nein, bitte nicht! Warum hatte ich das getan?! So war ich nicht! So konnte ich nicht sein! Ich war keine Mörderin! Und schon gar nicht konnte ich Oma Ilka das antun!

Erschüttert taumelte ich ein paar Schritte rückwärts. Klirrend fiel mir das Schwert aus der Hand. Kalt drückte sich der raue Stein gegen meine Fußsohlen.

Warte… Stein? Hier war doch überall Asche…

Mit einer üblen Vorahnung drehte ich mich um. Ich stand am Rand des versteinerten Sees. In rasendem Tempo zogen sich Risse wie ein Spinnennetz über die Oberfläche. Bevor ich den rettenden Schritt zurück machen konnte, zerbrach der Boden unter meinen Füßen.

Verzweifelt schlug ich mit meinen Armen in der Gegend rum, doch es gab nichts, an dem ich mich festhalten könnte. Vollkommene Leere umgab mich. Umso tiefer ich fiel, desto mehr hatte ich das Gefühl verloren zu gehen. Ich wurde vergessen...

„Jolanda", flüsterte eine warme Stimme und mit einem Mal wurde mir das Herz viel leichter. Sanft endete mein Sturz und ich fing an zu schweben. Er war bei mir, er würde mich nie vergessen.

„Theo", antwortete ich hoffnungsvoll. Ich hatte solche Angst gehabt, auch ihn verloren zu haben. Über unsere übersinnliche Verbindung schickte mir mein Seelenverwandter als Bestätigung eine Welle von Zuneigung.

Ruhe kehrte in mir ein. Es gab noch Hoffnung. Ich hatte nicht alles zerstört.

Kapitel 3 – Ilka

Oh man! Ich fühlte mich wie von einem Bus überfahren (ich weiß, wovon ich rede)! Aber was sollte man auch erwarten, wenn man gerade von einem Pfeil durchbohrt worden war und so ziemlich seine gesamte Energie einem ehemaligen See überschrieben hatte? Wenigstens hatte ich mit diesem Manöver Jolanda die Flucht zurück in ihren Körper ermöglicht.

Langsam streckte ich meine steifen Glieder und blinzelte ein paar Mal, um wieder klar zu sehen. Meine Sicht war zwar etwas grünlich, aber alles schien noch anstandslos zu funktionieren.

Wann war ich das letzte Mal in diesem Körper gewesen? Vor zehn Jahren? Vor zwanzig? Ich konnte es beim besten Willen nicht genau sagen. Auf jeden Fall hatte ich damals Meike einen kleinen Streich gespielt. Bei der Erinnerung daran huschte mir ein kleines Lächeln über das befremdliche Gesicht. Das war wirklich ein schöner und vor allen Dingen lustiger Moment gewesen.

Gedankenverloren blieb ich noch einen Augenblick liegen. Glasklar sah ich vor mir Meike, wie sie mit diesem total bescheuerten Gesichtsausdruck in ihrem Stuhl umkippte und dabei wild mit ihrer Zeitschrift wedelte, als wäre sie eine Fahne. Und natürlich Lailas grunzendes Lachen.

Damals hatte sich alles besser angefühlt. Jetzt kam ich mir so losgelöst vor. Ich war nicht länger ein richtiger Teil dieser Welt. Etwas zog mich weg und es kostete mich enorm viel Willensstärke dem nicht zu folgen.

Ganz langsam krabbelte ich auf alle Viere. Drei Tage hatte ich mir hiermit erkauft und ich hatte noch nicht den Hauch einer Ahnung, wie ich die mir noch verbliebene Zeit nutzen sollte.

Außer mir war niemand mehr hier. Wer achtete schon auf eine kleine, silberne Figur, die während all dem Chaos auf den Boden fiel? Alle hielten mich jetzt für tot. Das bot schier unendliche Möglichkeiten, was Überraschungsangriffe und dramatische Sprüche anging. Theoretisch.

Nur praktisch bräuchte ich wahrscheinlich meine drei Tage, um überhaupt an einen Ort zu kommen, an dem ich etwas erreichen konnte. Meine magischen Fähigkeiten waren nämlich nicht mit mir in diese kleine Katzenfigur geschlüpft, die mir Fuchszahn bei meinem ersten Treffen mit ihr geschenkt hatte. Und hier war auch keine Menschenseele, der ich meine Auferstehung mit pfiffigen Worten verkünden konnte.

Ratlos tapste ich einfach mal auf die halb zusammengefallene Villa zu.

Wer weiß, vielleicht hatten die Wanderseelen da ja irgendwelche Schätze versteckt, die man noch retten konnte. Allerdings glaubte ich kaum daran. Besonders weil wir das Gebäude eigentlich schon gründlich durchsucht hatten und schon damals nur eher mittelklassisches Zeug gefunden hatten.

Leise wirbelte ein Windhauch die Asche auf und bedeckte meine Pfoten mit einer dünnen Schicht der grauen Flocken. Flora hatte sich so liebevoll um die Wiese gekümmert und jetzt war nichts mehr als Asche davon übrig.

Melancholisch ließ ich meinen Blick über die trostlose Landschaft schweifen. Zerstörte Villa, Wiese aus Asche, zu Stein erstarrter See. Als wäre die Situation an sich nicht schon deprimierend genug.

Gedankenverloren setzte ich meinen Weg zur Ruine fort. Wie viele der Wanderseelen hatten wohl überlebt?

Bei dieser schmierigen Ratte Robin war ich mir ziemlich sicher, dass er gerade die schrecklichen Freuden der Schattenseelen genoss. Die anderen konnten mir auch gerne gestohlen bleiben, zumindest so lange bis ich einen Weg fand sie endgültig aus der Welt zu schaffen. Aber Theo…

Ich hatte nicht die Kraft gehabt mich umzudrehen. Doch ich hatte alles gehört.

Der arme Junge. Er hatte das nicht verdient und Jolanda hatte nicht verdient ihn zu verlieren. Auch wenn ich seine Verbindung zu diesen Fanatikern nicht gerade guthieß, hatte er das Herz am rechten Fleck und Jolanda schien ihm wirklich was zu bedeuten. Wie auch umgekehrt…

Manchmal konnte das Leben unfassbar grausam sein. Ich wünschte, ich hätte die Kraft gehabt, etwas zu unternehmen. Und selbst wenn mein Trick dann in Rekordgeschwindigkeit aufgeflogen wäre, hätte ich wenigstens etwas erreicht. Aber so hatte ich nur tatenlos auf dem kalten Stein gelegen.

Schuldgefühle nagten an mir und in meinem Kopf ging ich ein ausgeweitetes hätte-hätte-Fahrradkette-Spiel durch. Allerdings machte mich das im Grunde nur noch verzweifelter und niedergeschlagener, weil ich sowieso nichts mehr ändern konnte.

Mittlerweile war ich bei der Villa angekommen. Der Eingang war für nichts mehr zu gebrauchen, zumindest wenn man menschliche Größe hatte. Als gerade mal handgroßes Kätzchen fand ich spielerisch einen kleinen Spalt zum Reinschlüpfen.

Meine Pfoten klirrten immer ganz leise, wenn ich sie aufsetzte. Ansonsten war es gespenstig still. Aufmerksam drehte ich meine Ohren automatisch in alle Richtungen. So ein Katzenkörper war schon ein bisschen ungewohnt, aber nichts mit dem ich nicht klarkommen würde.

Nur mit jedem Schritt, den ich mich vom See entfernte, hatte ich das Gefühl schwächer zu werden. Vielleicht lag das daran, dass dort eine fast geöffnete Verbindungsstelle zum Abgrund war und ich eigentlich jetzt dort sein müsste.

Obwohl ich versuchte alles im Blick zu behalten, merkte ich wie mir meine Gedanken immer weiter entglitten. Ständig kamen Erinnerungen hoch und ich trottete beinahe wie in Trance vor mich hin. Es war fast schon so, als würde mein Leben an mir vorbeiziehen und ich konnte es einfach nicht festhalten.

Plötzlich roch ich Blut und ich schaffte es wieder aus diesem seltsamen Schwebezustand aufzutauchen. Irgendjemand war noch hier und wahrscheinlich nicht in der besten Verfassung.

Immer der Nase nach stieg ich in den Keller hinab. Hier war meine Größe ein wenig unpraktisch. Von einer Stufe zur nächsten musste ich jedes Mal springen. Auf der dritten Stufe verkalkulierte ich mich dann und legte eine tolle Bruchlandung hin.

Scheppernd kullerte ich von Stufe zu Stufe und rollte am Ende noch ein gutes Stück über den Boden. Etwas mühselig rappelte ich mich danach wieder auf. Ich glaube ich hatte mir dabei eine Feder im Nacken angeknackst. Zumindest hatte ich das Gefühl mein Kopf würde jetzt etwas schief hängen.

Ach egal, war nur halb so wild. Nach meinem spektakulären Sturz folgte ich weiter dem stärker werdenden Geruch nach Blut. Vor dem geräumigen Kellerraum blieb ich stehen. Die zweite Treppe, die eigentlich direkt hier runter führte, war vollkommen zerstört und auch der Eingang war ziemlich verschüttet.

Und unter den schweren Trümmern lag eine Seele. Ulrich! Seine Haut war ganz bleich und sein Atem kaum noch vorhanden. Panisch lief ich die letzten Schritte zu ihm und schaute mir den Schutthaufen genauer an.

Da war nichts zu machen. Die Steinbrocken waren viel zu schwer für mich als kleine Katzenfigur. Ich brauchte unbedingt Hilfe! Jede normale Seele könnte Ulrich mit einer Nebelreise da rausholen oder sonst wie die Trümmer verschieben. Es gab tausende Möglichkeiten. Doch die einzige Seele, die hier war, war Ulrich.

Was, wenn er mir helfen konnte? Ja… Das könnte funktionieren, ich musste ihn nur irgendwie wieder ein bisschen aufpäppeln. Vielleicht war der Keller ja nicht vollständig eingestürzt und ein paar Heiltränke hatten überlebt.

Hoffnungsvoll quetschte ich mich durch den Schutt unter dem mein Kamerad begraben war. So ein bisschen fühlte ich mich dabei wie ein Wurm, der sich durchs Erdreich wühlt.

Aber ich hatte Recht gehabt. Hinter dem fetten Trümmerhaufen befand sich ein noch ziemlich gut erhaltener Raum.

Durch die Erschütterungen von den Explosionen waren die meisten Fässer und auch eins der Regale umgekippt. Die fünf Feldbetten für die Wanderseelen waren von einem runtergefallenen Stück Decke zerquetscht worden. Allerdings war ich mir ziemlich sicher, dass unsere kleinen Drecksmaden noch lebten.

Nach dieser kurzen Lagebeurteilung lief ich zum Regal. Ulrich blieb nicht mehr viel Zeit. Ich konnte es mir nicht leisten zu trödeln. Jede Menge Scherben von zerbrochenen Flaschen lagen im Staub. Das sah nicht gut aus.

Verzweifelt suchte ich nach einer noch intakten Flasche. Komm schon! Hier musste doch noch etwas sein! Für Theo hatte ich schon nichts tun können, jetzt konnte ich nicht auch noch Ulrich hängen lassen! Die beiden hatten etwas Besseres verdient!

Etwas fiel mir ins Auge. Ein Farbklecks in all dem staubigen Grau. Mit rasendem Herz lief ich zu der Flasche, die quer durch den Raum zur anderen Ecke gerollt war. In ihr befand sich eine orangene Flüssigkeit. Sah ein bisschen aus wie ungesund leuchtender Orangensaft.

Vielleicht war es irgendetwas Explosives oder ein anderer Kampftrank. Doch genauso gut könnte es sich um einen Heiltrank handeln.

Woher sollte ich das wissen?! Mein Gebiet war die Magie und nicht die Küche!

Kurz zögerte ich, dann fing ich an die Flasche durch den Raum in Richtung Trümmer zu rollen.

Ich glaube, ich hatte mal einen orangenen Heiltrank bekommen. Auch wenn das echt nichts zu heißen hatte, bestimmt gab es alle möglichen Arten von orangenen Tränken. Ausschlaggebend war allerdings die Gewissheit, dass ich Ulrichs Lage nicht schlimmer machen konnte. Er würde so oder so sterben, wenn dieses Gesöff keine heilende Wirkung hatte.

Am schwierigsten war es den gläsernen Behälter unversehrt durch den Steinhaufen zu kriegen. Total hektisch suchte ich erst einmal eine Lücke, die überhaupt groß genug dafür war und weil sich diese dummerweise ziemlich weit oben befand, hieß es danach klettern und zwar so richtig dämlich.

Keine Ahnung wie ich es am Ende schaffte diese Flasche die Trümmer hochzutragen. Ich probierte gefühlt alles aus und hing da manchmal sowas von komisch. Aber immerhin kam ich bis zu meiner Lücke und dann irgendwie auch noch hindurch. Das war eine einzige Tortur!

Endlich kam ich auf der anderen Seite der Steine wieder raus. Jetzt nur noch schön vorsichtig runter klettern und voilà! Man wäre es übel, wenn ich mir die ganze Mühe gemacht hätte, nur um Ulrich zu vergiften.

Nein, schon bei meiner letzten Rettung hatte ich mehr Glück als Verstand gehabt, auch dieses Mal würde alles gut gehen! Ich musste nur ganz fest dran glauben. Auch wenn diese Einstellung ein wenig kindlich und dumm war.

Plötzlich knirschte es neben mir unheilverkündend. Oh nein! Nicht!

Verzweifelt versuchte ich noch die Flasche richtig zu packen, doch sie rutschte mir mit einem quietschenden Geräusch durch die metallischen Pfoten und fiel. Entsetzt schaute ich ihr nach. Gleich würde meine letzte Hoffnung einfach am Boden zerschellen.

Klirrend schlug sie unten auf.

Doch sie zerbrach nicht! Gott sei Dank! Für einen Moment konnte ich mein Glück kaum fassen.

Dann eilte ich Hals über Kopf nach unten. Von Klettern konnte da wirklich nicht mehr die Rede sein, es war mehr ein Schlittern und Stürzen. Besonders das letzte Stückchen rutschte ich eigentlich nur noch abwärts.

Unglaublich erleichtert sah ich mir die Flasche an. An einer Stelle hatten sich ein paar Risse gebildet, aber die waren nicht besonders tief, nichts war ausgelaufen. Zufrieden rollte ich die Flasche zu Ulrich rüber. So, jetzt musste ich ihn nur noch dazu bringen, daraus zu trinken. Das sollte doch nicht allzu schwer sein.

Vorsichtig zog ich den Stöpsel raus und schüttete ein wenig von der vergammelt riechenden Flüssigkeit in Ulrichs geöffneten Mund. Aber er wollte einfach nicht schlucken! Das Zeug lief einfach wieder aus seinem Mund raus. Na toll! Und was jetzt?!

Ratlos stellte ich die Flasche hin und versuchte Ulrichs Kopf ein wenig aufrechter hinzulegen. Klappte allerdings nur so mittelgut. Er lag nämlich auf dem Bauch und wenn ich da seinen Kopf so weit drehte, dass sein Gesicht schön nach oben zeigte, würde ich ihm das Genick brechen. Na ja und das wäre eher kontraproduktiv.

Gab es vielleicht noch irgendwelche Tricks, wie man jemanden zum Trinken bringen konnte? Ich kannte auf jeden Fall keine. Also kippte ich ihm einfach noch einen guten Schluck in den Mund.

Die orangene Pfütze, um seinen Kopf wurde immer größer.

„Komm schon Ulrich! Das kann doch nicht dein Ernst sein! Du kannst jetzt nicht einfach aufgeben!", verzweifelt schlug ich ihm mit meiner Pfote auf die Wange, in der schwachen Hoffnung ihn vielleicht so wach zu bekommen. Fehlanzeige. Nochmal begoss ich ihn mit diesem orangenen Gebräu.

Mittlerweile war die Flasche schon halb leer. Ich wusste einfach nicht mehr was ich tun sollte. Ein riesen Kloß steckte mir im Hals. Vollkommen hilflos starrte ich die gutherzige Seele an.

Plötzlich fing er an zu Husten. Heilfroh legte ich meine kleinen Pfötchen auf seine blasse Wange.

Nachdem er ein bisschen was von meinem orangenen Wundermittel wieder ausgespuckt hatte, blinzelte er schwach. Irritiert schaute er mich an. „Was?", seine Stimme klang ziemlich kratzig, aber wenigstens war er überhaupt wieder in der Verfassung zu reden.

Dummerweise hatte mein Seelengefäß keine Sprachfunktion. Aber ich würde es auch so hinkriegen mich zu verständigen.

Auffordernd schob ich Ulrich die Flasche näher hin. Mit seinen Fingern berührte er das leicht verdreckte Glas, doch ich sah selbst, dass er nicht in der Lage war wirklich zuzupacken. Sein Arm lag ungesund verdreht da und mein Freund war einfach noch total fertig.

Also entschied ich mich weiter Krankenschwester zu spielen. Etwas umständlich kippte ich die Flasche erneut und wollte sie an seinem Mund ansetzen.

„Aufhören! Was soll das denn werden?!", unterbrach er mich und ein kurzes, raues Husten ließ seinen Körper zusammenzucken: „Das ist doch nicht zum Trinken! Damit werden organische Trankzutaten konserviert!"

Ups. Als Krankenschwester sollte man mich wohl nicht weiterempfehlen...

„Wer bist du eigentlich?", mit verkrampftem Gesicht starrte er mich an. Ach ja, stimmt. Er konnte der kleinen Katze ja schlecht ansehen, wer drinsteckte.

Nur wie sollte ich es ihm sagen? Pantomime vielleicht? Wie sollte ich pantomimisch mich selbst darstellen? Ganz schlechte Idee. Schreiben wäre vielleicht eine Möglichkeit. Einziges Problem: Hier waren weit und breit weder Stift noch Papier. Oben lag in einem der Zimmer bestimmt so ein Zeug, aber ich würde dafür definitiv nicht nach oben rennen und einen total kaputten Ulrich alleine hier unten lassen. Nein, da musste es eine bessere Lösung geben.

Nachdenklich scharte ich mit meinen Pfoten den Staub auf dem Boden zu einem kleinen Haufen zusammen. Und dann fiel es mir wie Schuppen von den Augen. Ich konnte doch einfach in den Dreck schreiben!

Sofort setzte ich meine Erkenntnis in die Tat um. Etwas krakelig schrieb ich meinen Namen in Großbuchstaben auf den Boden. Nachdem ich das A vollendet hatte, betrachtete ich mein Werk kurz kritisch. Flott besserte ich mein K noch ein wenig aus, dann trat ich zufrieden zur Seite.

Mit gerunzelter Stirn stierte er meine Dreckschrift an. „I...L...K...H", überlegte er angestrengt. Enttäuscht klatschte ich mir mit der Pfote gegen die Stirn. Also wirklich! So undeutlich war meine Dreckschrift jetzt auch wieder nicht!

„Ilka!", machte es plötzlich Klick bei ihm. Zustimmend nickte ich heftig. Danach machte ich mich eilig daran, meine nächste Botschaft zu schreiben. Eigentlich war es ja offensichtlich, aber gerade dachte Ulrich bestimmt nicht daran.

Wieder brauchte er seine Zeit, bis er das Wort entziffert hatte. „Nebelreise?", fragte er mich schließlich. Wieder nickte ich kurz zur Bestätigung. Allerdings schien er immer noch nicht so genau zu verstehen, was ich ihm sagen wollte. Dann doch Zeichensprache.

Zuerst tippte ich auf das Wort und dann zeigte ich mit meiner Pfote deutlich auf ihn. Und dieses Schauspiel wiederholte ich einfach zweimal. Hoffentlich kam es so an, ansonsten wusste ich nämlich echt nicht mehr weiter.

„Hör mal. Ich bin zu schwach, ich krieg das nicht mehr hin. Es tut mir leid Ilka", erschöpft blinzelte mich der Exhäftling an.

Oh nein! So nicht! Wütend stapfte ich zu ihm rüber und gab ihm eine Ohrfeige, wenn auch keine besonders feste.

„Au", sagte er wohl mehr aus Reflex: „Was soll das denn?" Entschieden deutete ich wieder auf meinen neusten Schriftzug und dann auf ihn. Am liebsten hätte ich ihm irgendetwas Aufmunterndes gesagt, aber meine Lippen waren wortwörtlich versiegelt.

„Du kannst echt eine Nervensäge sein, hat dir das schon mal einer gesagt?", genervt stöhnte Ulrich. Unterstützend legte ich ihm meine kleine Pfote auf die Schulter. Konzentriert schloss er die Augen.

Ganz langsam bildete sich Nebel um seine Hände, es sah fast schon so aus als würden sie qualmen. Schweißtropfen bildeten sich auf der Stirn der blassen Nebelseele. Es strengte ihn viel zu sehr an. Das würde nicht gut gehen.

In meinem Kopf ratterten Möglichkeiten, wie ich ihm irgendwie helfen könnte, die meisten waren nicht umsetzbar. Doch dann erinnerte ich mich an meine erste großangelegte Rettungsaktion. Durch das Wasser hatten sie eine Chance gehabt aus dem Kerker der Schattenseelen zu entkommen.

Vielleicht sollte ich mich noch einmal meinem alten Trick bedienen…

Unauffällig holte ich meine Pfote von Ulrichs Schulter und schlich mich zügig aus dem Keller. Irgendwie musste ich genug Wasser nach unten bringen, um für eine vernünftige Wasserschicht zu sorgen. Die Wasserhähne alle aufzudrehen würde da bestimmt nicht reichen, außerdem würde dieser Ansatz zu lange dauern.

In der Hoffnung einfach mit der Nase auf etwas zu stoßen, lief ich kreuz und quer durch das ramponierte Haus. Ich war mir jeder Sekunde schrecklich bewusst.

Irgendwann landete ich auf der pulverisierten Wiese. Bei meiner verbissenen Suche hatte ich voll die Orientierung verloren. Allerdings war es in diesem Fall gar nicht mal so schlecht. Hier draußen gab es nämlich einen Wasserschlauch, der noch ziemlich gut aussah.

Jackpot! Hellaufbegeistert schnappte ich mir den Wasserschlauch und rannte zurück ins Haus. Ich kam sogar bis zur Kellertreppe, doch dann wurde ich abrupt zurückgehalten. Der Schlauch war nicht lang genug! Wirklich?!

Zu gleichen Teilen genervt und gestresst rannte ich zurück nach draußen. Vielleicht gab es ja noch einen Wasserschlauch, den ich irgendwie als Verlängerung ankleben konnte. Wie wild rannte ich vor dem Wasseranschluss hin und her. Nirgendwo ein zweiter Schlauch in Sicht.

Ahhh! Das war doch zum Verrücktwerden! Komm schon abgedrehter Rat der Seelen! Eine himmlische Fügung wäre nett!

Und die kam auch prompt. Mit ordentlichem Schwung knallte mir irgendetwas auf den Kopf und ich kippte in die Asche. Für einen Moment blieb ich leicht benommen liegen. Wenn ich weiter so mit meinem Ersatzkörper umging, wäre ich wahrscheinlich noch vor Ablauf der drei Tage völlig hinüber.

Die Welt drehte sich immer noch leicht, als ich mich wieder aufrichtete und mir meine vom Himmel gefallene Lösung genauer ansah. Es war ein geschwärzter Dachziegel. Verstreut auf dem ehemaligen Rasen lagen noch weitere. Daraus könnte man perfekt eine Wasserrinne improvisieren!

Sofort machte ich mich ans Werk. Als ich meine klapprige und wahrscheinlich nicht ganz dichte Wasserrinne bis in den Keller gelegt hatte, fiel mir auf, dass Ulrich nicht länger unter den Trümmern gefangen war. Jetzt lag er nämlich davor.

Er hatte wirklich eine Nebelreise geschafft! Aufgeregt lief ich zu ihm rüber. „Da bist du ja wieder", stellte er erschöpft fest.

So gerne hätte ich jetzt wieder einen lässigen oder aufbauenden Spruch fallen gelassen, doch ich war ja stumm! Langsam aber sicher brachte mich diese Tatsache richtig auf die Palme. Allerdings war das jetzt eher zweitrangig.

Ulrich musste so nah wie möglich an die Treppe. Vielleicht würde schon allein das über ihn fließende Wasser für eine

Reise zum Spiegelsee reichen. Um ihm deutlich zu machen, was ich vorhatte, stupste ich ihn auf der einen Seite an und stemmte mich gegen ihn. Natürlich brachte das nicht viel. Schwerfällig fing mein verwundeter Mitstreiter an, sich über den Boden in Richtung Treppe zu rollen. Gut so. Eilig rannte ich die Treppe wieder hoch. Dabei hätte ich vor Aufregung fast eine Stufe verfehlt und wäre noch einmal runtergefallen. Endlich war ich draußen bei dem Wasseranschluss. Konzentriert nahm ich eine kauernde Pose ein, um katzenmäßig nach oben zu schnellen. Mit aller Kraft drückte ich mich vom Boden ab und schoss in Richtung Wasserhahn. Zielsicher griff ich nach dem Rädchen des Wasserhahns und zerrte daran. Das dumme Ding klemmte! Verbissen riss ich daran. Es würde jetzt nicht an einem alten Wasserhahn scheitern! Nein! Sowas würde ich nicht hinnehmen!

Quietschend bewegte sich das Rädchen ein Stück! Ja! Angespornt zog ich weiter an dem Wasserhahn und langsam drehte ich ihn mit haarsträubend kreischenden Geräuschen immer weiter auf.

Als endlich genug Wasser durch den Schlauch fließen konnte, rannte ich zurück in den Keller. Neben mir floss hoffnungsvoll das Wasser durch meine selbstgebastelte Dachziegelrinne.

Gut durchgeweicht lag Ulrich mit geschlossenen Augen vor der Treppe. Für einen Herzschlag dachte ich er wäre gerade gestorben, doch dann bemerkte ich seine sich gleichmäßig hebende und senkende Brust.

Erleichtert atmete ich auf, er versuchte sich nur zu entspannen.

Behutsam kletterte ich auf seine Brust und rollte mich dort auf typische Katzenart zusammen.

Erwartungsvoll hörte ich dem Gluckern des Wassers und Ulrichs kratzigen Atemzügen zu. Das schaffst du Ulrich. Wir kriegen dich heil hier raus. Ganz bestimmt.

Ich war so darin vertieft der Nebelseele in Gedanken gut zuzureden, dass es zuerst ganz an mir vorbei ging, wie der Raum um uns allmählich verblasste. Erst als es schon deutlich blau um uns leuchtete, hob ich meinen Kopf. Stumm jubelte ich auf. Jetzt war Hilfe nicht mehr fern!

Kapitel 4 - Jolanda

Immer noch mit diesem warmen Gefühl in meiner Brust blinzelte ich ins Licht. Für einen Herzschlag glaubte ich, Theo neben mir zu spüren. Ich musste daran denken, wie wir in der Villa nebeneinander geschlafen hatten und ein Lächeln breitete sich auf meinen Lippen aus. Unsere Verbindung war immer noch da.

Keine Ahnung wie das möglich war, aber ich war mir absolut sicher. Theo konnte nicht tot sein. Er war bei mir. Irgendwie hatte er es geschafft.

„Theo?", fragte ich hoffnungsvoll in meinen Gedanken. Doch bevor ich eine Antwort bekommen konnte, wurde ich unterbrochen.

Laut hörte ich im Flur das Rattern irgendeines Wagens. Genauso klang es immer, wenn jemand in der Schule einen Overhead transportierte. Nur einen Augenblick später wurde meine Tür geöffnet. Das abrupte, harte Geräusch ließ mich zusammenzucken.

„Guten Morgen", begrüßte mich eine Krankenschwester und brachte mir ein Tablett mit meinem Frühstück rein. „Guten Morgen", echote ich ein bisschen überrumpelt. Gerade war ich gedanklich einfach in einer ganz anderen Welt gewesen.

Zum Frühstück gab es für mich ein Brötchen, eine Scheibe Vollkornbrot, eine Scheibe Käse, eine Scheibe Kochschinken, so ein kleines Stück Butter, ein Päckchen Marmelade (ich hatte die Wahl zwischen Pfirsich und Erdbeere), eine Banane und eine Kännchen Tee.

War doch eine ganz nette Mahlzeit, besonders dafür, dass Krankenhausessen meistens einen ziemlich schlechten Ruf hatte.

Gedankenverloren nippte ich an meinem Tee, als die Tür wieder aufging. Dieses Mal kam eine Gruppe von Ärzten rein. Das war dann wohl die Visite.

Ein wenig verloren saß ich in meinem Bett, während die Ärzte über mich redeten. Von ihrem Fachsprachen-Gebrabbel verstand ich nur Bahnhof. Endlich hatten sie meinen Fall zu Ende debattiert und ließen mich wieder mit meinen Gedanken alleine.

Und wieder nagte die Frage an mir, wie es Theo ging. Diese Ungewissheit trieb mich noch in den Wahnsinn!

34

Kurzentschlossen löste ich mich von meinem Körper los. Es fühlte sich fast schon richtig an, meine fleischliche Hülle zu verlassen, auch wenn ich mich vor dem fürchtete, was mich erwarten könnte.

Bevor ich wirklich aus meinem Körper aufstand, checkte ich noch möglichst unauffällig den Raum. Der Bereich in Richtung Tür war sauber. Vorsichtig drehte ich meinen Kopf auf die andere Seite.

„Oh! Das ist ein Kopf in einem Kopf!", rief eine mir bekannte Stimme aufgeregt. „Toll gemacht Junior! Jetzt denkt Giganto er würde halluzinieren!", gespielt tadelnd schüttelte Wilhelm den Kopf.

Breit grinsend sprang ich aus dem Bett. Den beiden ging es gut! Und solange sie hier auf mich aufpassten, musste ich mir keinerlei Sorgen machen, dass die Schattenseelen mich holen wollten, um das Opfer zu Ende zu bringen.

Neben ihnen stand noch eine streng dreinblickende Frau in Militärkleidung, die ich nicht kannte und hinter ihnen…

„Theo!", überglücklich lief ich auf ihn zu und schloss ihn in meine Arme. Schmerzvoll stöhnte er auf. Sofort ließ ich ihn wieder los und schaute ihn besorgt an.

„Nach der großen Schlacht der Schatten- und Nebelseelen brauchten einige die Tränke dringender als ich. Aber das ist nicht so schlimm. Mir geht es soweit ganz gut", warm lächelte er mich an und rieb sich etwas verlegen die Schulter.

„Ja, aber auch nur weil er schon literweise das harte Zeug bekommen hat. Die Schattenseelen haben ihn halbtot geprügelt und dann einfach liegen gelassen. Er hat Glück, dass er überhaupt noch lebt", mit vor der Brust verschränkten Armen schaute Wilhelm zu uns rüber.

„Halbtot geprügelt", wiederholte ich ungläubig und schuldbewusst. Ich war einfach so verschwunden. Wäre ich geblieben, hätte ich ihm vielleicht helfen können…

„Ist doch alles gut gegangen", spielte Karottenhaar seine Lage herunter. „Oh, ist das nicht süß? Er will vor seiner Liebsten wie ein tapferer Held aussehen", kommentierte der geniale Kämpfer spöttisch.

Vor Verlegenheit wurde Theo ganz rot und dadurch wurden seine blauen Linien irgendwie süß hervorgehoben. Wie von selbst schlich sich ein Lächeln auf meine Lippen. Schon allein seine Gegenwart machte mich glücklich.

All unsere verrückten Erlebnisse schossen mir durch den Kopf. Angefangen mit unserer ersten Begegnung, als ich ihn charmant angesabbert hatte, über unser Tänzchen bei Boudicas Party und natürlich all die Lichtblicke, die ich dank ihm während meinen „Besuchen" bei den Wanderseele gehabt hatte. Und dann gab es ja noch die finsteren Zeiten. Meinen vorübergehenden Tod und all das Kämpfen.

So viel hatten wir schon gemeinsam erlebt und niemand konnte sagen, wieviel Zeit uns noch blieb...

Überrascht von mir selbst stellte ich mich auf die Zehenspitzen und küsste Theo. Sanft berührten sich unsere Lippen.

In meinem Kopf herrschte gähnende Leere. Zumindest konnte ich keinen richtigen Gedanken mehr fassen, was beunruhigend war, wenn man länger darüber nachdachte. Aber im Moment war das nicht nötig. Alles war so wie es sein sollte, auf jeden Fall fühlte es sich so an.

Überall in meinem Körper prickelte es ganz verwirrend, so als würde durch meine Adern Sprudel mit einer extra Portion Kohlensäure fließen.

Insgesamt war der Augenblick viel zu kurz für all das, was in meinem Körper so abging. Und doch beendete ich den Kuss. Mit wild flatterndem Herzen öffnete ich meine Augen. Irgendwie hatte ich gar nicht gemerkt, dass ich sie überhaupt geschlossen hatte. Das war ja fast schon nach dem Motto: Augen zu und durch.

Total perplex starrte er mich an. Hatte ich etwas falsch gemacht? Vielleicht hätte ich mehr nachdenken sollen. Ich hatte viel zu spontan gehandelt. Eindeutig. Es war zu früh gewesen. Von der Erleichterung, dass wir beide noch lebten und dieser insgesamt ziemlich extremen Situation hatte ich mich einfach überwältigen lassen. Ein Fehler.

Warum gab es keine Fernbedienung fürs Leben mit einer Rückspultaste?!

„Ähm... Das...", versuchte ich mir eine Erklärung zurecht zu stottern. Allerdings merkte ich selbst, dass das nichts werden würde. Vielleicht sollte ich mich einfach wieder in meinen Körper zurückziehen. Nein, das wäre feige und würde außerdem total affig aussehen.

Bevor ich noch weitere bescheuerte Möglichkeiten in meinem Kopf durchspielen konnte, reagierte Theo. Behutsam nahm er mich in den Arm und flüsterte mir ins Ohr: „Ich dich auch."

Eigentlich passte dieser Satz nicht so ganz an dieser Stelle, trotzdem hatte ich das Gefühl noch nie etwas Schöneres gehört zu haben. Gerade sah ich die Welt einfach durch eine dicke, rosa Brille.

Irgendwie konnte ich es immer noch nicht so richtig glauben, dass ich Theo geküsst hatte. Aber ich hatte es getan und er erwiderte es und... wunderschön.

„Wie romantisch", kam es eine Spur ironisch von Wilhelm. Erschrocken zuckte ich zusammen. Ich hatte glatt vergessen, dass Theo und ich nicht alleine waren. Verlegen lehnte ich mein Gesicht an seine Schulter und schüttelte leicht den Kopf.

Eigentlich hatte ich das nicht vor Publikum machen wollen. Der erste Kuss sollte doch was Besonderes sein, oder? Na ja, besonders war das hier ja schon irgendwie, aber auch tierisch unangenehm. Warum hatte ich nicht so weit gedacht? Manchmal war ich echt bescheuert.

Immer noch mit knallrotem Kopf lugte ich an Theos Schulter hervor. Die unbekannte Seele stand ziemlich unberührt da, Giganto grinste uns wie ein Honigkuchenpferd an und Wilhelm hatte seinen typisch hämischen Gesichtsausdruck aufgesetzt. Oh man.

Langsam setzte mein Denkkasten auch wieder ein und ich erinnerte mich an meine anderen Sorgen. Sofort verkrampfte sich mein eben noch freudig trommelndes Herz.

„Wisst ihr etwas von Oma Ilka?", meine Stimme klang plötzlich ganz dünn. Ihr Körper lebte ja noch, vielleicht hatte sie es doch irgendwie geschafft. Theo war doch auch entkommen...

Doch als ich ihre Gesichter sah, verschwand jegliche Hoffnung. Augenblicklich löste sich Wilhelms stichelndes Grinsen auf, Giganto standen Tränen in den Augen und sogar die ernsten Gesichtszüge der Fremden wurden betrübt.

„Sie... ist weg... gestorben. Du hast ihre Energie absorbiert, deshalb konntest du ohne Theo in deinen Körper zurück", ehrliche Trauer stand in Wilhelms Augen.

Ungläubig starrte ich ihn an und für einen Moment fühlte ich mich vollkommen leer. Im Grunde hatte ich schon gewusst, dass sie nicht wiederkommen würde, aber... Ich hatte ihre Energie aufgenommen, ich hatte ihr Leben in mich gezogen... Was, wenn sie jetzt nicht mal im Abgrund existieren konnte? Und diese Vorstellung, vom Tod meiner Oma zu leben… Es fühlte sich falsch an, wie ein Verbrechen an ihr. Der Boden wankte unter mir.

„Jolanda, es ist nicht deine Schuld", versicherte mir Theo und streichelte mir bestärkend über den Rücken.

Plötzlich wurde auf dem Flur wieder das ratternde Rollen von irgendetwas laut. Stimmt ja, ich war immer noch im Krankenhaus, ich hatte immer noch ein normales Leben.

„Geh ruhig zurück in deinen Körper. Ich bleib bei dir", sanft nahm die Wanderseele mein Gesicht in die Hände und schaute mir tief in die Augen. Hatte er wieder etwas über unsere Verbindung mitbekommen oder kannte er mich einfach nur zu gut?

„Wir bleiben auch hier", meldete sich Wilhelm mal wieder frech zu Wort und lockerte damit die bedrückte, ernste Stimmung erneut ein wenig auf. Trotzdem lag Oma Ilkas Tod immer noch wie eine erstickende Wolke über allem.

Langsam nickte ich und löste mich von Theo. Gerade kam mir alles so surreal vor. Es war einfach so viel auf einmal und ich wusste gar nicht mehr richtig, wo mir der Kopf stand oder was ich fühlen sollte.

Ohne Vorwarnung wurde die Zimmertür geöffnet und ein zweites Bett reingeschoben. Auf ihm lag ein Mädchen. Ich würde sie etwa in meinem Alter schätzen, ihr rechtes Handgelenk war eingegipst.

Das rüttelte mich wieder wach. Entschlossen dachte ich an meinen Körper und konzentrierte mich darauf mit ihm wieder eins zu werden. Zuerst weigerte er sich ein wenig. Über die ganze Zeit, in der Theo und ich unser Leben geteilt hatten, war ich etwas aus der Übung gekommen.

Dann schlug ich wieder meine Augen auf. Mein Körper drückte mich erneut zusammen und doch fühlte ich mich irgendwie erleichtert. Auch wenn ich wusste, dass Theo und die anderen keinen Meter von mir entfernt standen, war da jetzt dieser gewisse Abstand zwischen mir und der Welt der Toten.

Irgendwie war mir die ganze Sache extrem über den Kopf gewachsen. Ich musste nachdenken und mir über so viel klar werden. Nicht zuletzt wie es mit mir und Theo weitergehen sollte. Immerhin war er tot! Das war nicht gerade die beste Voraussetzung für eine ernsthafte Beziehung. Warum musste immer alles so kompliziert sein!?

„Hi! Ich bin Lotta", stellte sich das Mädchen im Nachbarbett freundlich vor und schon wieder wurde ich aus meinen Gedanken gerissen. Wenn ich so weiter machte, lebte ich mehr in der Welt in meinem Kopf als sonst wo.

„Ähm. Ich bin Jolanda", sagte ich immer noch ein klein wenig in meinen Gedanken gefangen. Träge drehte ich meinen Kopf zum Neuankömmling. Jetzt fielen mir auch die Schürfwunden an ihren Ellenbogen und Händen auf.

„Inlineskates", klärte sie mich leichthin auf: „Da war so ein blöder Ast auf der Straße, ich wollte bremsen und bin auf die Nase geflogen. Mit der Hand hab ich noch versucht mich aufzufangen, ist gebrochen. Jetzt haben die mir ins Handgelenk so einen Draht gemacht, damit alles wieder richtig zusammenwächst. Und? Warum bist du hier?"

Lotta war ja echt eine Plaudertasche.

„Öh… Ich bin in letzter Zeit ein paar Mal einfach so weggekippt. Keine Ahnung wie meine Diagnose genau aussieht. Aber wenn alles gut läuft, kann ich morgen vielleicht schon wieder raus", antwortete ich meiner neuen Zimmernachbarin sogar fast wahrheitsgemäß. Immerhin war ich nicht „einfach so" ohnmächtig geworden, aber wenn ich anfing von einem Krieg zwischen Seelen zu reden, würde sie mich bestimmt für total durchgeknallt halten.

„Wenn ich Glück hab, kann ich morgen auch raus", meinte Lotta im Plauderton: „Wie ist das Essen hier eigentlich so? Wegen meiner OP hab ich gar kein Frühstück bekommen. Und ich hab richtig Kohldampf!"

„Es ist jetzt nichts Obertolles, aber man kann es echt gut essen", gab ich ihr bereitwillig Auskunft.

Ich konnte gar nicht sagen, wann ich das letzte hundsgewöhnliche Gespräch geführt hatte. In letzter Zeit war es bei mir irgendwie immer um Leben und Tod gegangen. So eine normale Unterhaltung tat da echt gut.

Wir quatschten noch bis zum Mittagessen über Schule, Essen, Filme, halt alles Mögliche. Manchmal hörten wir auch einfach den Geräuschen auf dem Flur zu und dachten uns dazu ziemlich unwahrscheinliche Geschichten aus.

Zum Beispiel klackerten einmal Absatzschuhe vorbei und Lotta fantasierte: „Das ist eine kleine, alte Lehrerin, die immer hohe Schuhe trägt, damit sie sich gegenüber ihren Schülern nicht ganz so mickrig vorkommt."

Ein winziges Lach-Grunzen rutschte mir raus. Auf der Grundschule hatte ich wirklich mal so eine Lehrerin gehabt! „Und warum ist sie hier?", fragte ich sie gespannt. Was würde sie sich da wohl zusammen spinnen? „Na ist doch logisch. Einer ihrer ehemaligen Schüler hat versucht Selbstmord zu begehen und dadurch sein Gedächtnis verloren. Weil er keine Familie hat, soll sie ihm wieder das Lesen und Schreiben beibringen", improvisierte meine Zimmergenossin zufrieden.

Schließlich hörten wir unser Mittagessen anrollen. Aber es wäre zu langweilig und einfallslos gewesen einfach zu sagen: „Oh, da kommt unser Essen." Also meinte ich: „Das ist ein Spion, der sich als Putzkraft ausgibt und zu seiner Tarnung gehört natürlich auch ein Putzwagen. Allerdings ist das kein normaler Putzwagen. Da sind nämlich zusätzlich noch Waffen, Abhörequipment und anderes Spionzeug versteckt."

Bevor Lotta noch darauf eingehen konnte, wurde unsere Zimmertür geöffnet und jede bekam ihr Tablett. Es gab Fisch, Kartoffeln und Bohnengemüse. An sich gar nicht so verkehrt, nur von dem Bohnengemüse war ich kein Fan. Und das Highlight war: Wir kriegten sogar Nachtisch! Ein kleiner Becher Schokoladenpudding. Ist das nicht krass?

„Ich mag kein Fisch", angeekelt tippte meine neue Bekannte mit ihrer Gabel gegen das Essen. „Du kannst ihn mir gerne geben, mir schmeckt Fisch. Wenn du willst, könntest du dafür meine Bohnen haben", schlug ich ein einfaches Tauschgeschäft vor.

„Bedien dich ruhig. Aber die Bohnen kannst du behalten", mit diesen Worten hielt mir Lotta ihr Tablett entgegen. Allerdings war das mehr eine auffordernde Geste, weil der Abstand zwischen unseren Betten zu groß war, um sich einfach Sachen hin und her zu geben.

Also stand ich kurzerhand auf, um mir meine Extraportion Fisch zu holen.

Es war immer noch ein bisschen seltsam sich wieder in meinem Körper zu bewegen. Irgendwie fühlte sich jeder Schritt schwerfällig und träge an, so als müsste ich durch Wasser waten.

„Wenn man dich so watscheln sieht, könnte man dich glatt für eine Hundertjährige halten", machte sich Lotta über mich lustig. „Hey! Ich hab eine ganze Weile nur bewusstlos rumgelegen. Dafür schlage ich mich doch gar nicht mal schlecht!", verteidigte ich mich lachend.

Irgendwann hatte ich es dann auch mal wieder zurück auf mein Bett geschafft und ich machte mich hungrig über mein Essen her. „Guten Appetit", wünschte mir Lotta noch bevor auch sie anfing zu essen. „Danke gleichfalls", nuschelte ich noch um höflich zu sein, auch wenn es im Endeffekt wahrscheinlich eher weniger höflich war, dass ich dabei den Mund voll hatte...

Während wir unsere Mahlzeit genossen, entwickelte sich ziemlich schnell wieder ein Gespräch. Und ich weiß zwar nicht mehr wie wir dahin kamen, aber noch vor dem Nachtisch hatten wir das leicht brisante Thema „Jungs" angeschlagen.

„Wir haben uns auf einer Kirmes kennengelernt. Eine meiner Freundinnen hat eine Freundin, die auf eine andere Schule geht und mit der haben wir uns da getroffen. Und gerade als ich aufs Klo gehen wollte, kam Finn vorbei. Er ist in der Parallelklasse von der Freundin meiner Freundin und dann hat sie uns bekannt gemacht und das einzige woran ich denken konnte, war wie dringend ich pinkeln musste", erzählte mir Lotta lachend von ihrer ersten Begegnung.

Bei der Vorstellung hätte ich fast den Schluck Wasser, den ich eigentlich gerade trinken wollte, wieder ausgespuckt.

Mit einem erwartungsvollen Lächeln schaute sie zu mir rüber: „Und? Wie haben du und Theo euch getroffen?"

Eigentlich redete ich wirklich nur mit meinen besten Freundinnen über sowas und ich hätte echt nie gedacht, dass ich mich mal mit einer quasi Fremden darüber unterhalten würde.

Ich meine, wie lange kannte ich Lotta überhaupt? Ein paar Stunden? Das war ja im Grunde nichts! Und doch konnte ich mit ihr irgendwie über alles schwätzen. Na ja, fast alles. Mein Leben bei den Toten behielt ich lieber für mich.

Und streng genommen gehörte Theo auch dazu. Ich hätte erst gar nicht von ihm anfangen sollen. Besonders weil er bestimmt zuhörte! Aber irgendwie fand ich es so schön ihn zu haben und da war es mir eben rausgerutscht. Jetzt konnte ich es nicht mehr zurücknehmen.

Also musste ich mir was ausdenken: „Wir haben uns ziemlich banal auf der Straße getroffen. Ich war auf dem Weg nach Hause und bin unglücklich hingefallen. Da hat er mich mit seinem Auto gefahren. Klar, man sollte nicht bei Fremden einsteigen, aber irgendwie wusste ich von Anfang an, dass er ein gutes Herz hat."

Die besten Lügen sind doch immer nah an der Wahrheit.

„Das klingt wirklich süß", meinte Lotta verträumt. „Aber es war auch seltsam", lachte ich etwas nervös. Meine erste Entführung hatte ich wirklich alles andere als süß in Erinnerung.

„Irgendwie spannend. So mit einem Fremden mitzufahren, hat doch was Aufregendes", verschwörerisch zwinkerte mir meine Bettnachbarin zu. „Ja, so kann man es nennen", stimmte ich ihr immer noch ein wenig unruhig zu.

„Stimmt was nicht?", fragte mich Lotta aufmerksam: „Wir können auch über etwas anderes reden, wenn du willst. Oder ich quatsche dich mit Finn voll."

„Es ist eigentlich nichts. Ich hab nur irgendwie das Gefühl, dass Theo immer bei mir ist und du bist die erste Person, mit der ich so richtig über ihn rede. Das zwischen uns ist noch ziemlich neu. Verstehst du?", gestand ich ihr sogar völlig ehrlich.

„Schon in Ordnung. Weißt du wen ich total heiß finde? Diesen einen Vampir aus der neuen Serie. Warte. Gerade wusste ich den Namen noch", wechselte sie das Thema und dachte fieberhaft nach.

Lachend half ich ihr. Serien und Filme waren total mein Gebiet und schon mit meinem ersten Vorschlag traf ich voll ins Schwarze.

Unser Gespräch schweifte wieder in harmlosere Gegenden ab und ich vergaß fast schon, dass Theo überhaupt noch da war. Mal abgesehen von dem wohligen Gefühl seiner Freude, das über unsere Verbindung zu mir rüber sickerte.

Lotta und ich lachten uns echt bei jeder Kleinigkeit kaputt. Kichernd hielt ich mir den Bauch, als plötzlich die Tür geöffnet wurde.

Kapitel 5 – Ilka

Sanft wurden Ulrich und ich vom Blau des Spiegelsees umgeben. Nur noch ein paar kräftige Armschläge und mein Geisterfreund müsste sich keine Sorgen mehr machen. Doch da gab es ein entscheidendes Problem: Ulrich war beim besten Willen nicht in der Lage nach oben zu schwimmen. Bewusstlos trieb er in den blauen Weiten.

So kurz vorm Ziel würde ich definitiv nicht aufgeben! Entschlossen packte ich ihn am Kragen und versuchte ihn nach oben zu ziehen, ein Vorhaben, das schon von vornherein zum Scheitern verurteilt war.

Wie sollte eine kleine Silberkatze etwas so viel Größeres an Land ziehen?! Ich würde es nicht schaffen.

Mir blieb nichts anderes übrig, als ihn alleine zu lassen und auf der Lichtung nach Hilfe zu suchen. Sicher wimmelte es dort momentan nur so von Seelen. Es würde ganz schnell gehen. Trotzdem zögerte ich.

Was passierte, wenn Bewusstlose allein im Spiegelsee waren? Würde er vielleicht so tief sinken, dass wir ihn nie wieder fanden?

Noch nie hatte ich von einem vergleichbaren Fall gehört.

Schließlich gab ich mir einen Ruck und schwamm los. So schnell wie ich nur konnte, paddelte ich mit meinen kleinen Pfötchen an die Oberfläche und dann weiter zum Ufer. Noch nie hatte ich dafür so lange gebraucht. Aber war ja auch klar, wenn man in dieser Größenordnung unterwegs war.

Hastig krabbelte ich an Land und der Nebel reichte mir sogar bis über den Kopf. Ich konnte kaum noch was sehen! Winzig zu sein war so ätzend!

Spontan fiel mir keine bessere Lösung ein, als mich springend wie ein Känguru fortzubewegen. Dabei fühlte ich mich so albern! Und gut für meine Mechanik war es auch nicht! Ein paar meiner Rädchen waren sowieso schon angeknackst!

Nachdem ich an einigen übel zugerichteten Verletzten und vollauf mit ihnen beschäftigten Heilern vorbei gehüpft war, erreichte ich endlich jemanden, der gerade kein Leben rettete. Dieser Umstand schrie doch regelrecht danach, geändert zu werden.

Entschlossen packte ich das Hosenbein des schlaksigen Mannes und zog daran. Unbeirrt ging er einfach weiter. Wo war der Typ gerade mit den Gedanken?! Eigentlich hätte er es doch merken können!

Warts ab! So schnell würde ich mich nicht geschlagen geben! Du wirst heute noch jemanden für mich retten!

Flink wie ein kleines Äffchen kletterte ich an seinem Hosenbein hoch, über sein mit Blut bespritztes, helles Hemd bis auf seine Schulter. Dank meiner kleinen Krallen war das ein richtiges Kinderspiel.

Und der Typ raffte immer noch nichts! Ich hatte das dringende Bedürfnis ihm, als eine Art schlechtes Gewissen, ins Ohr zu brüllen. Fuchszahn hätte diese Spionage-Katze unbedingt mit Stimmbändern ausstatten müssen!

Aus Mangel an Alternativen steckte ich ihm einfach meine Vorderpfote ins Ohr. Das war zwar ziemlich eklig, dafür jedoch effektiv. Jetzt hatte ich seine volle Aufmerksamkeit.

Erschrocken zuckte er zusammen und starrte mich dann direkt an. Fast hätte er mich bei seiner ruckartigen Bewegung abgeworfen.

Alles klar. Nun musste ich ihm nur noch klar machen, worum es ging. Bei Ulrich hatte das ja auch blendend funktioniert...

Wild deutete ich mit Handzeichen in Richtung Spiegelsee. „Was ist los?", wollte der fremde Spargeltarzan von mir wissen. Mit noch mehr Nachdruck tippte ich auf seine Schulter und dann auf den See.

So schwer war das doch auch nicht zu verstehen! Hatte ich heute nur mir Raffnichts zu tun?!

Nach einem genervten Kopfschütteln sprang ich von seiner Schulter runter und landet schön auf allen vier Pfoten, wie es sich für eine Katze gehörte. Ein paar Schritte machte ich in Richtung See. Dann schaute ich noch einmal über die Schulter. Mein auserwählter Lebensretter stand da und starrte mich an wie ein Alien.

Ungeduldig winkte ich ihn mit meiner Pfote zu mir rüber und endlich schien ihm ein Licht aufzugehen. Wie ein Hündchen kam er hinter mir her gedackelt und sprang auch artig in den Spiegelsee.

Gemeinsam tauchten wir in das unendliche Blau ab. Suchend schaute ich mich um. Wo war Ulrich? Das konnte doch nicht wahr sein!

Angestrengt paddelte ich mit meinen kleinen Pfötchen, um tiefer zu kommen und wieder wurde mir da meine geringe Körpergröße zum Verhängnis.

Mister Spargeltarzan reagierte überraschend geistreich. Bestimmt packte er mich und verstaute mich in der Bursttasche seines feinen Hemdes. Mit kräftigen Arm- und Beinschlägen schwamm er immer tiefer.

Sorgenvoll hielt ich nach allen Seiten Ausschau. So lange war ich doch auch nicht weg gewesen, wie tief konnte er da schon sinken? Ganz leise kroch in mir der Gedanke hoch, dass er vielleicht gar nicht mehr da war, weil er still und vergessen gestorben war. Aber das wollte ich einfach nicht glauben. Noch bestand Hoffnung!

Und dann sahen wir ihn! Es wirkte so als würde er ganz friedlich schlafen und sein linker Arm war schon in einem blassen Fleck verschwunden. Unterbewusst hatte er ein Portal geöffnet!

Angespannt krallte ich mich in das Hemd. Wenn wir nicht schnell genug bei ihm waren, würde er irgendwohin verschwinden! Wie sollten wir ihn da je wieder finden?! Komm schon Lulatsch! Gib alles!

Hektisch ruderte mein Begleiter mit seinen mageren Armen und Beinen. Immer weiter glitt Ulrich durch sein Fenster. Seine Schulter war schon weg. Wir waren zu langsam!

Fast war er ganz verschwunden. Der Spargeltarzan streckte sich nach seinem Fuß aus. Nur noch ein paar Zentimeter! Nein! Er war weg!

Bevor sich das Fenster wieder schließen konnte, brachte mein auserwählter Lebensretter noch schnell das letzte Stück hinter sich und wir stolperten auf den Boden. Na ja, streng genommen stolperte ja nur er.

Dabei zerriss dann seine Hemdtasche, die ich mit meinen Krallen ja nicht gerade liebevoll behandelt hatte und ich fiel raus. Bestimmt wäre ich schön auf allen vier Pfoten gelandet, aber mein Begleiter musste ja versuchen mich aufzufangen. Die Betonung liegt auf „versuchen", mehr wurde das nämlich nicht.

Wie eine heiße Kartoffel schleuderte er mich unfähig von Hand zu Hand bis ich schließlich mit einem ordentlichen Drehwurm auf den Boden klatschte.

Torkelnd wie ein Betrunkener richtete ich mich auf und schaute mich um. Ziemlich mittig standen wir in einem langgezogenen Raum aus hellem Gestein, der von einer gewölbten Decke überspannt wurde. In schwarzer, kantiger Schrift prangten überall Namen und Daten. Ein paar Menschen gingen an uns vorbei. Niemand von ihnen sagte etwas, sie schauten nur schweigend auf all die Namen und wirkten davon tief betroffen. Als wäre hier etwas ganz Schlimmes passiert.

Nur was? Ich hatte keinen Schimmer wo wir waren.

Fragend schaute ich zu meinem Begleiter hoch. Auch er schnitt ein Gesicht wie zu einer Beerdigung. Ihm war offensichtlich nicht nach Erklärungen zumute. Dann würde ich mir meine Antworten halt selbst beschaffen.

Zielstrebig trabte ich die letzten paar Meter bis zum Mittelpunkt des Raumes. Dort fiel nämlich auf einer Seite helles Licht ein, sah ganz nach einem weit offenstehenden Eingang aus.

Und ich hatte Recht. Neugierig blickte ich nach draußen und es fiel mir wie Schuppen von den Augen. Nach einem kurzen Treppenabgang und einer Reihe dunkler Busch-Bäume erstreckte sich eine grüne Wiese, auf der statt Blümchen ein Meer aus weißen Kreuzen wuchs.

Das hier war Verdun. War Ulrich vielleicht hier gestorben? Ich hatte ihn nie danach gefragt.

„Komm! Wir haben keine Zeit für Sightseeing!", riss mich die klapprige Nebelseele aus meinen Gedanken und hob mich mit einer Hand einfach hoch!

Protestierend zappelte ich. Nur weil ich jetzt so klein war, musste er mich nicht behandeln wie ein Kind! Ich war durchaus noch in der Lage selbst zu gehen!

Unbeeindruckt setzte er mich auf seine Schulter. „Halt dich gut fest, gleich sind wir wieder beim Spiegelsee", heldenhaft kniete er sich neben den leichenblassen Ulrich und machte eine Nebelreise.

Na ja, das klang jetzt ein bisschen schneller, als es in der Realität abgelaufen war. Wir hockten nämlich noch gut eine Minute auf dem Boden bevor er loskam. Seine Startschwierigkeiten zerstörten nachhaltig seinen dramatisch geplanten Auftritt.

Endlich verschwanden wir im Nebel und als wir dieses Mal im Spiegelsee ankamen, war Ulrich in Null Komma nichts an Land gezogen. Geschäftig holte der Heiler verschiedene Tränke, Salben und Verbände.

Besorgt schaute ich meinem Gehilfen zu, wie er Ulrich behandelte. Hoffentlich war es für ihn noch nicht zu spät.

Die Zeit verging und meine Gedanken schweiften immer weiter ab. Auch wenn ich versuchte mich auf meinen Gefährten zu konzentrieren, kriegte ich meine Gedanken einfach nicht zusammengehalten. Ständig spürte ich den Sog des Abgrundes. Wie lange könnte ich mich wohl noch dagegen stemmen?

„Mehr kann ich nicht für ihn tun. Er wird durchkommen, aber bis er sich ganz erholt hat, wird es noch Zeit brauchen", informierte mich der Spargeltarzan und erinnerte mich daran, warum ich hier war.

Anerkennend nickte ich ihm zu. Dieser schlaksige Heini war vielleicht ein Looser in Punkto Magie und manchmal etwas schwer von Begriff, aber er hatte meinem Freund das Leben gerettet.

Stumm drehte er sich um und ging. Wahrscheinlich suchte er nach der nächsten Seele, die er verarzten konnte, davon gab es hier ja reichlich.

Mit einem lockeren Satz sprang ich auf Ulrichs Brust und machte es mir dort bequem. Unten auf dem Boden konnte ich durch den Nebel und die Grashalme kaum etwas sehen. Außerdem fand ich es irgendwie beruhigend zu spüren, wie sich seine Brust beständig hob und senkte. Das war so schön lebendig.

Gedankenlos schaute ich dem Treiben auf der Lichtung zu. Neue Verwundete wurden gebracht, Heiler liefen hin und her und manchmal löste sich eine Seele still und heimlich auf.

Angst bohrte sich in mein kleines Kristallherz. Ein großer Teil meiner Seele war schon weg, war einfach in tausend kleine Funken zersprungen. Bald würde ich ihm nachfolgen. Was erwartete mich wohl dort?

Es war mir egal! Der Abgrund konnte mir gestohlen bleiben! Das hier war meine Welt! Ich hatte doch schon so oft meinen Kopf aus der Schlinge gezogen! Warum sollte es jetzt nicht klappen?!

Angestrengt grübelte ich nach einem Ausweg aus meiner ziemlich blöden Lage. Aber es schien einfach ausweglos und schon träumte ich wieder vor mich hin.

Mein Blick schweifte durch die silbernen Bäume in ein anderes Leben. Ich musste daran denken, wie ich mich heute von Titus verabschiedet hatte, oder war das schon gestern gewesen? Wie immer, wenn ich ein bisschen länger an diesem magischen Ort war, hatte ich jegliches Zeitgefühl verloren.

Auf jeden Fall hatten Titus und ich zusammen im Wohnzimmer gestanden. Es war früher Nachmittag gewesen. Er hatte mich gefragt, ob ich zum Abendessen wieder da sein würde. In seinen Augen hatte die altbekannte Sorge gelegen. Mein Leben in der Geisterwelt war oft gefährlich, das wusste er und er hasste es, dass er nur im Geiste bei mir sein konnte. Trotzdem hatte er mich immer gehen gelassen.

Ein winziger Teil von mir wünschte sich, er hätte mich dieses Mal aufgehalten. Dann wäre ich noch so richtig am Leben. Aber Jolanda wäre tot, genauso wie Ulrich, Meike wahrscheinlich auch.

Nein, so wie es war, war es schon in Ordnung. Auch wenn das natürlich nicht hieß, dass ich die Umstände nicht ändern wollte.

Ich hatte Titus gesagt, ich würde spätestens morgen zum Mittagessen wieder da sein. Irgendwie war dieser Moment in meiner Erinnerung so extrem hell. Klar, die Sonne hatte geschienen, aber ich war mir ziemlich sicher, dass es trotzdem im Wohnzimmer nicht so strahlend gewesen war.

Wie so oft hatte ich meinen Körper auf dem Sofa abgelegt und kurz bevor ich mich abgekoppelt hatte, hatte Titus noch meine Hand gehalten. Er war wirklich ein toller Ehemann und der Gedanke ihn vielleicht nie wieder zu sehen, zerquetschte etwas tief in meinem Inneren.

Über so viele Jahre war er mein Anker und Gefährte gewesen. Wir hatten uns gemeinsam ein Leben aufgebaut und es auch in vollen Zügen gelebt. Wenn ich jetzt so zurückschaute sah ich eigentlich nichts, bei dem ich mir denken müsste „Ach hätte ich nur!". Dennoch fand ich es zu früh zum Enden. Ich wollte mein Dasein als Oma Ilka noch nicht aufgeben.

„Hallo. Du hast es also geschafft", ein hustendes Lachen erschütterte Ulrichs Körper. Mir lag meine Antwort schon auf der Zunge, doch sie kam nicht raus. Dummer, beschränkter Körper! Weil ich wenigstens irgendwie reagieren wollte, lächelte ich einfach.

Aber eine Frage musste ich ihm doch stellen. Also fing ich an mit meiner Pfote in seine Handfläche Buchstabe für Buchstabe zu schreiben. Mit einer richtigen Unterhaltung war das bei Weitem nicht gleichzusetzen. Allerdings schaffte er es schon beim zweiten Versuch mein Wort zu erraten: Verdun.

Ein Schatten legte sich über sein Gesicht: „Was ist mit Verdun?" Auffordernd schaute ich ihn einfach nur an. Ich konnte ihm ja schlecht in die Hand schreiben, dass er unbewusst dorthin gereist war, da wäre ich ja morgen noch mit beschäftigt!

Nach einer finsteren Pause überwand er sich und erzählte mir: „Ich bin dort gestorben. Meine Knochen wurden nie identifiziert. Sie liegen verstreut im Beinhaus von Douaumont. Nach meinem Tod war ich ein paar Mal dort, hab zugesehen wie sich alles verändert hat. Der Krieg hat so viele verschlungen und alles verwüstet. Und wofür? Für das kranke Spiel der Mächtigen. Ich war Sanitäter. Ich wollte Menschen helfen, irgendwie. Das war eine dunkle Zeit. Bei einem meiner Besuche dort wurde ich dann von einer Gruppe Schattenseelen geschnappt. Du siehst also, Verdun hat nicht nur mein normales Leben beendet, sondern mich auch noch in die Hölle gebracht. Bis du mich dann da rausgeholt hast. Seitdem war ich nicht mehr dort und ich will auch nie wieder zurück."

Mitfühlend blickte ich ihn aus meinen Smaragdaugen an. Selbst nach meiner Großoffensive konnte ich mir nicht vorstellen, wie grauenvoll der Zweite Weltkrieg gewesen sein musste. Ich war unendlich dankbar, dass ich in friedlichen Zeiten aufwachsen konnte.

Nach diesem Ausflug in Ulrichs schreckliche Vergangenheit schwiegen wir uns an. Na ja, ich konnte sowieso nicht reden, aber mir war auch nicht danach. Ein solches Thema war wirklich ein Stimmungskiller, auch wenn ich vorher schon nicht unbedingt gut drauf gewesen war. Der Tod hing die ganze Zeit drohend über mir. Da konnte man einfach nicht ausgelassen und glücklich sein!

Irgendwann brach Ulrich die Stille zwischen uns (wirklich ruhig war es nämlich nicht, ständig stöhnte jemand, es wurde nach Hilfe gerufen oder etwas in der Art).

„Kann ich vielleicht irgendetwas für dich tun? Dich vielleicht irgendwo hinbringen? Alleine kommst du wahrscheinlich als Minikatze nicht so gut voran", mit diesen Worten stützte sich Ulrich langsam mit seinen Armen auf.

Jetzt konnte ich nicht länger auf seinem Oberkörper liegen bleiben, also sprang ich etwas wackelig auf sein Knie.

Skeptisch beäugte ich den Verwundeten. Ganz fit wirkte er auf mich nicht. Aber es gab einen Ort, an den ich unbedingt wollte und ich spürte, dass mir nicht mehr viel Zeit blieb.

„Hey, mach dir keine Sorgen. Ich bin zäh, das geht schon. Aber du siehst echt nicht gut aus. Lass mich dir helfen", sagte der ehemalige Gefangene so als hätte er meine Gedanken gelesen. Allerdings hatte er es mir wahrscheinlich nur angesehen, mein Gesicht war schon immer ein offenes Buch gewesen und scheinbar hatte sich das auch in dieser kleinen Figur nicht geändert.

Einen krampfhaften Herzschlag zögerte ich noch. Es stand außer Frage, dass für Ulrich ein Ausflug nicht gesund wäre. Aber er war ja selbst entschlossen etwas für mich zu tun und... Ich konnte einfach nicht länger warten. Schon jetzt zerfiel mein Bewusstsein Stück für Stück! In absehbarer Zeit würde ich nur noch in meinen Erinnerungen leben und dann gar nicht mehr.

Auch wenn ich es meinem Freund immer noch nicht gerne abverlangte, schrieb ich ihm einen Namen auf die Hand.

„Titus?", setzte er die Buchstaben zusammen: „Du willst zu deinem Mann?" Bestätigend nickte ich. „Das müsste ich hinkriegen. Wir haben ja einmal in eurem Garten diese Party gefeiert, als wir zehn Jahre frei waren. Ja, ich erinnere mich", redete er mehr mit sich als mit mir und watschelte schwerfällig zum See rüber.

Ihn darum zu bitten mich nach Hause zu bringen, war wirklich keine gute Idee gewesen. Er hätte sich noch ausruhen sollen! Doch jetzt brachte es sowieso nichts mehr, es zurück zu nehmen.

Gemeinsam tauchten wir in das tiefe Blau ein. Konzentriert ließ sich Ulrich treiben, bis sich schließlich das verwaschene Portal zeigte. Hoffentlich hatte sich der Heiler nicht vertan. Noch mal hin und her zu reisen, würde ihm sicher gar nicht bekommen.

Plötzlich taumelten wir in meinen Garten. Hoch stand die Sonne am Himmel und sie brachte meine silbernen Pfoten so zum Glänzen, dass ich von mir selbst geblendet war. Scheinbar hatte ich die ganze Nacht und den Vormittag mit Ulrich auf der Lichtung verbracht.

So lange war es mir gar nicht vorgekommen, aber ich war ja auch die meiste Zeit in einer Art Halbschlaf gewesen.

Mit vor Freude wild schlagendem Herz tappte ich auf die Hauswand zu. Ich musste Titus einfach sehen! Meine Schritte waren ziemlich zittrig. Die Steuerung dieser Spionagekatze fiel mir immer schwerer.

„Warte, ich mach das schon", mit diesen Worten hob mich Ulrich fürsorglich hoch und setzte mich neben den Blumenkasten auf die Fensterbank.

Von hier aus konnte ich direkt auf meinen schlafenden Körper herabblicken. Sogar nach all den Jahren fand ich es immer noch befremdlich, mich selbst seelenlos zu sehen.

Wohnzimmer, Esszimmer und Küche bildeten eine Linie. Hinten konnte ich Titus am Herd stehen sehen. Er kochte mein Lieblingsessen. Und zwar eine extra große Portion, weil ich immer Hunger hatte, wenn ich zurückkam. Zwischendurch schaute er immer wieder liebevoll zu meinem friedlich schlafenden Körper rüber.

Mir brach es fast das Herz zu wissen, dass ich nicht zu ihm zurückkommen konnte und doch wurde mir ganz warm vor Liebe. Ich konnte mich gar nicht entscheiden welches dieser Gefühle überwog.

Und dann kippte die Welt. Für einen Moment lag alles auf der Seite, dann brach eine alles auslöschende Nacht über mich.

Kapitel 6 – Jolanda

„Klingt ja als hättest du hier Spaß", stellte meine Mama fest, kaum, dass sie die Tür geöffnet hatte. „Ja, ist nicht so schlimm wie gedacht", meinte ich mit einem allessagenden Lächeln in Richtung meiner Zimmernachbarin. „Hallo. Ich bin Lotta", begrüßte sie meine Familie höflich.
Nacheinander stellten sich meine Mama, mein Papa und meine kleine Schwester vor. Wo war Opa Titus? Alma musste nur meinen fragenden Blick sehen und schon bekam ich eine Antwort: „Oma geht es nicht so gut, Opa wollte bei ihr bleiben. Ich soll dir von ihm nochmal eine gute Besserung wünschen."
Oma Ilka war also immer noch nicht wach. Und etwas sagte mir, dass sie auch nie wieder aufwachen würde. Immerhin hatte ich sie sterben gesehen. Vielleicht hielt ihr Körper nur ein wenig länger durch, weil er es gewohnt war, ab und an von seiner Seele getrennt zu sein. So oder so war sie für mich gestorben und es gab für sie kein Zurück mehr.
Sofort hatte sich meine gute Laune wieder verflüchtigt und mehr noch, ich hatte Schuldgefühle, dass ich vergessen hatte an meine Oma zu denken. Irgendwie fühlte sich das falsch an. Ich saß hier im Krankenhaus und lachte mit einer quasi Fremden, während sie... Wer konnte schon sagen, was mit ihr war?
„Hey, Mäuschen. Oma wird schon wieder gesund", tröstend schloss mich meine Mama mal wieder in ihre Arme. Eigentlich war es mir peinlich, wenn mich meine Eltern vor anderen umarmten, aber gerade war es in Ordnung.
Fest umarmte ich meine Mama und irgendwie schaffte ich es die Tränen wegzublinzeln. Gestern hatte ich schon genug geweint. Und noch war ihr Körper ja nicht tot, vielleicht kam sie doch wieder. Sie war eine starke Seele, sie hatte so viel geschafft. Ich konnte sie einfach noch nicht gehen lassen, auch wenn ich wusste, dass sie längst gegangen war.
„Wir haben Salzstangen dabei und Gummibärchen", mit einem kleinen Lächeln hielt Alma die beiden Tüten hoch. Ziemlich geknickt lächelte ich zurück. Meine Schwester hatte ja keine Ahnung, was hier eigentlich los war. Aber es war nett, dass sie mir Schnausereien mitbrachten. Essen machte alles besser.

Sofort machte ich mich über die Gummibärchen her. Gerade war mir extrem nach etwas Süßem. Schwesterlich teilte ich mit Alma und Lotta durfte Müllschlucker für alles mit Lakritz spielen.

Langsam lockerte sich die Stimmung wieder. Nachdem etwa die halbe Packung leer war, fing meine Zimmernachbarin sogar wieder an Späße zu machen. Mit ihrer gesunden Hand warf sie eine Lakritz-Fledermaus in die Luft und fing es mit dem Mund auf. Na ja, fast. Statt in ihrem Mund verschwand es in ihrem Ausschnitt.

Das Gesicht, das sie schnitt, war einfach nur göttlich. Alma und ich prusteten sofort los. Dummerweise hatte ich gerade einem grünen Gummibärchendinosaurier den Kopf abgebissen gehabt und als ich loslachte, verschluckte ich mich natürlich erst mal ordentlich daran.

Hustend beugte ich mich vornüber. Unsicher klopfte mir Alma ein bisschen auf dem Rücken rum. Mir traten sogar schon Tränen in die Augen! Keuchend endete endlich dieser Hustenanfall. Mein Kopf war sicher hochrot und auf meiner Decke war ein kleiner Sabberfleck zu sehen. Sofort musste ich an Theo denken. Diese Erinnerung war mir immer noch so peinlich.

Über unsere Verbindung schwappte ein warmes, belustigtes Gefühl zu mir rüber. Er hatte meinen Gedankengang also mitbekommen. Manchmal war diese mentale Brücke wirklich unpraktisch.

„Willst du etwas trinken?", fragte mich meine Mama, den Becher schon in der Hand. „Ja, gerne", antwortete ich ihr mit einem kleinen Lächeln. Sofort schüttete mir meine Mama Sprudel ein und brachte mir den Becher ans Bett.

Es hatte schon etwas für sich so bedient zu werden. Allerdings wäre es mir doch lieber, wenn ich jetzt zu Hause wäre und alles normal wäre.

Anscheinend hatte Lotta während meines Hustenanfalls die Fledermaus wieder aus ihrem Ausschnitt gefischt, denn jetzt startete sie einen zweiten Versuch, es lässig in ihren Mund zu werfen. Dieses Mal prallte es an ihrem Kinn ab und kullerte durchs halbe Zimmer.

„Das würde ich nicht mehr essen", kommentierte ich mit einem leicht frechen Grinsen. „Mit dem rechten Arm klappt es immer", entgegnete sie und hob entschuldigend ihr eingegipstes Handgelenk.

„Was hast du da eigentlich gemacht?", erkundigte sich Alma. „Inlineskates", lieferte sie meiner Schwester die gleiche, knappe Erklärung, die auch ich zum Einstieg bekommen hatte. Bedächtig nickte Alma. Wahrscheinlich fühlte sie sich jetzt noch einmal mehr in ihrem digitalen Lebensstil bestätigt. Vom Videos glotzen konnte man sich ja schlecht das Handgelenk brechen.

Auf einmal klopfte es an der Tür. Sofort wanderten alle Blicke in die Richtung. Nur einen Wimpernschlag später kam ein Junge rein. Er hatte blonde, kurze Standardhaare, eine Brille, trug ein blaues Hemd, eine kurze Hose und normale Schuhe. In seiner Hand hielt er einen kleinen, scheinbar selbstgepflückten Blumenstrauß.

Ein klein wenig verloren schielte er meine Familie an und räusperte sich: „Ähm. Hallo." „Hi! Finn!", bis über beide Ohren strahlte Lotta ihn an. Aha. Hätte ich mir eigentlich auch denken können, dass er ihr Freund war. Welche fremden Typen mit Blumenstrauß sollten auch sonst hier rein spazieren?

„Komm! Setzt dich zu mir", auffordernd klopfte sie neben sich aufs Bett. Dankbar nahm Finn ihre Einladung an. „Hier. Ich hab den Garten meiner Nachbarin ein bisschen geplündert", lächelnd überreichte er ihr den Blumenstrauß. „Danke. Die sind wunderschön", warm grinste meine Zimmernachbarin ihren Freund an.

„Willst du auch Blumen haben?", hörte ich verschmitzt durch meinen Kopf schallen. Sofort stahl sich ein breites Grinsen in mein Gesicht. Stimmt ja, ich hatte jetzt auch einen Freund. Der Gedanke war immer noch ein bisschen komisch, aber auf eine schöne Art und Weise.

Mein Grinsen reichte ihm scheinbar als Antwort. Plötzlich tauchten in meinem Kopf Bilder von wunderschönen, blühenden Wiesen auf und ich konnte ihren süßen Duft fast schon riechen.

„Willst du das Letzte haben?", weckte mich Alma aus der leicht kitschigen Blütenflut auf. Fragend hielt sie mir die fast leere Gummibärchentüte hin, es war nur noch ein rot-grüner Wurm drin. Hatten wir etwa schon alle gefuttert? Krass.

Unbeschwert schnappte ich mir den letzten Wurm und aß ihn wie eine Spaghetti in Zeitlupe.

„Machen wir jetzt die Salzstangen auf?", fragte mich meine Schwester verschmitzt grinsend. „Alma", meine Mama hatte diesen typisch diskret tadelnden Ausdruck drauf, den sie immer hatte, wenn wir uns in der Öffentlichkeit leicht daneben benahmen.

„Was? Salzstangen sind lecker!", verteidigte sich Alma unschuldig. „Also ich hätte auch nichts gegen Salzstangen", schloss ich mich ihr leicht verfressen grinsend an. Von meinen Eltern kam kein Verbot. Keine Ahnung ob das daran lag, dass Lotta und Finn hier waren oder weil ich im Krankenhaus lag und mir sowas gönnen durfte. Auf jeden Fall knöpften wir uns jetzt auch die Salzstangen vor.

Natürlich musste Lotta auch mit den Salzstangen Quatsch machen. Mittlerweile hatte sie es aufgegeben zu versuchen etwas in die Luft zu werfen und dann mit dem Mund aufzufangen. Und Salzstangen waren für solche Tricks ja auch nicht unbedingt top geeignet. Deswegen mümmelte meine Zimmergenossin sie wie ein Hase oder steckte sich zwei in die Mundwinkel und mimte ein Walross.

„Ich bin ein Einhorn!", verkündete Alma und hielt sich lachend die Salzstange an die Stirn. Ausgelassen setzte ich eine Salzstange auf meine Nase: „Und ich bin ein Nashorn!" Zum Spaßen aufgelegt versuchte ich auch kurz die Salzstange auf meiner Nase zu balancieren. Natürlich fiel sie sofort runter. Als Strafe machte ich kurzen Prozess mit ihr und nur ein paar Krümel blieben auf meiner Bettdecke zurück.

So langsam war ich richtig vollgefressen. Da vermisste ich meinen Geisterkörper, in den ich grenzenlos leckere Sachen stopfen konnte.

„Kommst du bitte?", hörte ich eine stumme Aufforderung in meinem Kopf. Seltsam. Theo fühlte sich fast schon unwohl. Was war in der Geisterebene gerade los?

Fieberhaft überlegte ich, wie ich unauffällig bei meinen toten Freunden vorbeischauen könnte. Auf die Schnelle fiel mir nur eine wirkliche Idee ein. Vielleicht war das nicht die eleganteste Lösung, aber es sollte seinen Zweck erfüllen.

„Ich muss mal kurz aufs Klo", informierte ich die Lebenden unschuldig und machte mich eilig auf den Weg ins kleine Bad. Niemand schöpfte Verdacht. Warum auch? Jeder musste schließlich mal aufs Klo.

So im Nachhinein war ich doch richtig stolz auf meinen Einfall. Zufrieden klappte ich den Klodeckel runter und setzte mich hin. Lief alles wie am Schnürchen.

Kurzentschlossen löste ich mich von meinem Körper. Wenn man so darüber nachdachte, war es fast schon erschreckend, wie leicht das ging. Zum Glück hatte ich es mittlerweile echt gut unter Kontrolle, wann die Verbindung unterbrochen wurde.

Langsam kippte mein Körper nach vorne. Zuerst hatte ich es gar nicht bemerkt. Doch die Schwerkraft fing an das Ganze ordentlich zu beschleunigen. Oh oh! Bevor ich eingreifen konnte, machte mein Kopf eine nette Begegnung mit dem Waschbecken und dann platschte mein Körper der Länge nach auf den Boden.

Zerknirscht schaute ich auf mich herab. Das würde Kopfweh geben, wenn ich wieder in die Welt der Lebenden ging. Hoffentlich hatte niemand meinen phänomenal blöden Sturz gehört. Ich hätte mir auch denken können, dass sowas passieren würde. Warum hatte ich mich nicht einfach auf den Boden gesetzt?! Einfach nur dämlich.

Für einen Moment vergaß ich, mich undurchlässig zu machen und ich sackte in die Toilette. Na klasse. Soviel zu wie am Schnürchen laufen. Na ja, wenigstens hatte es niemand gesehen. Wäre ja auch extrem fragwürdig von meinen Geisterfreunden mich auf den Klo zu begleiten.

Als wäre nichts gewesen, richtete ich mich wieder auf und strich einmal über meine Klamotten. Allerdings war das gar nicht nötig, mein kleiner Abstecher in die Kloschüssel hatte ja keine Auswirkungen auf meine Kleidung gehabt. Trotzdem fühlte ich mich dadurch so ein klein wenig dreckig.

Ohne mich weiter von meinem etwas holprigen Start aufhalten zu lassen, marschierte ich durch die Tür.

Bei den Lebenden hatte sich nicht viel verändert. Lotta und Finn saßen gemeinsam auf ihrem Bett, Alma ließ auf meinem die Füße baumeln und meine Eltern saßen auf klapprigen Stühlen an dem schlichten, weißen Tischchen.

Sofort sprang mir der Grund für Theos Unsicherheit entgegen. „Jojo!", rief sie ausgelassen, griff mich an den Händen und schleuderte mich im Kreis. Ständig schnitten meine Beine durch die Wände und mir wurde richtig übel.

Endlich ließ sie mich wieder los. Taumelnd schaffte ich es, irgendwie stehen zu bleiben. „Hallo. Boudica", brachte ich irgendwie hervor, während ich versuchte meinen Mageninhalt für mich zu behalten.

Verständnisvoll kam Theo zu uns rüber und ich stützte mich an ihn. Der Boden fühlte sich zwar immer noch an als würde er hin und her schaukeln, aber wenigstens wankte ich jetzt nicht mehr mit.

Erst auf den zweiten Blick fiel mir auf, dass sein rechter Arm in einer Mülltüten-Armschlinge hing. Kurz tauschten wir einen allessagenden Blick, dafür war nicht einmal unsere Gedankenverbindung notwendig. Boudica und ihre verrückten Einfälle.

Unter die Sparte verrückte Einfälle fiel wohl auch ihr neustes Outfit. Auf ihrem Rücken trug sie zwei überdimensionale Engelsflügel und in ihrem Gesicht hatte sie feine Silberstückchen und Edelsteinchen geklebt. Das passte ja noch mehr oder weniger zusammen, auch wenn die Dinger in ihrem Gesicht ein bisschen so aussahen, als hätte sie eine üble Hautkrankheit.

Etwas seltsam war ihre Verwendung von Lippenstift (oder zumindest hoffte ich, dass es nichts anderes war). Denn statt ihn auf die Lippen aufzutragen, hatte sie ihn schief daneben geschmiert, sodass es aussah wie ein Kreuz über ihren Mund.

Um das Ganze jedoch wirklich Boudica würdig zu gestalten, gab es dann noch Ohrringe mit kleinen, französischen Flaggen, ein Fass als knappes Kleid, darunter einen lockeren Rock mit Peacezeichen und Blumenaufdruck und obenrum einen „Pulli" bestehend aus milchiger Folie und etwas Aufgeklebten, das verdächtig an Salami erinnerte. Schuhe hatte sie dieses Mal keine an. Dafür waren ihre Zehennägel abwechselnd blutrot und schwarz lackiert und pro Zeh hatte sie mindestens einen Ring.

Nur ihre Haare hatte sie nicht besonders aufgestylt. Zur Abwechslung hatte sie eine schlichte Glatze. Was allerdings auch ein wenig befremdlich aussah.

„Jojo. Siehst du es? Sieh genau hin. Erkennst du es?", tief schaute mir das durchgedrehte Orakel in die Augen. „Äh... Was genau?", fragte ich unsicher. Lockend krümmte Boudica den Zeigefinger. Ein geheimnisvolles Funkeln lag in ihren Augen.

Mittlerweile hatte sich mein Drehwurm wieder weitestgehend gelegt. Also machte ich todesmutig einen Schritt auf die Verrückte zu und beugte mich zu ihr. Verschwörerisch flüsternd enthüllte sie mir, worauf sie hinaus wollte:

„Du musst die Wahrheit sehen
du musst die Wahrheit verstehen
sie ist dem Tod entgangen
doch er hält sie gefangen
die Fässer zerbrochen, doch sie gibt nicht auf
die Stimme verloren, es nimmt seinen Lauf
Edelsteinfunkeln und Silberglanz
mit dem Tod ein letzter Tanz
die Schatten werden bluten, sie will es wenden
doch bei den Blumen muss es enden."

„Warte! Heißt das Oma Ilka hat überlebt?", hoffnungsvoll schaute ich die uralte Nebelseele an. Mit nachdenklich gespitzten Lippen legte sie ihren Kopf schief. Es war überdeutlich, dass ihre „klare" Phase vorbei war.
Trotzdem war ihre Antwort überraschend normal: „Sie wird immer in deinem Herzen weiterleben." Bei diesen Worten legte sie mir ihre Hand, etwa dort wo mein Herz sitzen sollte, auf die Brust.
Wieder blickte sie mich für einen Wimpernschlag so unfassbar tiefgründig an, dann zog sie ihre Hand weg und drehte eine ihrer heißgeliebten Pirouetten. Grübelnd beobachtete ich sie dabei.
In ihrem Outfit waren wirklich alle Aspekte ihrer Prophezeiung verarbeitet. Die Engelsflügel spielten wohl auf das mit dem Tod an, die Zeile mit dem Fass war kaum zu übersehen, ihre seltsame Lippenstiftschmiererei könnte dafür stehen die Stimme verloren zu haben, Edelsteine und Silber hatte sie wirklich genug im Gesicht hängen und auf ihrem Rock waren auch Blumen abgebildet. Aber die blutenden Schatten...
Vielleicht ihre Zehennägel? Immerhin waren die rot und schwarz lackiert. Mit ein bisschen Fantasie würde das schon passen.
Oder es könnte etwas ganz anderes bedeuten. Ich glaubte kaum, dass Boudica in ihren Outfits großartig Botschaften versteckte. Dafür waren sie einfach zu schräg und wahllos zusammengewürfelt. Und wenn es so wäre, wäre das bestimmt schon einer klügeren Nebelseele aufgefallen. Hugo war sicherlich nicht der einzige Bibliothekar, der sich auch mit ihren früheren Prophezeiungen auseinandergesetzt hatte.

Trotzdem wollte ich unbedingt wissen, was sie mir damit hatte sagen wollen. Ging es vielleicht wirklich um meine Oma? Wenn ja, von wem wurde sie gefangen gehalten? Bezog sich das „er" womöglich noch auf den Tod? Und dann war ja noch dieses Edelsteinzeug, was einfach gar keinen Sinn ergab!

Konnte nicht jemand mal einen Boudica-Übersetzer schreiben?! Oder wenigstens ein Lexikon für verrückte Orakel?

„Du hast da was", machte mich Theo auf einen Aufkleber an meiner Brust aufmerksam. Mit gerunzelter Stirn zog ich das pink-graue Ding ab. Dort stand: „Boudica als Präsident!" Alles klar.

Kurz schauten Theo und ich uns an, dann wanderten unsere Blicke zu der immer noch tanzenden Irren. Ich versuchte mir Boudica bei einem Wahlkampf oder sogar als Präsidenten vorzustellen, aber das war einfach zu absurd. Sie passte genausowenig in die Politik wie ein Pinguin auf den Nordpol. Na ja, dieser Vergleich war vielleicht nicht so optimal gewählt. Immerhin lebten Pinguine teilweise auch in eisigen Gebieten, Boudica und eine ernsthafte Führungsposition waren quasi komplette Gegensätze.

Auf einmal stand Alma vom Bett auf und ging direkt auf die Badezimmertür zu. Alarmiert schaute ich sie an. Hatte sie vielleicht Verdacht geschöpft? Was, wenn sie einfach die Tür öffnete? Ich war mir nicht sicher, ob ich daran gedacht hatte abzusperren! Sie durfte mich nicht auf dem Boden liegen sehen! Dann würden die mich morgen sicher noch nicht hier rauslassen!

„Jolanda! Beeil dich! Ich muss auch pinkeln!", beschwerte sie sich und klopfte laut gegen die Tür. Erleichtert atmete ich auf. Ich hatte noch Zeit. Aber nicht viel.

„Ich muss los", verabschiedete ich mich hektisch und eilte auf die Wand zu. Irgendwie drückte mir Theo dabei noch einen kleinen Kuss auf die Wange. Mein Reaktionsweg war so lang, dass es erst richtig bei mir ankam, als ich schon halb ins Bad geschlittert war. Kurz streckte ich meinen Kopf nochmal zurück ins Krankenzimmer und schickte meinem frischgebackenen Freund grinsend einen Luftkuss.

Dann war es aber auch höchste Zeit wieder aufzuwachen. Schnell warf ich mich zu meinem Körper auf den Boden und konzentrierte mich schon während dem Fallen darauf wieder eine Verbindung aufzubauen.

Und schwups, schon war ich wieder da. „Bin fast fertig!", rief ich sofort, auch wenn die Antwort wahrscheinlich trotzdem reichlich verspätet kam. Zügig richtete ich mich auf und knallte mit dem Hinterkopf volle Kanne gegen das Waschbecken. Aua!

Mit zusammengekniffenen Augen warf ich dem Waschbecken einen bösen Blick zu. Das Ding hatte es eindeutig auf mich abgesehen.

„Jolanda!", erinnerte mich meine Schwester wieder, dass sie immer noch vor der Tür wartete. „Noch eine Sekunde!", entgegnete ich und stand ganz auf. Auch wenn es Wasserverschwendung war, drückte ich die Klospülung und wusch mir grob die Hände. Zufällig warf ich dabei auch einen Blick in den Spiegel. Oh Gott! Sah ich etwa schon die ganze Zeit so aus?

Egal. Alma hatte schon lange genug warten müssen, nicht dass sie sich noch in die Hose machte. Provisorisch fuhr ich mir mit den Händen ein bisschen durch die Haare, was sie jedoch nicht unbedingt weniger chaotisch aussehen ließ und öffnete dann die Badezimmertür.

„Endlich!", rief meine Schwester, drängte mich nach draußen und schloss hinter mir prompt die Tür wieder. Sie musste wohl wirklich dringend aufs Klo.

So normal wie möglich ging ich wieder zu meinem Bett zurück. Ob Boudica immer noch auf der Geisterebene rumspukte? Ich hätte Theo ja gerne gefragt, aber ich bekam es über unsere mentale Verbindung nicht so genau formuliert. Außerdem sollte ich vielleicht auch eher versuchen in dieser Welt zu leben.

Immerhin waren meine Eltern hier und Lotta. Da wollte ich nicht wie paralysiert rumhocken und den ganzen Krankenhausspaß verpassen.

Unbeschwert quatschten wir alle noch eine Weile.

Irgendwann kam Inga noch vorbei und brachte mir netterweise den Schulstoff, den ich verpasst hatte inklusive Hausaufgaben. Dankend nahm ich den erschreckend großen Papierstapel an und legte ihn neben mich auf das Tischchen, mit der festen Absicht mich nicht weiter damit zu beschäftigen. Schließlich lag ich im Krankenhaus! Hallo?! Ich brauchte Ruhe und Erholung! Zumindest wenn es um Schule ging.

Trotzdem war es eine nette Geste von meiner Freundin und es war auf jeden Fall schön, dass sie mich besuchen kam.

Allerdings konnte sie nicht lange bleiben, weil sie danach noch Tennis hatte. Das Krankenhaus hatte für sie also auf dem Weg gelegen, doch das änderte natürlich nichts daran, dass ich mich über ihren Besuch freute.

Leider war kurz danach auch die Besuchszeit um. Und nach einer ganzen Palette von Umarmungen waren Lotta und ich wieder alleine. Als hinter ihnen die Tür zufiel, saßen wir einen Augenblick schweigend in unseren Betten und ich merkte wieder richtig, dass ich in einem Krankenhaus und nicht zu Hause war.

Heimweh machte sich in mir breit. Gedanklich spazierte ich durchs ganze Haus und versuchte mir jedes Detail auszumalen. Ich wusste, dass das nichts brachte, außer dass es mich noch mehr runterzog, aber ich konnte auch nicht aufhören. Irgendwie hatte es voll die Leere hinterlassen, dass meine Familie jetzt wieder weg war, zu Hause.

Plötzlich fiel mir etwas auf, etwas, das mir schon viel früher hätte merkwürdig vorkommen müssen. „Warum war deine Familie eigentlich nicht da?", fragte ich Lotta gerade heraus, auch wenn das nicht sonderlich taktvoll war.

„Ich hab einen kleinen Bruder, so richtig klein und meine Mama hatte einen Bandscheibenvorfall. Sie kann also nicht wirklich gut von zu Hause weg. Na ja. Und mein Papa ist auf Geschäftsreise. Ist halt blöd gelaufen, aber ist auch nicht schlimm. Den einen Tag halte ich auch ohne stinkende Windeln durch", antwortete mir meine Zimmergenossin locker.

Obwohl es sie scheinbar nicht großartig zu kümmern schien, hatte ich doch Mitleid mit ihr. Mit einem Blick zu mir verdrehte sie lachend die Augen: „Jetzt guck mich nicht so an, als wäre ich ein streunendes Hündchen!"

Unschlüssig klappte mein Mund ein paar Mal auf und zu. Ich wusste einfach nicht, was ich darauf sagen sollte. „Ziehen wir uns doch ein bisschen Krankenhausfernsehen rein", ergriff Lotta wieder die Initiative und schnappte sich die Fernbedienung.

Dankbar kramte ich meine Kopfhörer hervor und steckte sie ein. Ein Ohr ließ ich dabei extra frei, damit ich mich noch gut mit meiner Krankenhausfreundin unterhalten konnte.

Der Bildschirm wurde hell und das erste was der Fernseher uns zu bieten hatte, war... Werbung! Und zwar von irgendeinem Shampoo. Total euphorisch verkündete eine

Frauenstimme an meinem Ohr: „Hier trifft fruchtiger Pfirsich auf sanfte Vanille."

Zum Spaßen aufgelegt fing Lotta an, den Werbespruch nachzumachen: „Hier trifft frichtiger Pfursisch..." Von ihrem Verhaspler mussten wir beide sofort prustend loslachen. Immer noch kichernd, startete sie einen zweiten Anlauf: „Hier... trifft... frischpfu." Hemmungslos lachte ich auf. „Das wird nichts!", keuchte ich zwischendurch irgendwie.

Nachdem unser alberner Lachanfall wieder abgeklungen war, schaltete Lotta einen Sender nach oben. Und was für eine Überraschung... Auch hier war gerade Werbepause! Dieses Mal ging es um Waschpulver.

Desinteressiert schauten wir uns das typische Flecken-vorher-nachher Zeug an, was eigentlich immer bei Putzzeug und sowas kam. „Jetzt neu!", rief die null acht fünfzehn Männerwerbestimme begeistert: „Wäscht sogar unsichtbare Flecken raus!" Damit waren wohl so Sachen gemeint, die nur unter Schwarzlicht leuchteten.

Aber dieser Spruch! Schon wieder kriegten wir uns vor Lachen nicht mehr ein. Ich meine, unsichtbare Flecken waschen?! Das klang doch wie ein dummer Scherz!

Der Rest der Werbung war leider nicht so witzig. In der Werbepause kamen noch Zahnpastawerbung mit gruselig grinsenden Leuten, die mich unangenehm an den Interficientis erinnerten, Autowerbung, die mal wieder total zusammenhanglos war und verlockend aussehende Schokoladenwerbung.

Dann fing eine Folge von irgend so einer Serie über Vampire an. Die Qualität sagte schon alles über das Alter von ihr aus. Dementsprechend seltsam war auch die Tricktechnik und wie erst die Vampire aussahen!

Ausgelassen machten Lotta und ich uns über die Dialoge, den Handlungsverlauf und die Spezialeffekte lustig. Also eigentlich lachten wir über so ziemlich alles. Diese Serie war wirklich außergewöhnlich mies.

In einer Kampfszene, die wahrscheinlich spektakulär wirken sollte, wurde ein Vampir von dem bebrillten Außenseiter gepfählt, der somit den blonden Mädchenschwarm rettete. Klischeehafter ging es ja nicht mehr!

„Die haben ja Null Ahnung von Anatomie! Das Herz ist doch nicht im Bauch", beschwerte sich Lotta kopfschüttelnd.

„Vielleicht ist ihm ja einfach nur das Herz in die Hose gerutscht", entgegnete ich scherzhaft.

Bis zum Abendessen spielten wir weiter die Serienkritiker.
Danach hatten wir mal Lust auf eine vernünftige Serie. Zum
Glück hatte Lotta ihren Laptop dabei. Gemeinsam machten
wir es uns in ihrem Bett gemütlich und schauten uns die
nächste Vampirserie an. Allerdings war die deutlich neuer
und einfach nur genial.

Draußen wurde es immer dunkler und das Licht des Bild-
schirms stach fast schon ein bisschen in den Augen. Aber
niemand von uns dachte daran das Licht anzumachen, dafür
waren wir zu faul und es würde die Kinostimmung kaputt machen.

Doch obwohl es mega Spaß machte sich diese Serie reinzu-
ziehen, entschied sich mein Körper irgendwann einfach einzuschlafen. Echt unmöglich, oder?

Kapitel 7 – Ilka

Stöhnend schlug ich die Augen auf. Oder zumindest war mir nach Stöhnen zu Mute, nur spielte mein Körper da nicht mit. Ach ja, meine Sicht war immer noch so grün. Aber warum? Eigentlich sollte ich jetzt mausetot sein. Ich hatte mich nicht länger in diesem Körper halten können, also wieso war ich noch hier?

„Ah! Ilka! Gott sei Dank! Ich dachte schon, ich hätte dich verloren!", erleichtert beugte sich Fuchszahn zu mir runter. Scheinbar lag ich auf einer ihrer Werkbänke. Hätte ich mir auch denken können. In technischen Problemen war sie eine der ersten Anlaufstellen, besonders für meinen Kumpel Ulrich.

Offenbar hatte er mir das Leben gerettet, nachdem ich seins gerettet hatte. Das klang echt nach dem Motto „eine Hand wäscht die andere".

Neugierig ließ ich meinen Blick durch die gewohnt chaotische Werkstatt schweifen. Neben meinen beiden Rettern waren noch Boudica, Laila und Meike anwesend. Meine lockige Freundin stand an Krücken und war ziemlich blass im Gesicht. Von ihrem Tänzchen mit dem Tod hatte sie sich offensichtlich noch nicht ganz erholt.

„Ilka? Kannst du mich verstehen?", ging Laila sofort zur ärztlichen Befragung über. Brav nickte ich. Durch meine Bestätigung schien die Heilerin gleich viel verwirrter zu sein: „Was hast du angestellt? Wir wollten deine Seele aus diesem Spion holen, aber... ich hab sowas noch nie gesehen... Du solltest nicht mehr bei Bewusstsein sein..."

Jetzt wurde es kompliziert. Wie sollte man nur in Zeichensprache sagen, dass man sich einen tödlichen Pfeil eingefangen hatte und wortwörtlich mit einem Bein im Grab stand, sich aber gerade noch rechtzeitig in diese Figur hatte retten können?

Nach kurzem, intensivem Nachdenken kam ich zum Schluss, dass es unmöglich war. Also tippte ich mir mit meiner silbernen Pfote nur auf den Mund, um alle hier daran zu erinnern, dass die Sprachfunktion in diesem Körper nicht inbegriffen war.

„Ach stimmt ja! Du kannst gar nicht antworten!", fiel es Fuchszahn wieder ein und sie schlug sich mit der flachen Hand gegen die Stirn. „Kein Probleeeehehehehem!", trällerte Boudica und vollführte mal wieder eine Pirouette, wie sie es so gerne tat.

Dabei konnte ich dann auch ihr neustes Outfit bewundern. Bei diesem durchgedrehten Orakel wurde man echt immer wieder aufs Neue überrascht.

Ihre Haare waren dieses Mal zu blonden Locken gedreht und mit jeder Menge bunten Blumen verziert. Sehr sommerlich. Um den Hals trug sie eine Kette, die verdächtig nach Fingerknochen aussah. Igitt. Ansonsten war es die typisch verrückte Boudica-Mischung: Gelbe Gummihandschuhe, schwarze Plateauschuhe mit Nieten, einen etwa knielangen Rock aus Pappkarton und durchsichtigem Klebeband, blaue Kniestrümpfe mit Teddybärenaufdruck, einen Pulli aus pinkem Kunstfell und zur Krönung darüber noch einen BH aus lauter kleinen Spiegeln.

Auffordernd streckte sie mir ihren Hintern hin, an dem ebenfalls mit Klebeband eine alte Schreibmaschine befestigt war. Na ja. Etwas gewöhnungsbedürftig, aber besser als weiter Pantomime.

Gerade als ich anfangen wollte in die Tasten zu hauen, schaute ich zufällig in einen der Minispiegel von Boudicas BH. Oha. Fuchszahn hatte meinen Katzenkörper ordentlich aufgemotzt. Überall hingen Schnallen und Antennen aus den verschiedenfarbigen Metallen an meiner Figur. Ich sah richtig gefährlich aus.

Spaßhaft schmiss ich mich in eine Heldenpose und schrieb: „GLADIATOR". Grinsend machte ich noch drei dramatische Muskelposen. Irgendwie fühlte ich mich gerade total ausgelassen. Lag wahrscheinlich daran, dass ich den Sog des Todes dank Fuchszahns Modifizierungen kaum noch spürte.

„Bitte benutz die Schreibmaschine nur für ernsthafte Nachrichten", teilte die werkende Seele nicht ganz meinen derzeitigen Humor. So gut wie es mit diesen Smaragdsteinen eben ging, verdrehte ich meine Augen. Dann machte ich mich daran ihnen eine Kurzfassung zu liefern. Am Ende kam das dabei raus: „SCHATTENSEELEN VILLA STEINSEE PFEIL MICH GETROFFEN HALB TOT IN SPION".

Mit endlosem Stirnrunzeln lasen meine Freunde die Nachricht. Bevor sie jedoch die Zeit hatten nachzubohren, musste ich selbst noch eine Frage loswerden: „JOLANDA?" „Sie ist im Krankenhaus. Wilhelm, Giganto, Berta und Theo passen auf sie auf. Es geht ihr gut", beruhigte mich Laila sofort: „Als

du dich am Auflösen warst, hat sie einen Teil deiner Energie absorbiert. Jetzt kann sie sich wieder völlig frei bewegen. Deswegen dachten wir zuerst alle, du wärst... tot."
Erleichtert atmete ich auf. Jolanda ging es gut. Theo ging es gut. Alles war gut. Von allen Seelen, die mir etwas bedeuteten, schien nur ich ziemlich tot zu sein. War doch ein ganz guter Schnitt für einen so großen Kampf. Allerdings gab es dafür sicherlich genug andere Nebelseelen, die Tote zu betrauern hatten oder die um das Leben von ihren Freunden bangen mussten. Da hatte ich dieses Mal wirklich Glück gehabt.
„Wie hast du das geschafft? Der Spion ist nicht für so etwas konzipiert. Eigentlich sollte das technisch gar nicht möglich sein", kam Fuchszahn wieder zur Anfangsproblematik zurück. „Deine Seele hat kaum noch Struktur. Deine Energie ist fast nicht mehr da. Wie kannst du da überhaupt noch denken?", ergänzte Laila die medizinischen Ungereimtheiten.
Der Einfachheit halber zuckte ich schlicht mit den Schultern. Auf dem Steinsee hatte ich keine Zeit für minuziös ausgearbeitete Pläne gehabt. Dieses ganze Pfeil-abfangen-und-dann-in-Figur-schlüpfen war mehr eine abstrakte Idee gewesen. Wirkliche Antworten konnte ich da also nicht liefern. Außerdem kannte ich mich in diesen Gebieten auch einfach nicht genug aus.
Mit zusammengezogenen Augenbrauen schauten mich fast alle Anwesenden an. Scheinbar war diese universelle Geste in meinem Katzenkörper nicht so gut rübergekommen. Dann musste ich es wohl doch schreiben: „KEINE AHNUNG".
Unbefriedigt glotzten mich alle an. Schließlich brach Meike dieses komische Schweigen: „Ist das alles?" Zur Bestätigung nickte ich. „Du hast also mal wieder einfach die kosmische Ordnung herausgefordert und gehofft, dass es schon klappen wird. Du bist echt der größte Glückpilz des Universums", mit einem kleinen Lachen schüttelte meine magische Freundin den Kopf.
Halbtot in einem kleinen, sprachunfähigen Katzenkörper mit Verfallsdatum zu stecken, empfand ich jetzt nicht unbedingt als Glück.
Entweder war mein genervter Blick nicht gut zu erkennen, oder Fuchszahn ignorierte ihn einfach, denn schon machte sie weiter im Programm: „Normalerweise kann eine Seele ja drei Tage in diesem Spiontypus bleiben. Die Extras, die ich

dran gebastelt habe, sollten eigentlich für eine weitere Woche reichen. Allerdings weiß ich nicht, ob das auch bei dir so ist. Und mir fällt auch nichts ein, was ich noch machen könnte. Technisch bin ich am Ende meiner Möglichkeiten. Ilka, du hast maximal noch eine Woche. Tut mir leid."

Na ja, eine Woche war doch schon mal deutlich besser als drei Tage. Und ich wusste auch schon was ich mit meiner verbleibenden Zeit anfangen wollte.

„STEINSEE ZURÜCKEROBERN", tippte ich in die Schreibmaschine an Boudicas Hintern.

„Schon vergessen wie es da aussieht? Die Schattenseelen haben uns vollkommen überrannt. So einfach werden sie den Steinsee nicht aufgeben", kritisierte Ulrich grimmig meinen Plan. „Wir können da nicht einfach so mir nichts dir nichts auftauchen. Unsere Vorräte an Tränken, Waffen, Fallen, einfach allem sehen wegen der großen Schlacht noch ziemlich Mau aus. Mit was willst du da bitte schön angreifen?", zeigte sich auch Meike nicht besonders optimistisch.

„Außerdem, was würde es bringen jetzt eine Offensive gegen die Schattenseelen zu führen? Selbst wenn wir gewinnen, würden sie sich neu formieren und wieder zurückschlagen", schloss sich Laila ihnen an. „Eine Spirale der Gewalt", kommentierte der ehemalige Gefangene finster.

Ja, sie hatten Recht. Der Interficientis würde alles dafür geben, um das, was er anfangen hatte, zu Ende zu bringen. Und dafür würde er Jolanda genau dort opfern. Egal was wir taten, egal wie viele von uns noch sterben mussten, er würde weiter machen. Ihn anzugreifen würde nur einen sinnlosen Tod bedeuten... Oder vielleicht war es auch genau das, was wir brauchten! Ja! Genau! Wieso hatte ich da nicht schon früher dran gedacht?!

Eifrig fing ich an zu schreiben: „INTERFICIENTIS TÖTEN".

„Bist du völlig übergeschnappt?!", verständnislos schaute mich Meike an. „Er ist die stärkste lebende Schattenseele! Den kann man nicht so einfach umbringen!", reagierte auch Ulrich auf meinen Geistesblitz ziemlich ungehalten.

„Hackt der Schlange den Kopf ab. Sie ist schnell und gefährlich, listig und giftig. Also seid langsam und schwach, dumm und unbedeutend. Gegensätze ziehen sich an. Gegensätze neutralisieren sich", während Boudica vor sich hin orakelte, setzte sie sich schwungvoll in Bewegung und hätte mir mit der Schreibmaschine fast einen Kinnhaken verpasst.

Wortlos verdrehte Laila die Augen, Prophezeiungen waren ja noch nie so ihr Steckenpferd gewesen. Und auch die anderen wirkten alles andere als überzeugt. Ich konnte gut verstehen, dass sie nicht wegen dem Gerede einer ausgewiesenen Verrückten ihr Leben riskieren wollten.

Allerdings konnte ich ihnen mein Vorhaben nicht erklären, weil die Schreibmaschine jetzt außer Reichweite war. Hilflos wedelte ich mit meinen Pfoten, in der Hoffnung, dass mich meine Freunde verstehen würden.

Lachend griff Boudica je eine meiner Pfoten mit Daumen und Zeigefinger und fing an, mich mit ihr im Kreis zu wirbeln, so als würden wir tanzen. Alles um uns herum verschwamm. Mir wurde richtig schwindelig und ich glaube ein paar Räder in meinem Kopf kamen aus dem Takt, zumindest klackte und ratterte es da sehr unangenehm.

Ich versuchte meine Pfoten wegzuziehen, doch Boudica ließ mich einfach nicht los! Es war echt scheiße so klein und wehrlos zu sein! Wie sollte ich irgendwie den Interficientis töten, wenn ich mich noch nicht einmal von unserem durchgedrehten Orakel befreien konnte?

Endlich hörte die leicht nervige Irre auf Karussell zu spielen. Echt jetzt? Wir hatten eine Nebelreise gemacht, ohne dass ich es gemerkt hatte und jetzt standen wir in einer von Boudicas vielen Küchen!

Behutsam setzte sie mich auf die Holzplatte des Küchentischs. Völlig vor den Kopf gestoßen glubschte ich sie an. Was sollte das?! Wir hatten gerade den Umsturz der Schattenseelen geplant, da konnte sie mich doch nicht einfach entführen! Ihre seltsamen Launen waren mehr als nur unangebracht!

Melancholisch tappte Boudica zur Ecke neben dem Edelstahlkühlschrank. Dort stand ein pinkes Plastikschälchen mit Katzenohren dran auf dem Boden. In ihm war eine ordentliche Portion von einer hellen Pampe. Wahrscheinlich wieder eine von den speziellen Katzenfutter-Mixen.

„Lord Voldemort ist weg. Ihr Licht ist erloschen", traurig ging die Irre neben dem Schälchen in die Hocke. Betrübt pflückte sie sich ein paar der Blumen aus ihren Haaren und legte sie auf den Schleim, als wäre es ein Grab.

Schweigend dachten wir beide einen Moment lang an die weiß-schwarze Katze, auf die man sich in den dunkelsten

Stunden immer hatte verlassen können. Dann stand Boudica vollkommen ernst auf und sprach mit belegter Stimme:

„Aufstieg und Niedergang
Ende und Neuanfang
immer dreht es sich im Kreise
immer auf die gleiche Weise
Leben gegeben, Leben genommen
nie darf es aus dem Fluss kommen
die eine muss bleiben, die eine muss gehen
und kein Stein bleibt auf dem andren stehen."

Und schon wieder eine düstere Abgrund-Prophezeiung. Dieses ganze Kreislauf-des-Lebens-Zeug hatte mir der Rat der Seelen schon ziemlich oft erzählt. Das war ja quasi die Quintessenz ihrer Existenz. Sorgen bereitete mir der letzte Reim. Wahrscheinlich handelte er von Jolanda und mir, zumindest waren wir ja die beiden Teile zum Öffnen des Abgrundes. Hieß das, dass ich dorthin gehen würde und sie hier zurückblieb?

Bis heute konnte ich das Rätselraten bei Prophezeiungen nicht leiden. Mir wäre es deutlich lieber, wenn unser Orakel mal klipp und klar sagen könnte, was Sache war.

„Auf leeren Magen denkt sich nicht gut", mit diesen Worten stand Boudica wieder auf und tänzelte zum Herd rüber. Dort stand ein fetter Topf aus Kupfer. Er war verziert mit irgendwelchen mittelalterlichen Motiven von Rittern, die gegen andere kämpften oder Drachenspieße machen wollten und natürlich auch mit Mönchen und Kreuzen, Engeln. Alles war ziemlich vollgestopft und ging chaotisch ineinander über.

Zufrieden wuchtete Boudica den Topf hoch und brachte ihn zum Tisch rüber. Genau in dem Moment, als sie den klobigen Topf scheppernd abstellte, erschien unter mir ein Suppenteller. Schlitternd krabbelte ich schnell aus dem mit Blumen bemalten Porzellangegenstand. Nicht dass Boudica noch auf die Idee kam mich in dem Topfinhalt zu baden.

„Es geht doch nichts über eine schöne, warme Suppe", richtig im bemutternden Oma-Modus rührte das Orakel mit einer roten Plastiksuppenkelle im Topf rum.

Am liebsten hätte ich ihr jetzt möglichst schonend gesagt, dass wir keine Zeit zum Essen hatten und wieder zu den anderen zurückgehen sollten. Nur konnte ich immer noch nicht sprechen und ich war mir nicht sicher, ob es eine gute Idee wäre mit einem riskanten Manöver zu der Schreibmaschine auf Boudicas Hintern zu klettern.

Summend schöpfte mir die Verrückte zwei Kellen dampfende Suppe aus. Sie hatte offensichtlich noch nicht gemerkt, dass ich in diesem Körper keine Nahrung zu mir nehmen konnte. Na ja, ich könnte es schon versuchen, aber Boudicas-Spezialsuppe war sicher nicht so optimal für die Technik in mir.

Was genau hatte sie dieses Mal eigentlich zusammengemixt? Neugierig lugte ich über den Tellerrand. Von den Grundzügen her sah es sogar noch ziemlich normal aus: Eine klare Brühe mit ein bisschen Grünzeug und Buchstabennudeln. Allerdings schwammen darin auch zwei matschige lila Kugeln, um die herum es leicht schäumte und die verdächtig nach Badeperlen rochen. Zusätzlich konnte ich eine Salamischeibe, Mandarinenschalen und Himbeeren erkennen.

Unterm Strich war ich ganz froh, dass ich das nicht essen musste. Aber die Buchstabennudeln brachten mich auf eine Idee.

Sofort fing ich an sämtliche Nudeln aus der Suppe zu angeln. Hoffentlich würde mein toller Katzenkörper davon nicht anfangen zu rosten. Obwohl, ich würde sowieso nicht mehr lange genug leben, um mitzubekommen wie es Rost ansetzte.

Aus dem Buchstabensalat, der mir zur Verfügung stand, fing ich an mir eine kurze Nachricht zusammen zu basteln. Bei ein paar Buchstaben trickste ich auch ein bisschen. Ich hatte zum Beispiel so viele „E"s, dass ich aus einem ein „F" machte und so Geschichten. Am Ende hatte ich zwei Wörter auf den Tisch gelegt: „ZURÜCK FREUNDE". Immense Botschaft, ich weiß.

Um Boudica darauf aufmerksam zu machen, boxte ich einfach einmal mit meiner Pfote gegen den Topf, dass es nur so knallte. Augenblicklich hatte ich ihre volle Aufmerksamkeit. Demonstrativ tippte ich mit meiner Pfote auf meine Nudelnachricht.

Auffordernd schaute ich sie aus meinen kleinen Smaragdaugen an. Nur für einen Wimpernschlag hatte ich sie aus den Augen gelassen und schon hatte sie ein Umstyling vorgenommen.

Unter einer braun karierten Detektivmütze schauten noch die Spitzen ihrer fast schwarzen Haare hervor. Um ihren Hals baumelte eine Tabakpfeife aus dunklem Holz. Ihre Ohren hatte sie mit schwarzen Totenkopfohrringen geschmückt und im Gesicht trug sie um die Augen eine rote Superheldenmaske mit schwarzen Punkten. Als Oberteil hatte sie eine Art T-Shirt aus alten Zeitungen gebastelt. Zum Abschluss befanden sich an ihren Händen noch diese milchig, durchsichtigen Handschuhe, wie sie auch immer Ärzte oder polizeiliche Ermittler trugen.

Insgesamt hatte ihr neues Outfit eindeutig das Motto „Verbrechensbekämpfer". Hoffentlich hatte sie die Schreibmaschine nicht weggezaubert. Rein theoretisch würde die ja thematisch noch ziemlich zu ihrem Aufzug passen.

Mit einer großen Lupe begutachtete Sherlock Boudica meine Suppenmitteilung. Durch das Glas sah ihr Auge richtig riesig aus. Fast schon ein wenig unheimlich. Besonders wenn man so klein war, wie ich gerade. Allerdings hatte ich schon deutlich Gruseligeres gesehen.

Geduldig wartete ich bis Boudica die Nudelnachricht förmlich mit ihren Augen eingescannt hatte. Schlagartig richtete sie sich auf und schmiss die Lupe quer durch die Küche. Klirrend zerbrach das Vergrößerungsglas an einer der grün gekachelten Wände.

„Du hast Recht! Unsere Freunde brauchen auch Suppe!", rief die Verrückte inbrünstig. Das war zwar nicht ganz das, worauf ich hinauswollte, aber wenn wir dafür wieder zurückreisten, war mir das auch egal.

Geschäftig holte Boudica aus einem Schrank einen großen Stapel Teller und riss einfach die ganze Besteckschublade raus. Dann klemmte sie sich noch irgendwie den Topf unter den Arm.

Kräftig sprang ich vom Tisch ab und landete genau wie beabsichtigt an ihrem Kartonrock. Meine kleinen Krallen stanzten Löcherchen in die Pappe, während ich mich eilig zur Schreibmaschine vorarbeitete.

Um uns herum bildete sich der altvertraute Nebel. Haltsuchend krallte ich mich am „R" fest, nicht dass ich unterwegs verloren ging, keine Ahnung was dann passieren würde…

Als sich der Nebel wieder lichtete, standen wir in Fuchszahns Wald. Die Gegend erkannte ich sofort.

„Juuuhhhuuuu!", trällerte Boudica in den Wald. Niemand antwortete. Was für eine Überraschung. Immerhin war es durch den Fallenbereich noch ein gutes Stück bis zur Hütte hin. Plötzlich rannte das Orakel los und zwar im Supergeistertempo.

Bei dieser ruckartigen Beschleunigung riss ich glatt die Taste für das „R" raus. Nur mit Mühe und Not konnte ich mich irgendwie trotzdem festhalten. Bis sie stehen blieb. Das abrupte Anhalten schleuderte mich nach vorne und ich knallte knisternd gegen ihr Zeitungs-T-Shirt. Hilflos krachte ich mit meinem Rücken gegen die Schreibmaschine und rollte über die Tasten. Dann ging es in den freien Fall über.

Elegant landete ich wieder auf allen vier Pfoten. Hoffentlich hatte ich mir bei meiner Begegnung mit der Schreibmaschine nichts abgebrochen. Zwischendurch hatte es ziemlich geknackt und gescheppert. Aber bis jetzt spürte ich noch nichts, schien also alles noch zu funktionieren.

Boudica veranstaltete einen regelrechten Trommelwirbel gegen Fuchszahns Tür. Damit ich auch ja nicht hier draußen vergessen wurde, sprang ich an Boudicas Wade und arbeitete mich von da aus wieder zur Schreibmaschine vor.

Oh klasse. Ich hatte bei meinem Sturz eine sehr interessante Nachricht verfasst: „RRRKSLHKGEY". Und jetzt hatte ich gar kein „R" mehr. Super.

Fuchszahn öffnete die Tür. Bevor sie zu Wort kommen konnte, legte das Orakel los: „Ich habe Suppe gemacht! Lecker lecker Suppe! Es gibt Suuuhuhuhuppe!" Auf ihre typisch sorglose Art drängte sie sich einfach an der Tierseele vorbei in ihre Werkstatt.

Als sich Boudica umdrehte, um die Teller und alles zu dem allgemeinen Chaos auf einen der Tische zu quetschen, konnte ich sehen, dass alle noch da waren. Das war doch schon mal ganz gut. Jetzt konnte ich ihnen endlich erklären, warum wir den Interficientis ausschalten mussten, wenn auch ohne „R".

Fleißig fing ich an zu tippen: „INTEFICIENTIS TOT. MACHTVAKUUM. KÄMPFE ZWISCHEN SCHATTENSEELEN. ZEIT FÜ UNS. GLÜCK NEU ANFÜHE KEIN INTESSE ABGUND."

Ohne „R" klang das schon ordentlich seltsam und auch ansonsten nervte es mich, dass ich alle Sachen so komisch kurz gefasst im Telegrammstil schreiben musste. Eine mitreißende, gefühlvolle Rede war das ja nicht gerade.

„Ja, das ist schon klar. Aber wenn das so einfach wäre, hätten wir es selbst schon vor Jahren getan und sie es umgekehrt bei uns. Allerdings sind die Oberhäupter der Seelenfraktionen nicht ohne Grund an der Spitze. Dein Vorschlag ist utopisch. Da ist nichts zu machen", versuchte mich Fuchszahn wieder auf den Boden der Tatsachen zurück zu bringen.

Doch im Moment wollte ich nicht auf Nummer sicher gehen. Dafür hatte ich einfach zu wenig Zeit.

„Hör mal Ilka. Das wäre ein Selbstmordkommando. Willst du das wirklich?", ziemlich hoffnungslos schaute mich Meike an. Nein, das wollte ich nicht. Aber aufgeben wollte ich genauso wenig.

„ICH ALLEIN", entschied ich schließlich todernst. „Du willst das alleine durchziehen?!", fassungslos starrte Ulrich mich an. „Ilka, du darfst dein Leben nicht einfach so aufgeben! Wir finden einen Weg dich wieder hinzubekommen. Wenn du dich jetzt dafür opferst ist es endgültig vorbei", entgegnete Laila mit sorgenvoller Stimme.

„Super Suppe ist unterwegs!", rief Boudica ausgelassen und wirbelte mit ihren Armen voller gut gefüllter Suppenteller durch den Raum. Dieses Mal fuhr ich einen Augenblick zu spät meine Krallen aus.

Schwungvoll wurde ich von der Schreibmaschine katapultiert. Schlitternd landete ich auf dem Boden und rutschte geradewegs unter Fuchszahns abgewetzten, dunkelgrünen Sessel. Hier waren Staubflusen, die fast meine Größe hatten! Ich wollte gar nicht wissen, wie es bei uns zu Hause unter den Möbelstücken aussah.

Heldenhaft kämpfte ich mich durch das Meer aus Staub. Jeder war schon mit einem dampfenden Teller von Boudicas Suppe versorgt und gab sich große Mühe nicht daraus zu essen. Außer natürlich Boudica, die schlürfte gierig einen Löffel nach dem anderen.

Gedankenverloren setzte ich mich hin und legte meinen Schwanz um die Pfoten. Ich wollte dieses Leben nicht aufgeben. Weder meine Familie im Leben vor dem Tod, noch meine Freunde auf dieser Seite. Aber es war wie Boudica gesagt hatte, eine musste gehen, ich musste gehen. Und ich brauchte ihre Hilfe, um meinen Abgang denkwürdig zu machen.

Entschlossen lief ich los und benutzte das Orakel mal wieder als Kletterbaum. An der Schreibmaschine angekommen, fing ich sofort an eine neue Mitteilung zu verfassen: „BAUCHE WAFFEN. BOMBEN GAS ALLES WAS HABEN. WENN ICH GEHE KEINE FALLEN AUSLÖSEN. ICH KANN SCHAF-FEN. JEMAND IN SPIEGELSEE POTAL ÖFFNEN."
Diese kurzen Nachrichten hörten sich echt behämmert an. Wie ich meine Stimme vermisste. Und das „R" vermisste ich auch.
„Wenn du das wirklich willst, werde ich dir helfen. Ich gehe mit dir", ernst schaute mich Fuchszahn an. „NEIN. DICH BAUCHEN NEBELSEEELEN", schnell schlug ich auf die Tasten. „Dich etwa nicht?", entgegnete meine Freundin und zog unbeeindruckt die Augenbrauchen hoch. „SOWIESO FAHST TOT", konterte ich mit einem kleinen Tippfehler. Schnelles Schreiben ging an diesem prähistorischen Teil nicht so super.
„Ilka. Wir sind deine Freunde. Deine verrückten Pläne ziehst du nicht alleine durch", schloss sich auch Laila ihr an. „Pläne kann man das ja nicht nennen. Das ist höchstens ein spon-tanes Improvisieren. Aber das wird dieses Mal nicht reichen. Wir machen einen Plan, besorgen alles Nötige und dann tre-ten wir den Schattenseelen mal richtig in den Arsch", kampf-bereit richtete sich Meike an den Krücken auf. „Ich bin zwar nicht besonders wild darauf zu sterben, aber wenigstens kann ich mich dabei rächen. Klingt doch nach einem guten Ende", entschied sich Ulrich grimmig auch mitzumachen.
„Hauen wir die Schattenseelen in die Pfanne!", schrie Bou-dica begeistert und ehe ich mich versah, lag ich in einer Pfanne.
Mit wild schlagendem Herzen schaute ich meine Freunde an. Ich wollte nicht, dass ihnen etwas passierte, aber ich brauchte sie in diesem Kampf. Und ich war unendlich dank-bar, dass sie für mich da waren. Ganz alleine, als winziger Spion standen meine Chancen schlecht, aber mit ihnen...
Vielleicht gelang es uns ja wieder, das Unmögliche möglich zu machen. Immerhin war das mein Spezialgebiet.

Kapitel 8 – Jolanda

Ich saß bei uns zu Hause am Küchentisch. Vor mir lag ein riesiger Stapel Arbeitsblätter für die Schule. Unnatürlich laut hallte das Ticken der Uhr durch den Raum und irgendwie kam ich mir mit jedem Ticken kleiner und kleiner vor, während der Berg aus Schulaufgaben noch zu wachsen schien.

Irgendwann war ich so klein, dass der Papierhaufen tatsächlich ein Berg geworden war und ich stand auf der Tischplatte vor ihm. Quer über meine Schulter hing ein zusammengerolltes Seil und Steigeisen hatte ich auch dabei.

Entschlossen schaute ich nach oben. Keine Ahnung wie ich auf die Idee kam, aber ich wollte da unbedingt hochklettern. Eifrig machte ich mich ans Werk. Eine Seite nach der anderen überwand ich fast schon spielerisch und fühlte mich dabei wie eine richtige Bergsteigerin.

Plötzlich frischte der Wind auf und die weißen Blätter fingen an zu zittern. Krampfhaft klammerte ich mich an ihnen fest. Ich war fast oben, mir fehlten nur noch etwa fünf Seiten. Verbissen starrte ich hoch zu meinem fast erreichten Ziel und packte hartnäckig die nächste Seite. So ein kleines Lüftchen konnte mich doch nicht aufhalten! Schließlich war ich ein Profi!

Dramatisch flatterten meine Haare im Wind, während ich mich Stück für Stück weiter hochkämpfte.

Und dann hatte ich es geschafft. Mit meiner Hand schlug ich auf die letzte Seite und zog mich mit einem eleganten Klimmzug hoch. Oder zumindest fing ich damit an. Doch mitten in meiner kraftvollen Bewegung kam schlagartig eine besonders starke Böe und ich wurde samt den Englischhausaufgaben in die Luft gewirbelt.

Laut schrie ich auf, als ich orientierungslos durch die Leere trudelte. Alles drehte sich vorwärts, rückwärts, seitwärts. Ich hatte überhaupt keine Kontrolle über meinen Körper und genauso wenig über meine Gedanken. Irgendwie schweifte ich total ab.

Dann tauchte ich grundlos wieder aus dieser schläfrigen Trance auf und flog über eine Landschaft nur aus Süßigkeiten. Es gab einen Schokoladenfluss und Cake-Pop-Bäume mit verschiedenen Glasuren und Streuseln. Käsekuchenherzen schauten aus der Gummibärchen-Wiese hervor und hier und da sah ich einen Keksfelsen. Einfach nur wunderschön und lecker.

Während ich mir überlegte, was ich als erstes essen würde, flog ich unbewusst weiter. Schwerer Fehler. Weil ich ständig nach unten geguckt hatte, war mir nicht aufgefallen, dass direkt vor mir ein Spinnennetz aus rosa Zuckerwatte hing und ich war direkt in die Falle gegangen.

Instinktiv versuchte ich natürlich sofort mich zu befreien, doch es klebte einfach viel zu sehr. Gierig tauchte am Rand des Netzes eine gigantische Lakritzspinne auf. Panisch schrie ich und zerrte mit aller Kraft an der tödlichen Zuckerwatte. Ohne Erfolg.

Blitzschnell war das widerwärtige Tier zu mir gekrabbelt und fing an mich in ihr zuckriges Netz einzuwickeln. Verzweifelt zappelte und kreischte ich, aber es hatte keinen Zweck. Hilflos hing ich im Netz der Spinne.

Das Letzte was ich sah, waren ihre unheimlichen Augen und die großen Greifzangen, die aus ihrem Maul ragten, dann hatte sie mich komplett in die Zuckerwatte gehüllt und alles wurde dunkel.

Ängstlich wartete ich auf meinen Tod. In diesem klebrigen Kokon bekam ich kaum Luft und ich fühlte mich von der Last der Finsternis völlig zerdrückt.

Dumpfe Schritte kamen näher. Mit rasendem Herzen drückte ich mich an die Wand hinter der Tür. Ja, jetzt stand ich plötzlich in unserem Wohnzimmer, vom Kokon war keine Spur mehr. Keine Ahnung wie das ging. Aber gerade machte ich mir da auch keine Gedanken drüber.

Dunkel gekleidete Leute betraten den Raum. Von meinem nicht besonders originellen Versteck aus konnte ich sie gut sehen und trotzdem schienen sie mich nicht zu bemerken. Und das war gut so. Diese Fremden waren gefährlich, daran bestand kein Zweifel. Sie alle hatten spitze Vampirreißzähne und eine innere Gewissheit sagte mir, dass sie zusätzlich noch Schattenseelen waren.

„Blutreste an den Zähnen sind unappetitlich. Deswegen benutze ich die neue Zahnpasta von der Interficientis-GmbH", fing einer der Vampire aus heiterem Himmel an Werbung zu machen und grinste dabei so extrem zähnezeigend.

Mit einem kalten Gefühl schaute ich noch einen Augenblick auf die finsteren Heerscharen, die in Wirklichkeit nie in unserem Wohnzimmer Platz gefunden hätten. Danach wagte ich *mich aus meinem Versteck, um in die Küche zu schleichen. Von dort wollte ich fliehen. Ich musste meine Geisterfreunde unbedingt davor warnen was hier vorging!*

Völlig selbstverständlich öffnete ich das Fenster, um dort raus zu klettern. Rational betrachtet war das zwar vollkommener Schwachsinn, aber egal. Draußen war es kalt und dunkel. Drückende Stille lag über ganz Widanbach und das Leuchten der Straßenlaternen tauchte alles in ein blutrotes Licht.

Trittsicher hangelte ich mich an unserer Wand entlang. „Nur nicht nach unten schauen", redete ich mir permanent ein, obwohl ich eigentlich gar keine schlimme Höhenangst hatte. Und wie es komme musste, schaute ich natürlich doch runter. Oh Gott!

Statt unserer gepflasterten Einfahrt gähnte dort ein unendlicher Abgrund, der Abgrund. Mein Atem stockte. Wieder war da dieser Sog, diese beängstigende Verlockung. Ein Teil von mir wollte sich fallen lassen und ich konnte den Blick einfach nicht abwenden. Von unten stieg ein gequältes Rauschen zu mir auf.

„Jolanda, Jolanda", flüsterte eine drängende Stimme. Schmerzhaft schlug mir mein Herz bis zum Hals. „Jolanda!", rief die Stimme lauter und sprengte meine Welt.

Der Geruch von Desinfektionsmittel stieg mir in die Nase. Ach ja, stimmt ja. Ich war im Krankenhaus. Hätte ich fast vergessen. Nein, ehrlich gesagt nicht nur fast.

Grummelig drehte ich mich auf den Rücken und begrub dabei halb Lotta unter mir. „Hey!", beschwerte sie sich und ich rückte schnell wieder von ihr weg. Durch diese Überraschung schon deutlich wacher, entschuldigte ich mich augenblicklich: „Tut mir leid!"

„Willst du fürs Essen vielleicht in dein Bett?", fragte meine Zimmernachbarin mit einem kleinen Grinsen. Einen Wimpernschlag brauchte ich noch bis ich mich ganz orientiert hatte, dann nickte ich langsam und stand schlaftrunken auf.

Genau wie gestern ratterte unser Frühstück durch den Flur. Ich hatte noch gar keinen richtigen Hunger. Aber wenn ich das Essen sah, würde das bestimmt noch kommen.

Gedankenverloren schaute ich aus dem Fenster zu dem blassen Morgenhimmel. Irgendwie nahm mich dieser Traum mit. Die Sache mit dem Abgrund und dem Interficientis jagte mir einen kalten Schauer über den Rücken.

Wieso konnte ich nicht einfach ganz normale Träume haben?! Warum waren das ständig Prophezeiungen und Vordeutungen?! Oder war es vielleicht doch gar kein Wahrtraum sondern einfach nur eine Verarbeitung meiner Geistersorgen? So oder so war es ein echt mieser Start in den Tag.

In dem Moment wurde unser Frühstück ins Zimmer gerollt und lenkte mich von meinen fiesen Gedanken ab. Es gab wieder genau das Gleiche wie letztes Mal, was ja nicht schlecht war. Und auch dieses Mal kam aus heiterem Himmel eine kleine Armada an Ärzten rein, während ich noch vollauf mit dem Essen beschäftigt war.

Aber zum Glück saß ich heute nicht alleine vor diesen Weißkitteln, die meine Symptome und meinen Zustand auf die komplizierteste Weise besprachen, als wäre ich gar nicht anwesend. Immer wieder tauschten Lotta und ich verwirrte bis skeptische Blicke und ich musste mich total zusammenreißen nicht loszulachen.

Meine erste Visite war mir ja total unangenehm vorgekommen, doch jetzt wirkte die Situation einfach nur noch urkomisch. Nachdem sich die Ärzte wieder verzogen hatten, machten meine Zimmergenossin und ich uns einen Spaß daraus ihr Fachgerede nachzuahmen. Wir dichteten uns echt so einen Quatsch zusammen!

Von all den abstrusen Krankheiten, die wir uns ausdachten, war mein absoluter Favorit das Jojo-Syndrom, das oft bei der lottarischen Traubenlappenstörung im Hinterhalthirn auftrat. Keine Ahnung wie wir darauf gekommen waren.

Nicht lange nach dem Frühstück kamen meine Eltern. Ich sollte endlich entlassen werden. Mit einem extrem befreiten Gefühl packte ich die paar Sachen, die ich hier hatte, zusammen und tauschte mit Lotta noch Telefonnummern aus.

Kontakt zu halten war zwar nicht unbedingt eine meiner herausragenden Stärken, aber ich nahm mir fest vor Lotta als meine Krankenhausfreundin nicht in dem schwarzen Loch meiner Grundschulklassenkameraden verschwinden zu lassen.

Zum Abschied malte ich ihr eine ziemlich verkrüppelte Pfirsich-Herz-Mischung auf den Gips und schrieb dabei: „frichtiger Pfursisch", in Gedenken an ihren Werbeversprecher gestern Abend. Auch wenn das wahrscheinlich niemand sonst verstehen würde.

Der Gedanke gleich wieder nach Hause zu können, ließ mich vielleicht ein klein bisschen überschwänglich werden, denn ich umarmte Lotta noch einmal ganz fest, bevor es für mich endgültig los ging.

Man war das ein schönes Gefühl aus dem Krankenhaus zu treten! Eine kühle Brise wehte mir um die Nase und ich schloss für einen Wimpernschlag genussvoll die Augen. Natürlich war die Stadtluft nicht so frisch wie die zu Hause, aber sie war so viel besser als dieser Geruch nach Desinfektionsmittel und Krankheit, der überall da drinnen hing.

„Komm Schatz", lächelnd legte mir meine Mama die Hand auf die Schulter. Breit grinste ich zurück. Ab nach Hause! Beschwingt schlenderte ich zum Auto und nahm auf der Rückbank platz. Der Beifahrersitz gefiel mir eigentlich besser, aber der war für meinen Papa reserviert und gerade war es mir auch sowas von egal wo ich saß, Hauptsache ich kam heim.

Zufrieden schaute ich aus dem Fenster. Scheinbar hatte es in der Nacht ordentlich geregnete, alle Straßen waren nass und die feuchte Luft ließ die Bäume am Straßenrand in Nebel verschwinden.

Das an sich war ja nichts Besonderes, aber was die Morgensonne daraus zauberte, war einfach nur magisch. Alles leuchtete golden, die Straße, der Nebel, einfach die ganze Landschaft. Natürlich blendete das auch ganz schön, doch es war trotzdem total edel und... ich weiß gar nicht wie ich es sagen soll... lebendig? Ich weiß auch nicht, aber dieser strahlende Moment fühlte sich irgendwie an wie ein Comeback.

Automatisch setzte sich ein verträumtes Lächeln auf meinem Gesicht fest. Nach allem was mit dem Abgrund passiert war, war ich wieder da, ganz normal in der Menschenwelt, als wäre eben doch nichts passiert. Und es fühlte sich einfach verdammt gut an weiter zu machen. Gerade war ich einfach so lebendig und im Hier und Jetzt.

Zu Hause wurde meine Laune noch besser, als ich sah was Opa Titus zum Mittagessen gemacht hatte. Es gab Schwenkbraten, Grillspieße, Käsewürstchen, Rosmarinkartoffeln und extra für mich eine riesige Schüssel Möhrensalat. Also ein richtiges Festmahl. Und zum Nachtisch stand neben dem Herd noch ein Käsekuchen.

War das nur Zufall oder hatte Oma Ilka ihm vielleicht von meinem Käsekuchen mit Theo erzählt? Auf jeden Fall musste ich dabei sofort an meinen frischgebackenen Freund denken und gleichzeitig wurde mir bewusst, dass ich niemandem in meinem normalen Leben wirklich von ihm erzählen konnte.

Mit Lotta hatte ich darüber reden können, aber sie würde sich auch nicht wundern, warum er nie zu Besuch kam oder es keine Bilder von ihm gab. Bei meiner Familie sah das anders aus.

Aber darüber wollte ich mir gerade keine Gedanken machen. Das zwischen uns war ja sowieso noch ganz neu, auch wenn ich natürlich hoffte, dass es noch ganz lange halten würde.

„Ich lass dich nicht mehr los", erklangen seine liebevollen Gedanken in meinem Kopf und ich konnte spüren wie ich rot wurde. Da hatte er wohl mal wieder etwas über meine Verbindung mitgekriegt, dass ich ihm gar nicht hatte schicken wollen. Manchmal war ich mit meinen Gedanken echt ganz wo anders.

Unbeschwert saß ich mit meiner Familie zusammen und genoss das leckere Willkommens-Mittagessen. Nur eine Person fehlte: Oma Ilka. Der Anblick ihres leeren Stuhls sorgte für einen Knoten in meinem Bauch. Doch ich versuchte einfach so wenig wie möglich daran zu denken und dank meiner Familie klappte das auch ganz gut.

Von meiner langen Geisterphase fühlte ich mich immer noch ein bisschen schlapp, deswegen ließ ich den Tag schön ruhig angehen. Die meiste Zeit lag ich nur auf dem Sofa rum und guckte Fernsehen. Einmal machte ich ein kurzes „Nickerchen" und schaute in der Geisterwelt vorbei. Meine kleine Schutzgruppe war nach wie vor da. Giganto war ganz begeistert vom Fernseher und Wilhelm stand mit vor der Brust verschränkten Armen und skeptischem Blick daneben.

Als Erstes bemerkte mich die militärische Frau. Dezent räusperte sie sich und sofort schaute der erfahrene Kämpfer auch zu mir rüber. „Wo ist Theo?", fragte ich verwundert und vielleicht auch mit einer kleinen Spur Angst.

Hatten etwa die Schattenseelen angegriffen, während ich mir Filme reingezogen hatte? Hoffentlich war ihm nichts passiert!

„Oh. Kannst du etwa nicht mehr ohne deinen Schatz sein?", entgegnete Wilhelm mit einem stichelnden Grinsen.

Erleichtert schüttelte ich den Kopf. Wenn etwas Ernstes passiert wäre, hätte er sicher nicht so einen dummen Spruch gebracht.

„Er ist zur Heilung in einem unserer sicheren Verstecke", gab mir die fremde Nebelseele nüchtern Auskunft. „Aber wenn es dich beruhigt, er hat dich nur sehr ungern alleine gelassen", frech zwinkerte mir Wilhelm zu. Darauf erwiderte ich einfach nichts, sondern kehrte kurzerhand in meinen Körper zurück. Hier war alles in Ordnung. Ich musste mir keine Sorgen machen. Fast schon kam es mir unwirklich vor, dass es so friedlich war, immerhin war der Abgrund so gut wie offen und es passte nicht zu den Schattenseelen einfach aufzugeben.

Und schon wieder kreisten meine Gedanken um die Geisterwelt, auch wenn ich eigentlich gerade ein bisschen die Ruhe als normale Teenagerin genießen wollte. Scheinbar sah mein Kopf das ein wenig anders.

Den gesamten Nachmittag schaute ich noch Fernsehen und ließ meinen Gedanken freien Lauf. Alma saß unbeteiligt neben mir und war wie sonst auch völlig auf ihr Handy fixiert. Trotzdem fand ich es schön, dass sie da war und es gab mir einfach ein Gefühl von Normalität.

Zwischendurch kam unsere Katze Lilo vorbei getigert und legte sich für eine Weile total lieb zu mir. Endlich wieder mit ihr zu schmusen war so schön.

Abends gönnte ich mir dann wieder eine üppige Mahlzeit. Obwohl das Krankenhausessen auch nicht schlecht gewesen war, zu Hause schmeckte es halt doch am besten.

Nachdem ich schon den ganzen Tag das Fernsehprogramm bestimmt hatte, fragte ich Alma abends, ob sie vielleicht auch mal einen Film aussuchen wollte. Wie sonst auch entschied sie sich dagegen. Ich würde wohl nie verstehen, wie sie diese Handyvideos so genialen Filmen und Serien vorziehen konnte.

Weil sich meine Eltern jetzt auch zu uns aufs Sofa gesetzt hatten, konnte ich nicht mittig aus meiner Ecke aufstehen, wie ich es meistens tat, sondern musste auf der anderen Seite raus. Dabei wäre ich fast über Almas Ranzen gestolpert.

Warum stellte sie ihn auch ausgerechnet vors Sofa?!

„Hey, Alma! Dein Ranzen steht echt an einem scheiß Platz, aber wahrscheinlich hörst du mir gar nicht zu, weil du wie hypnotisiert auf dein Handy starrst. Alma!", beschwerte ich

mich, während ich den nächsten Film in den DVD-Player legte. Irritiert schaute meine Schwester auf: „Häh? Ich hab doch schon gesagt, dass es mir egal ist was wir gucken."
Mit einer Mischung aus Lachen und gerunzelter Stirn schüttelte ich den Kopf. Es war ja schon irgendwie witzig wie wenig sie manchmal mitbekam.

Zwar war es eigentlich noch gar nicht so spät und der Film war echt spannend, aber während er lief, ertappte ich mich immer wieder dabei, wie ich gähnte oder sogar fast wegnickte. Jetzt bekam ich meine halb durchgemachte Nacht mit Lotta zu spüren.

Bis zum Ende des Films wartete ich noch, dann ging ich zügig ins Bett. Auch Alma machte sich fertig um schlafenzugehen. Morgen war Dienstag und das hieß Schule. Allerdings hatte ich das Glück noch einen Tag zuhause bleiben zu dürfen. So ein Krankenhausaufenthalt hatte schon gewisse Vorteile.

Unterm Strich müde aber zufrieden schleppte ich mich nach oben in mein Zimmer. Plötzlich nahm ich so viele Details wahr, die ich vorher nie beachtet hatte. Dieses warme Gefühl der Holzdielen unter meinen Füßen und der vertraute Geruch... Es fühlte sich so sehr nach zu Hause an. Ich war unendlich froh wieder hier zu sein.

Glücklich ging ich zu meinem Aquarium. Meine Fische schienen mich nicht vermisst zu haben, aber das war ja auch kein Wunder. Breit grinste ich die sorglosen Tiere an und schaute ihnen kurz zu, wie sie voller Leichtigkeit hin und her schwammen.

Wenn ich so darüber nachdachte, war das Leben eines Fisches gar nicht so schlecht. Man musste sich keine Gedanken machen und lebte einfach unbeschwert vor sich hin. Es gab nur essen, schwimmen und schlafen. Immer routiniert und sicher.

Aber man musste den ganzen Tag in seiner eigenen Scheiße schwimmen... Vielleicht war es doch nicht so das Non-Plus-Ultra Leben. Bestimmt wurde das auch ganz schnell echt eintönig.

Nein, es war schon in Ordnung so wie es war. Ich wäre sicher kein guter Fisch. Am Ende würde ich vor lauter Langeweile noch im Filter Selbstmord begehen.

Gierig schwammen manche Fische an die Oberfläche und schnappten nach nicht vorhandenem Essen. Stimmt ja. Für heute hatten sie ja noch nichts bekommen. Sofort streute ich ihnen ein bisschen was aus der Dose ins Becken und holte dann noch eine Tablette für meine Welse.

Weil die Tabletten ziemlich dick waren, brauchten meine kleinen Fischlein allerdings nur eine halbe. Locker wollte ich sie zerbrechen, doch so locker ging das nicht. Das Teil war verdammt robust und dann auch noch zu klein um es vernünftig festzuhalten.

Verkrampft drehte ich es in meinen Fingern hin und her und versuchte immer wieder das Ding klein zu kriegen. Mit roher Gewalt klappte es schließlich. Zufrieden schaute ich auf mein hart erkämpftes Werk.

Und dann fielen mir einfach beide Hälften rein. Genervt starrte ich auf das Aquarium. Echt jetzt?! Schnaubend schloss ich den Deckel wieder.

Wie ein Blitz kam Stitch in mein Zimmer geschossen und schlitterte unter mein Bett. Überrumpelt schaute ich auf die Stelle, wo mein Kater verschwunden war. Was war denn jetzt in den gefahren? Katzen konnten manchmal echt seltsam sein.

Neugierig bückte ich mich und lugte unters Bett. Ganz hinten in der letzten Ecke hockte der freche Kater und funkelte mich aus seinen grünlichen Augen an. Verwegen fegte sein flauschiger Schwanz hin und her. Damit war er bestimmt effektiver als jeder Staubwedel.

„Gute Nacht", wünschte mir mein Papa und wollte schon die Zimmertür zumachen. „Nein! Stitch ist noch unter meinem Bett!", hielt ich ihn auf.

Über Nacht sollten die Katzen nicht in unseren Zimmern sein, das hatte meine Mama irgendwann mal bestimmt.

Alles andere als begeistert legte sich mein Papa auf den Boden und griff nach dem verspielten Kater. Tiefenentspannt blieb der einfach in seiner Ecke. Mein Papa war zu dick, er passte nicht unters Bett und seine Arme waren nicht lang genug, um bis nach ganz hinten zu reichen.

Genervt kniete Papa sich wieder hin. So würde er nicht weiterkommen, das war ihm klar. „Vielleicht kommt er ja zum Spielen raus", überlegte Alma und fing augenblicklich an mit irgendeinem Bändel rumzufuchteln. Auch davon ließ sich Stitch kein bisschen beeindrucken. Sein Gesichtsausdruck sah fast schon belustigt aus. Dieser kleine Frechdachs.

Spontan schnappte sich Papa eine weiße Plastikbox und schubste sie unters Bett zum Kater. „Was ist das denn für ein Kater?!", beschwerte sich mein Papa leicht aggressiv. Mit hochgezogenen Augenbrauen schaute ich ihn an. Hatte er vorgehabt Stitch damit rauszuekeln? Wenn ja, war er ordentlich gescheitert. Verwirrt schaute unser Kater die Plastikbox einfach nur an und schien sich noch nicht ganz sicher zu sein, was er damit tun sollte.

Aber was war das auch für ein Plan, einfach so eine Box gegen den Kater zu kicken?!

Und dann übertrumpfte Stitch diese Aktion auch noch, indem er verträumt in die Box krabbelte und es sich darin bequem machte. Zu seinem Nachteil kam Papa allerdings an den Rand der kleinen Kiste und bevor der freche Stubentiger wusste wie ihm geschah, war er schon rausgezogen worden. Überrumpelt schaute sich unser Samtpfötchen um. Bevor er sich jedoch noch einmal irgendwo verstecken konnte, schnappte mein Papa ihn sich und ging in Richtung Tür. Alma huschte flott mit in den Flur.

„Träumt schön!", wünschte ich ihnen noch schnell. „Ja, du auch", kam die kurze Antwort und schon machte er die Tür zu. Die Antwort meiner Schwester bekam ich gar nicht mehr mit, wenn sie überhaupt etwas sagte. Kurz darauf hörte ich, wie der Kater auf den Boden plumpste.

Lächelnd dachte ich noch einen Moment über diese alberne Situation von eben nach. Typisch Papa und Katzen. Diese Kombi bedeutete immer Chaos. Allerdings waren Katzen ja dafür bekannt, dass sie überall und mit jedem ein heilloses Durcheinander veranstalteten. Auf jeden Fall wurde es so nie langweilig.

Glücklich legte ich mich in mein Bett. Oh! Wie ich mein Bett vermisst hatte! So kuschelig! Tausendmal besser als die Teile im Krankenhaus. Auch wenn das Verstellen von den Krankenhausbetten schon Spaß machte.

Selig grinste ich in die Dunkelheit. Langsam lösten sich meine Gedanken immer mehr auf und ich spürte wie ich wegdämmerte. Aber in meinem Inneren blieb dieses wunderschön warme Gefühl einfach zu Hause zu sein.

Kapitel 9 – Ilka

Auch wenn ich am liebsten schon sofort losgeschlagen hätte, machten wir es genau wie Meike gesagt hatte und fertigten zuerst einen Plan aus. Oder na ja, wir versuchten es. Leider gab es ja keine Praxiserfahrung, auf die wir zurückgreifen konnten und alle normalen Strategien konnten wir uns auch sparen.

Deswegen entschieden wir uns auch dagegen, Wilhelm Bescheid zu sagen. Er konnte hierbei sowieso nicht helfen. Alle seine tollen Kampfstrategien und Manöver waren für normale Seelen und nicht für Minispione.

Wenn ich ihn gefragt hätte, hätte er sich uns bestimmt ohne zu zögern angeschlossen. Bestimmt hätte er gesagt, dass er dann endlich wieder richtig bei Elisabeth sein konnte. Seit ich ihn kannte, war der Tod für ihn nichts Erschreckendes gewesen. Fast schon im Gegenteil, ich glaube, er war der Ansicht, dass er den Tod verdiente.

Aber diese Ansicht teilte ich nicht. Auch wenn Wilhelm ein echtes Arschloch sein konnte, hatte er ein gutes Herz und er war ein wirklich guter Freund geworden. Es reichte schon, dass ich alle in diesem Raum in Gefahr brachte, wenigstens er sollte in Sicherheit sein.

Obwohl, wirklich in Sicherheit war er auch nicht. Immerhin beschützte er meine Enkelin. Als letzte „Zutat" zum Öffnen des Abgrundes stand sie sicher sehr weit oben auf der Prioritätenliste des Interficientis und es war nur eine Frage der Zeit, bis er angreifen würde.

Noch ein Grund, warum Wilhelm nicht mit uns kommen konnte: Er wurde wo anders gebraucht.

Und ich wollte nicht, dass Jolanda irgendwie mitbekam, dass ich noch lebte. Jemanden einmal zu verlieren war schon schlimm genug, aber gleich zweimal… Das wollte ich ihr einfach nicht antun. Doch genauso wenig wollte ich noch einmal ohne Abschied verschwinden.

Während Fuchszahn ihre Bestände nach etwas Brauchbarem sichtete, Laila und Ulrich über Tränke debattierten und Meike auf dem Sessel eine Runde verschnaufte, machte ich mich daran auf Boudicas Schreibmaschine einen Abschiedsbrief an Jolanda zu verfassen.

Es fiel mir schwer die richtigen Worte zu finden und vielleicht gab es hierfür auch gar keine richtigen Worte.

Am Ende las ich mir meinen Brief nicht einmal ein zweites Mal durch. Natürlich wusste ich, dass es sehr wahrscheinlich war, dass ich von diesem Kampf nicht zurückkehren würde, doch der Abschiedsbrief machte es irgendwie so... real. Und ich war einfach noch nicht bereit dafür. Aber wer war schon bereit zu sterben?

Mit meinen kleinen Pfötchen zog ich das Blatt raus und versuchte es dabei möglichst wenig zu zerknittern. Wortlos überreichte ich es Meike. Na ja, sprechen konnte ich ja sowieso nicht, doch selbst wenn ich es könnte, hätte ich in diesem Moment nichts gesagt.

Verwirrt schaute mich meine Freundin für einen Wimpernschlag an und heftete ihren Blick dann auf meinen Abschiedsbrief. Schon nach den ersten paar Zeilen hatte Meike gemerkt worum es ging und hörte auf zu lesen.

Schweigend trafen sich unsere Blicke. „Ich sorge dafür, dass sie es bekommt", versprach mir meine sonst so lockere Freundin ernst. Bedrückte nickte ich. Am liebsten wäre es mir, wenn Jolanda diesen Brief gar nicht bekommen müsste. Sorgfältig faltete die Nebelmagierin das Papier und verstaute es in ihrer Hosentasche.

Jetzt konnte es mit der Planung weitergehen. Beziehungsweise ich konnte mich wieder darauf konzentrieren, die anderen hatten ja gar nicht aufgehört ihre Vorbereitungen zu treffen.

„Hier! Spione für alle!", verkündete Fuchszahn und ließ scheppernd einen Haufen silberner Objekte auf einen freien Tisch plumpsen. Der Einfachheit halber hielt ich mich einfach an Meike fest, als sie zum Tisch rüber humpelte. So konnte ich mir ganz leicht die anderen Figuren ansehen.

Insgesamt waren es fünf, Boudica könnte also theoretisch auch in eine. Allerdings war ich mir nicht sicher, ob sich das verrückte Orakel in einer schnellen Eingreiftruppe so gut machen würde. Am Ende hatte sie noch genau wenn es drauf ankam einen ihrer irren Momente und versaute alles. Andererseits wäre es sicher ganz praktisch eine so erfahrene und starke Seele wie sie dabei zu haben, vorausgesetzt natürlich sie hatte eben keinen irren Moment. Bei ihr war das halt ein ziemliches Glücksspiel.

Fuchszahn fischte sich sofort eine Fuchsfigur aus dem Stapel. War ja klar gewesen. Aber es passte auch gut zu ihr, immerhin war sie in ihrem Leben ein Fuchs gewesen.

Ansonsten gab es noch eine Schlange, einen Hund, einen Affen und eine Libelle zur Auswahl. Scheinbar hatte sich da jemand aus Langeweile einmal halb durchs Tierreich gebastelt.

„Ist das nicht ein bisschen unpraktisch um irgendwelche Waffen zu benutzen? Geht doch schlecht ohne Hände", skeptisch hob Meike die Schlangenfigur hoch. Sie hielt den kleinen Spion mit zwei Fingern als wäre er giftig oder irgendwie eklig.

„Ich kann da noch ein paar kleine Beinchen dran machen. Wird die Schlange halt zur Echse. Das ist keine große Sache", entgegnete Fuchszahn leichtfertig. „Mhm", meinte der Lockenkopf dazu nur und entschied sich die Schlange zu behalten. Wortlos nahm sich Laila die Libelle. Ob das silberne Insekt wohl wirklich fliegen konnte? Bald würde ich es ja erfahren.

„Ich glaube ich nehme mir den Hund. Dann können wir Hund und Katze spielen", spaßhaft zwinkerte mir Ulrich zu: „Außerdem gibt es hier ja noch jemanden, der sich eher zum Affen macht."

Bei seinem letzten Satz warf er einen vielsagenden Blick rüber zu Boudica. Momentan war unser Orakel damit beschäftigt eine Art seltsamen Regentanz zu vollführen. Keine Ahnung was genau das darstellen sollte. Vielleicht war es ja auch ein uralter Brauch aus ihrem früheren Leben um für einen Sieg zu beten, vielleicht war es aber auch nur ihr ganz normaler Wahnsinn.

Plötzlich holte sie eine Faust voll ungekochte Spaghetti-Nudeln hervor, streckte sie von sich und zerbrach sie mit einem kämpferischen Aufschrei. Dann steckte sie sich die eine Hälfte einfach in den Mund und fing an, knackend zu kauen. Dazu musste man wohl nichts sagen und in meinem Fall konnte ich es ja noch nicht mal.

„Und was hast du sonst noch für Spielsachen?", kam Meike wieder zum Praktischen zurück. „Viele gute Sachen fallen weg, weil wir in den Spionen einfach zu klein sind und einiges ist für die große Schlacht draufgegangen. Ich hätte noch diverse Granaten, manche müssten noch mit Tränken oder Gasen befüllt werden. Außerdem hätte ich ein paar kleinere Fallen, die sehr leicht anzubringen sind und Feuerwerk", präsentierte uns Fuchszahn geknickt ihre Ausbeute: „Bis wir losschlagen, kann ich auch noch das ein oder andere herstellen. Aber viel wird das in der kurzen Zeit nicht mehr werden."

Das klang ja nicht gerade nach dem Arsenal für einen Anschlag.

Langsam kamen Zweifel an unserem Vorhaben in mir hoch. Natürlich war mir von Anfang an klar gewesen, dass es nicht leicht werden würde und dass unsere Mittel nicht gerade optimal waren, aber so schlecht hatte ich es mir nicht vorgestellt. Wie sollten wir die stärkste, lebende Schattenseele mit ein paar Granaten, Fallen und Feuerwerk besiegen?

Selbst mit Überraschungseffekt und allem Drum und Dran konnte das doch nichts werden!

Ich hatte gehofft mit dieser letzten Aktion irgendwie sinnvoll zu sterben, noch etwas zu erreichen. Doch das würde nicht passieren. Mein Tod würde lächerlich sein und meine Freunde würde ich mit in den Abgrund reißen.

Diese ganze Idee war ein Fehler gewesen, ein einziger, großer Fehler.

Resigniert ließ ich den Kopf hängen und sprang auf den Boden. Bevor wir mit diesem Gehirngespinst noch mehr Zeit vergeudeten, wollte ich zu Boudica und meinen Freunden über die Schreibmaschine Bescheid sagen.

„Wo willst du denn hin?", mit diesen Worten pflückte mich Fuchszahn einfach vom Boden auf. Halb vorwurfsvoll, halb verzweifelt schaute ich meine über hundertjährige Freundin an. Was erwartete sie jetzt? Ich konnte doch nicht reden!

Auffordernd zappelte ich und versuchte aus ihrem Griff zu entkommen. „Egal ob kleine Katze oder Seele, dein Gesicht ist immer wie ein offenes Buch", sagte der rothaarige Geist mit ruhiger Stimme und ich hörte auf, mich zu wehren.

Wusste sie wirklich was ich ihnen sagen wollte?

Entschlossen schaute Fuchszahn auf mich herab: „Womit hast du den Kerker der Schattenseelen ausgeräumt? Wasserfässer, eine magische Sonnenbrille, Explosionspulver, Zauberfesseln, Heiltränke, Stärkungstränke und ein Betäubungstrank, den du nicht einmal benutzt hast. Auch nicht gerade das klassische Material für eine Befreiungsaktion und schon gar nicht für einen Alleingang. Aber du hast es geschafft, weil du anders gedacht hast, weil dich alle unterschätzt haben. Und genau so machen wir es jetzt auch und wenn wir sterben, dann gehen wir in die Geschichte ein als die Verrückten, die versucht haben mit einem Haufen Schrott die stärkste Schattenseele ihrer Zeit zu töten. Wir haben uns dazu entschieden, wir ziehen das auch durch."

„Sehe ich auch so. Auch wenn ich es vorziehen würde nicht zu sterben", meinte Meike locker. „Genau. Ich hab jetzt schon richtig Lust eine chaotische Schlacht gegen die Schattenseelen zu führen, das lasse ich mir doch nicht nehmen. Die Letzte mit dir hat auch sehr viel Spaß gemacht", und wieder schenkte mir Ulrich ein verschmitztes Zwinkern.

Spaß… Also meine Erinnerungen daran waren nicht ganz so spaßig. Aber lieb vom Exgefangenen, dass er versuchte mich aufzuheitern und von meinem eigenen Plan zu überzeugen.

Wenn ich wenigstens ein letztes Mal zum Rat der Seelen gehen könnte! Wahrscheinlich hätte ich da zwar auch nur einen ihrer typischen Wischiwaschi-Ratschläge bekommen, aber es war doch immer wieder beruhigend sich vor so einer waghalsigen Aktion mit der obersten Kontrollinstanz in Verbindung zu setzen.

Außerdem hatte ich diese verrückten Seelen über die Jahre richtig lieb gewonnen. Aber ich wusste nicht, ob ich in meinem jetzigen Zustand durch den Nebel der toten Erinnerungen kommen würde und wir mussten uns mit unserem Plan gegen die Schattenseelen langsam wirklich mal ranhalten.

Umso länger wir warteten, desto höher war die Chance, dass sie Jolanda angriffen oder sonst etwas Schlimmes taten. Diese verkommenen Seelen mussten so schnell wie möglich aufgehalten werden. Auch wenn ich immer noch nicht so ganz daran glauben konnte, dass wir es schaffen würden.

Nach dieser kurzen Krise meinerseits stürzten wir uns wieder ganz in die Vorbereitungen. Weil das mit der Planung bis jetzt nicht wirklich geklappt hatte, konzentrierten wir uns voll und ganz auf den praktischen Teil. Ulrich und Laila köchelten irgendwas vor sich hin, während Fuchszahn geschäftig werkelte und Meike ihre geschwächten Kräfte nutzte, um eine Nebelbombe aufzuladen.

Nur Boudica und ich waren nicht besonders hilfreich. Allerdings versuchte ich wenigstens noch etwas zu machen, wohingegen unser Orakel einfach nur ihre verrückte Seite auslebte.

Als wir gerade mittendrin waren, schrillte plötzlich Fuchszahns Alarm los. Erschrocken fuhren wir alle zusammen.

Was war denn jetzt los? Hatte sich etwa eine Nebelseele beim Fallenradius vertan? Oder... Über dieses „oder" wollte ich mir am liebsten gar keine Gedanken machen.

Sofort lief Fuchszahn zum Fenster und schaute nach draußen: „Ach du Scheiße!" Dann war es wohl das „oder". „Was ist los?", beunruhigt legte Meike die Nebelbombe zur Seite und griff stattdessen nach ihren Krücken. „Schattenseelen. Sie reisen hierhin und aktivieren die Fallen", fassungslos starrte die werkende Seele aus dem Fenster.

Ungläubig traten Ulrich und Laila zu ihr. Meike humpelte hinterher. Schnell arbeitete ich mich an den Klamotten der Heilerin hoch und setzte mich auf ihre Schulter, um mir einen Überblick zu verschaffen.

Für einen Moment fehlten mir alle Worte. Was ich da sah, war einfach so... falsch. Überall lagen Leichen in Fallen und lösten sich langsam auf. Doch immer mehr von ihnen strömten aus den Schatten nach und gerieten augenblicklich in Fuchszahns gefährliche Fallen. Warum taten sie das? Sie wussten doch, dass sie sterben würden...

Als sie sich wieder einigermaßen gefasst hatte, sagte die Fallenstellerin: „Wir können hier nicht bleiben. In maximal ein paar Stunden werden sie alle Fallen aktiviert haben und dann gibt es nichts mehr was sie aufhält."

Man konnte Fuchszahn ansehen, wie sehr sie der Gedanke, ihr zu Hause aufzugeben, quälte. Aber sie hatte Recht, hier war es nicht länger sicher.

Wahrscheinlich war Fuchszahn als begabte, werkende Seele den Schattenseelen schon lange ein Dorn im Auge gewesen und jetzt da sie ihr Ziel mit dem Abgrund fast erreicht hatten, wollten sie verhindern, dass ihnen meine Freundin dazwischen kam. Dafür waren sie sogar bereit ihre eigenen Leute zu opfern. Einfach grauenvoll.

Dieses schreckliche Schauspiel konnte ich mir nicht länger ansehen. Immer noch entsetzt von diesem Angriff ließ ich meinen Blick auf Fuchszahns Werkbank sinken und da sah ich ihn. Augenblicklich ging mir ein Licht auf. Konnte das gehen? Wenn ja, würde es so viele Probleme auf einmal lösen! Aufgeregt sprang ich auf den Tisch und tippte mit meiner Pfote auf den magischen Spiegel der Fallenstellerin. Verwirrt schauten mich alle an. Die Ereignisse da draußen hatten sie wahrscheinlich auch mitgenommen und sie brauchten etwas länger um mich zu verstehen.

Meike begriff es als Erstes: „Natürlich! Wir könnten das Haus in einem Spiegel verschwinden lassen!" „Etwas von dieser Größe passt da nicht rein, die Spiegeloberfläche ist dafür zu klein", entgegnete Fuchszahn und merkte dabei wahrscheinlich nicht einmal, dass es sich reimte. „Dann bauen wir einfach einen größeren Spiegel", lieferte meine lockige Freundin sofort die naheliegendste Lösung.

„Ich weiß nicht, ob sowas funktionieren kann", zweifelnd betrachtete die Fuchsseele den Spiegel. „Einen Versuch ist es doch zumindest wert", gab Laila meiner Idee eine Chance. „Und ich könnte uns vielleicht noch ein bisschen mehr Zeit verschaffen. Außerdem würde ich das ganze Gebiet vernebeln, damit die Überlebenden nicht zu ihrem Herrn rennen und unseren neusten Trick ausplappern", spann Meike das Spiegelmanöver weiter.

Jetzt wollte ich auch mal meinen Senf dazu abgeben. Leichtpfotig sprang ich wieder an die Schreibmaschine und versuchte mich kurzzufassen: „Steinsee Haus fallen lassen Schattenseelen übeaschen." Überraschen klang ohne „r" echt nicht gut. Irgendwie musste ich dabei an einäschern denken, was in diesem Kontext ja sogar fast schon passen würde.

„Du willst mein Haus als Waffe gegen die Schattenseelen einsetzen?", fragte mich Fuchszahn ungläubig. So formuliert hörte sich das zwar seltsam an, aber im Grunde lief es genau darauf hinaus. Bestätigend nickte ich einfach nur.

„Fuchszahn, du hast jetzt genau zwei Möglichkeiten: Entweder du lässt deine Werkstatt von den Schattenseelen auseinandernehmen oder du nimmst mit deiner Werkstatt die Schattenseelen auseinander", drückte es Ulrich ein bisschen anders aus.

Immer noch alles andere als begeistert seufzte Fuchszahn: „Na gut, ich versuche es." „Das wird der verrückteste Angriff aller Zeiten", meinte Meike breit grinsend. „Ich glaube an Ilkas Aktion im Kerker kommt es trotzdem nicht ran. Was ist schon verrückter als eine kaum bewaffnete Jungseele, die einfach ins Hauptquartier der Schattenseelen spaziert?", entgegnete Ulrich ebenfalls ziemlich locker. „Ein Haus nach dem Interficientis zu werfen", antwortete meine freche Freundin auf seine rhetorische Frage.

„Genug gequatscht. Wir haben noch viel zu tun, wenn wir das irgendwie überleben wollen", machte Laila die beiden wieder auf den Ernst der Lage aufmerksam. Beklommen warfen wir alle noch einen letzten Blick aus dem Fenster, bevor wir uns wieder an die Arbeit machten.

Ich half wo ich nur konnte. Meistens diente ich als Lieferant oder Halter von kleineren Dingen. Zwischendurch beriet ich mich mit meinen Freunden auch so gut es ging über unseren ziemlich waghalsigen Plan.

Und dann war der Moment der Wahrheit gekommen. Der rekordverdächtig große Spiegel war fertig, er hatte locker einen Durchmesser von vier Metern, eher mehr. Damit war er zwar immer noch ein bisschen zu klein um wirklich die Grundfläche der Hütte abzudecken, aber nach Fuchszahns Expertenmeinung müsste das Verhältnis zwischen Oberfläche und Objekt jetzt ausreichen, oder so. Von diesem ganzen Technikzeug verstand ich nicht so viel.

Um den Spiegel zu befestigen nutzen wir Metallsäulen, die man per Knopfdruck beliebig verlängern und auch wieder kürzen konnte. Perfekt um von kleinen Spionen bedient zu werden.

Obwohl Meike durch ihre Wunden immer noch geschwächt war, hatte sie draußen für eine ordentliche Nebelsuppe gesorgt. Um etwas von unserer Generalprobe, beziehungsweise Vorbereitung, mitzubekommen, müssten die Schattenseelen direkt vor uns stehen.

Konzentriert platzierten meine Freunde den Spiegel auf den Metallsäulen, die mich stark an zu groß geratene Radioantennen erinnerten. Dann konnte es losgehen. Ulrich, Laila, Fuchszahn und ich stellten uns jeweils an eine der Säulen.

„Eins... Zwei... Drei!", zählte die werkende Seele an und gleichzeitig drückten wir alle auf den Knopf. Sofort fuhren sich die Metallstücke bis auf die niedrigste Stufe ein. Kurz vorm Boden stoppte Fuchszahns Riesenspiegel und ihr Haus war weg.

Mit einem stummen Jubelschrei riss ich meine Pfoten in die Höhe. Wir hatten es geschafft! Der Spiegel funktionierte!

„Es werden zu viele!", rief uns Meike erschöpft zu und humpelte mit ihren Krücken durch den Nebel. Hinter ihr konnte ich schemenhaft eine regelrechte Wand aus schwarzen Gestalten erkennen. Höchste Zeit für einen flotten Abgang!

Weil sowieso keine Fallen mehr übrig waren, die wir aktivieren könnten, verschwanden wir einfach in einer Nebelreise. Am Spiegelsee angekommen weihten wir Eva, Meikes

Mutter, in unseren Plan ein. Jemand musste für uns das Portal öffnen, als Spione konnten wir das ja nicht selbst machen.

Nachdem sie noch eine Weile auf Meike eingeredet hatte, lieber nicht bei diesem Wahnsinn mitzumachen, willigte sie schließlich doch ein, uns zu helfen.

Aufgeregt sprang ich zurück ins tiefe Blau. Bei mir trieben meine Freunde ebenfalls in Spionen, sogar Boudica war in einen geschlüpft. Allerdings war ich mir bei ihr immer noch nicht sicher, ob das so eine gute Idee war.

Jetzt war es so weit. Mein mechanisches Herz raste so schnell, dass ich schon befürchtete es könnte einen Kurzschluss bekommen. Wir hatten den ganzen Tag und ebenso die Nacht durchgearbeitet, aber ich war so wach wie man nur sein konnte. Und das war auch gut so. Bei unserem Vorhaben durften wir uns keine Fehler erlauben.

Eva öffnete das milchige Fenster. „Viel Glück", wünschte sie uns ernst. Entschlossen tauchten wir aus unserem sicheren Stützpunkt und landeten am Rand der verkohlten Wiese vom Steinsee. Niemand hatte uns bemerkt. Dabei liefen hier weiß Gott genug Wachen rum.

Anscheinend fühlten sie sich hier sicher und überlegen genug, um nicht auf solche Kleinigkeiten wie uns zu achten. Glück für uns.

Kurz tauschten wir einen letzten, ernsten Blick. Es konnte losgehen. Sofort teilten wir uns auf. Solange wir nicht entdeckt wurden, würden wir versuchen so viele Fallen wie möglich unschädlich zu machen und gleichzeitig ein paar Schattenseelen auszuschalten.

Die Machtverhältnisse konnten wir mit dieser einfachen Strategie zwar nicht ausgleichen, aber wir konnten uns wenigstens einen kleinen Vorteil verschaffen. Während sich Fuchszahn emsig daran machte Fallen aufzuspüren und zu entschärfen, kümmerten wir anderen uns darum, Schattenseelen aus dem Verkehr zu ziehen.

Dafür hatten uns Ulrich und Laila jeweils eine kleine Tasche mit Gasampullen, Spritzen, beschichteten Messern und Granaten zusammengestellt. Sich damit lautlos zu bewegen war allerdings unmöglich, also lehnte ich meine Waffentasche an einen Baum und zog immer nur mit dem los, was ich gerade benutzte.

Und unsere Taktik klappte echt gut. Ohne aufzufallen schaffte ich es ganze fünfzehn Schattenseelen ins Jenseits zu schicken. Wie erfolgreich meine Freunde waren, wusste ich nicht, schließlich konnten wir nicht mehr sprechen. Doch am aller wichtigsten war Fuchszahns Aufgabe. Eine paar Schattenseelen mehr oder weniger machten keinen großen Unterschied, aber die Fallen mussten definitiv weg.

Immerhin musste einer von uns aus seinem Spion raus, um den Spiegeltrick wirken zu lassen und da wäre es nicht so gut, wenn sofort eine Falle aktiviert wurde.

Irgendwie kam ich mir ein wenig albern vor, wie ich so als mörderische Minikatze am Waldrand rumschlich. Das passte einfach nicht zum Ernst der Lage. Na ja, eigentlich passte unser ganzer Plan nicht zum Ernst der Lage.

Plötzlich ging in der Nähe der eingefallenen Villa das Feuerwerk hoch. Mein Signal! Sofort stürmte ich auf den Steinsee zu. Hinter mir wehte meine fast leere Tasche wie eine Fahne und meine schnellen Schritte wirbelten den Staub nur so auf. Befehle wurden gebellt. Aus dem Augenwinkel konnte ich sehen, wie eine Gruppe Schattenseelen zur Villa rannte. Allerdings hatten einige auch meinen Vorstoß bemerkt und nahmen jetzt die Verfolgung auf. Das konnte knapp werden.

Schlitternd kam ich auf der rauen Oberfläche des Sees zum Stehen. Blitzschnell holte ich die Spezialbombe raus und aktivierte sie ohne zu zögern. Schlagartig wurde um mich herum alles schwarz. Ohrenbetäubend knallte es und ich wurde von der Druckwelle nach hinten geschleudert.

Scheppernd landete ich ein paar Meter weiter auf dem kalten Stein. Neben mir drehte sich eine mit Dellen übersäte Bratpfanne. Scheinbar hatte sie mich vor der Explosion geschützt. In unserem Plan war das eigentlich nicht vorgesehen gewesen, aber ich war ganz froh drüber.

Nur von wem war diese rettende Pfanne gekommen? So eine Aktion würde ja ganz gut zu Boudica passen. Egal! Um groß nachzudenken hatte ich gerade wirklich nicht die Zeit. Überall um mich herum gingen Fallen hoch. Hoffentlich hatte Fuchszahns Scheinwaffe alle erwischt.

Hastig brachte ich mich wieder genau auf der Prophezeiung in Stellung. Laila, Meike und Ulrich machten sich auch auf den Weg zu mir. Es war nicht gerade die klügste Idee gewesen, die Stützen unter uns aufzuteilen. Wenn sie nicht schnell genug da waren, konnten wir die ganze Aktion vergessen.

Mittlerweile war auch der Interficientis höchstpersönlich auf den Plan getreten. Zur Abwechslung zeigte er mal nicht sein

Zahnpasta-Werbung-Grinsen sondern ein beeindruckendes Stirnrunzeln. Ich wusste gar nicht, dass es möglich war seine Stirn in so viele Falten zu legen.

Meine Freunde brauchten definitiv mehr Zeit. Irgendwie musste ich ihn ablenken. In meinem Kopf ratterte es während ich mich fieberhaft umsah.

„Wunderbares Fundament. Sehr stabil", fachmännisch klopfte Boudica neben mir auf den steinernen See. Kurz warf ich einen Blick zu ihr hoch.

Unter ihrer Nase hing ein offensichtlich falscher Schnurrbart und auf ihren Kopf hatte sie sich einen Baustellenhelm gesetzt. Vom Farbschema hatte sie sich auch bei ihrem restlichen Outfit an einem Bauarbeiter orientiert. Unser verrücktes Orakel trug eine neonorangene, ärmellose Pelzjacke und als leuchtende Längsstreifen hatte sie sich Bänder mit angeklebten Stirnlampen umgebunden. Locker baumelte um ihre Hüfte ein Gürtel mit allem möglichen Zeug, das man sicher nicht auf einer Baustelle finden würde. Zum Beispiel konnte ich da Zahnpasta, eine Querflöte und einen kleinen Kaktus erkennen. Ihre Hose und ihre massiven Schuhe waren dann wieder normal. Für Boudicas Verhältnisse also noch ein ziemlich unscheinbares Outfit.

Für Ablenkung hatte sie trotzdem alle Male gesorgt.

„Sie haben keine Genehmigung hier zu sein!", anklagend hielt Boudica ein vollgekrakeltes Blatt Papier hoch. Einen kurzen Moment hielt die Verwirrung des Interficientis noch, dann fing er an schallend zu lachen. Hätte ich noch Haare gehabt, hätten die sich jetzt bestimmt aufgestellt.

„Was für ein grandioses Theater. Und? Wer versteckt sich hinter den kleinen Masken?", mörderisch grinsend kam er langsam näher. Er hielt uns für keine Gefahr. Und ich war mir nicht sicher, ob er damit vielleicht sogar recht hatte.

Klirrend rannten meine Freunde über den See und versammelten sich um mich und Boudica. Keine der Schattenseelen hielt sie auf, auch wenn sie mittlerweile keinen Katzensprung mehr von uns entfernt waren. Es sah ganz so aus, als würden wir in der Falle sitzen. Aber noch hatte sich die Schlinge nicht eng genug zugezogen.

„Habt ihr wirklich gedacht mit diesem Spielzeug hättet ihr eine Chance?", geringschätzend musterte uns der Interficientis. Ein kleines Stück noch, dann war er nah genug. Trotzig schaute ich zu ihm hoch, obwohl mein Herz panisch hämmerte.

„Ihr seid nicht mehr als lästige, kleine Flöhe", mörderisch schenkte er uns sein Zahnpasta-Werbung-Grinsen und machte den entscheidenden Schritt. Dunkel fiel sein Schatten auf uns und mein Herz setzte einen Schlag lang aus.

Ohne groß nachzudenken drückte ich auf den Knopf, das Signal für Eva. Nur einen Herzschlag später segelte der XXL-Spiegel aus dem Himmel. Nahezu synchron fuhren meine Freunde die Stützen aus. Mit einem lauten Knall landete der Spiegel auf den Metallsäulen.

Perplex schauten die Schattenseelen nach oben und auch ich wagte einen Blick auf die spiegelnde Oberfläche. Irgendwie kam es mir surreal vor, uns hier so stehen zu sehen. Ein paar Tierfiguren, ein verrücktes Orakel und eine Gruppe Schattenseelen treffen sich auf einem versteinerten See. Das klang doch wie der Anfang von einem absolut irrsinnigen Witz und genau so sah es auch aus.

„Dem Bauantrag ist stattgegeben!", rief Boudica feierlich und berührte die Spiegeloberfläche. Ab durch die Mitte!

So schnell mich meine kleinen Beine trugen, flüchtete ich aus dem Spiegelradius. Kaum dass ich mich in Sicherheit gebracht hatte, krachte schon das Haus auf den Steinboden. Fuchszahns Gesicht sah dabei ordentlich zerknirscht aus. Ihr gefiel es offensichtlich nicht, dass wir ihr zu Hause als Waffe umfunktioniert hatten.

Atemlos starrte ich die unscheinbare Werkstatt an. Von den Schattenseelen war keine Spur. Hatten wir es etwa wirklich geschafft? War der Interficientis tot? Es schien so.

Langsam sickerten die Erkenntnis und die Freude zu mir durch. Endlich war es zu Ende! Fassungslos vor Glück schaute ich zu meinen Freunden. Mir fehlten einfach die Worte... und ein Stimmgenerator. Aber dieser Moment brauchte auch gar keine Worte. Boudica schien das anders zu sehen: „Auf einen glorreichen Neubau!" Feierlich hob sie ein Glas mit einer klaren Flüssigkeit, in der eine aufgespießte Olive dümpelte.

Ob das wohl wirklich ein alkoholisches Getränk war oder vielleicht doch etwas anderes, wie zum Beispiel Desinfektionsmittel mit klarer Seife und Salzwasser? Immerhin redeten wir hier von unserem durchgedrehten Orakel.

Schon allein der Gedanke an all ihre seltsamen Mischungen entlockte mir ein lautloses Lachen. Eine enorme Last war mir von den Schultern gefallen.

Plötzlich wurde eine der Wände gesprengt. Geschockt starrte ich die pechschwarze Stelle an. Neben mir hörte ich Boudicas Glas auf dem Boden zerspringen. Aus dem Loch kam ein unbeschadeter, aber dafür stinksaurer Interficientis. Das wäre ja auch zu schön gewesen, um wahr zu sein.

Vor Wut schäumend packte der Anführer der Schattenseelen nach Boudicas Kehle. Meine uralte Freundin war so überrascht, dass sie einfach nur wie erstarrt dastand. Auch meine anderen Freunde sahen aus, als wären sie zu waschechten Figuren geworden. Niemand rührte sich. Aber wir durften sie nicht im Stich lassen!

Verzweifelt streckte ich meine Pfote nach einer der Scherben aus, obwohl ich keine Ahnung hatte, was genau ich damit tun sollte. Und das musste ich auch gar nicht entscheiden, denn bevor ich zugreifen konnte, hatte der Interficientis unglaublich schnell Boudica über den halben See geschleudert und stattdessen mich gegriffen.

Gerade so bekam ich die Olive mitsamt Zahnstocher zu fassen. Fest drückte mich die blutrünstige Schattenseele zwischen seinem Daumen und Zeigefinger zusammen. In meinem Inneren hörte ich die Zahnräder knacken und ich spürte wie mein Halt in diesem Körper schwächer wurde. Mir blieb keine Zeit.

„Ihr...", fing der herzlose Killer mit seiner nächsten Beschimpfung an und ich handelte vollkommen spontan. Mit meiner letzten Kraft warf ich ihm die Olive in den geöffneten Mund. Von meiner Dummheit verwirrt schaute er auf mich herab und fing dann an zu lachen.

Wir hatten versagt. Einfach nur versagt und jetzt würden wir sterben.

Auf einmal fing er an zu husten und sein Griff lockerte sich. Kraftlos landete ich auf dem harten Stein. Hemmungslos hustete der Interficientis und beugte sich vornüber. Sein Gesicht wurde ganz rot und dann blau-lila.

Ähm... Erstickte der Typ da gerade etwa an der Olive? Im Ernst?

Erst als er röchelnd neben mir auf dem Boden einschlug, konnte ich es wirklich glauben. Jetzt hatten wir ihn also doch getötet...

Dieses Mal konnte ich mich jedoch nicht mehr freuen, ich war einfach nur viel zu müde. Am Rande meines Bewusstseins bekam ich noch mit, wie mich jemand an der Schulter schüttelte und vage Worte sickerten zu mir. Meine Sicht wurde immer dunkler und ich fühlte mich wie ein kaputtes Spielzeug. Streng genommen war ich das ja auch...

Kapitel 10 – Jolanda

Gleichzeitig mit meiner Schwester wachte ich morgens auf. Es war ja auch schwer weiterzuschlafen, wenn mein Papa so laut durch den Flur polterte. Aber weil ich ja heute noch einen Tag schulfrei hatte, drehte ich mich danach einfach wieder um und schlummerte weiter.

In dieser abstrakten Halbschlafphase hatte ich richtig seltsame Träume. So eine Mischung aus Erinnerungen und einfach nur völligem Schwachsinn. An Details konnte ich mich beim Aufwachen gar nicht mehr erinnern. Und vielleicht war das auch besser so.

Erst kurz vorm Mittagessen schälte ich mich aus dem Bett. Mal richtig auszuschlafen hatte echt gutgetan! Nur blöd, dass ich heute noch andere Sachen zu tun hatte als schlafen und Essen und auf dem Sofa liegen. Auf mich wartete ja noch dieser wunderbare Berg an Schulkram, den ich nachholen musste… Da kam doch Freude auf.

Nach dem Mittagessen setzte ich mich da auch ganz brav dran. Allerdings kam ich nicht so optimal voran. Im Endeffekt spielte ich mehr mit meinem Stift rum als sonst was. Ich konnte mich einfach nicht auf dieses ganze Schulzeug konzentrieren!

Zum Beispiel war da die Sache mit dem versteinerten See und die Tatsache, dass mich die Schattenseelen noch als zweite Opfergabe brauchten und mich deswegen wahrscheinlich bald holen würden. Meine Oma hatte mir nur ein wenig Zeit erkauft…

Wofür brauchte ich da noch Hausaufgaben?! Sollte ich meine übrige Zeit nicht vielleicht einfach genießen?

Ich hasste es, dass ständig diese Gedanken aufkamen! Mein Leben sollte nicht von dieser Angst bestimmt sein! Hier war mein Zuhause und hier wollte ich die normale Jolanda sein, die Hausaufgaben machte und nichts mit irgendwelchen Opferritualen zu tun hatte! Aber ich bekam das alles einfach nicht aus meinem Kopf!

„Komm", wehte es sanft durch meine Gedanken. Aha. Wenn man vom Teufel spricht…

Frustriert legte ich meinen Körper im Bett ab und löste mich dann wieder von meinem Leben los. Den Fehler einfach so in die Geisterwelt zu springen, würde ich so schnell nicht nochmal machen. Von meiner Begegnung mit dem

Waschbecken im Krankenhaus hatte ich immer noch eine kleine Beule.

Lässig gegen das Regal neben meinem Schreibtisch gelehnt, stand Theo da. Ich wäre an seiner Stelle wahrscheinlich ziemlich dämlich durch die Wand gerutscht. „Wie lange stehst du schon da?", misstrauisch verengte ich meine Augen zu Schlitzen. „Ähm... Ich hab nicht so auf die Zeit geachtet", drückte er sich verschmitzt vor einer genauen Antwort. „Aber du hast mich doch nicht beobachtet, oder?", fragte ich zerknirscht. Hatte er vielleicht mitbekommen, wie ich in der Nase gebohrt hatte? Das wäre so peinlich! Warum schlich er sich denn auch so an?!

„Du siehst süß aus, wenn dir etwas peinlich ist", meinte er mit einer aufrichtigen Wärme. Ich schämte mich trotzdem tierisch und das praktische war: Als Geist konnte ich tatsächlich im Boden versinken. Und genau das machte ich jetzt auch.

Im Wohnzimmer kam ich wieder raus. Stitch hatte sich auf dem Sofa so ausgestreckt, dass kaum noch Platz war. Faszinierend, wie sich so ein kleiner, dicker Stubentiger so dermaßen breit machen konnte. Aber momentan war eh niemand hier, den es stören könnte. Lilos Fell schaute hinter dem Fernseher hervor. Besonders nervig war es ja, wenn sie vor dem laufenden Bildschirm ihren Catwalk performte.

„Es wird nicht immer so sein. Wir finden eine Lösung", beruhigend legte mir Theo von hinten die Hand auf die Schulter. Wortlos drehte ich mich einfach zu ihm um und umarmte ihn. Das war ein schönes Gefühl. Er gab mir Hoffnung und Geborgenheit.

Nach dieser Ration Seelenwärme war ich bereit, mich wieder meiner unüberwindbaren Pflicht zu stellen: Schulaufgaben. Am Ende hatte ich es sogar geschafft mich gut durch die Hälfte zu quälen, für die andere Hälfte würde ich dann einfach die Koma-Karte ausspielen. Also wenn das die Lehrer nicht als Entschuldigung sahen, wusste ich auch nicht.

Diese Nacht schlief ich richtig schlecht ein und auch wenn ich mich nicht an meine Träume erinnerte, hatte ich das Gefühl, dass es echt anstrengend und stressig gewesen war. Auf jeden Fall war ich alles andere als ausgeschlafen, als mich Papa morgens weckte.

Am liebsten hätte ich noch einen Tag schulfrei gehabt und wahrscheinlich hätte ich das bei allem was passiert war auch durchgekriegt, aber dann hätte ich wieder so viel Zeit zum Nachdenken gehabt und das wollte ich auch nicht.

Ich musste einfach wieder in meinen Alltag zurück, ein bisschen mein unspektakuläres Leben spüren. Vielleicht war dann alles weniger... tot.

Nachdem ich mich irgendwie aus dem Bett bewegt hatte und in drückender, müder Stille gefrühstückt hatte, hieß es raus in die Kälte. Sofort bereute ich es, nicht noch einen Tag frei gemacht zu haben. Über all die Geisterprobleme hatte ich vergessen, wie ätzend das normale Leben sein konnte.

Bis das Taxi nach einer gefühlten Ewigkeit auch mal kam, waren meine Finger längst abgefroren und meine Nase war auch schockgefrostet. Die Warterei in Finkelstein war auch nicht schöner. Und dabei hatte ich extra viel Zeit, um mir Gedanken um meine niedrige Lebenserwartung, den Abgrund... halt einfach alles zu machen.

Mein Plan mich mit dem Alltag abzulenken war also ein völliger Schuss in den Ofen. Eine dämlichere Entscheidung hätte ich gar nicht treffen können!

Erst als der stickige, lärmende Bus kam, hatte ich wieder ein bisschen Abwechslung. Sinnlose, dumme Gespräche von irgendwelchen Leuten zu hören, war zwar auch nicht der Knüller, aber besser als in der Kälte meinen eigenen Gedanken zuzuhören. Und es hatte auch irgendwie was, dass es hier niemanden juckte, dass ich eine Weile weg gewesen war. Fühlte sich so normal an.

Draußen hing blasser Morgennebel über den Feldern und der Sonnenschein ließ alles in einem zarten Weiß leuchten. Diese friedliche Welt wurde nur von ein paar kahlen Bäumen durchbrochen, die in dem Dunst ihre dunklen Schatten warfen und trotzdem irgendwie ruhig aussahen... Unwillkürlich musste ich dabei sofort an den Spiegelsee denken.

Krampfhaft hielt ich mich an der beinahe nervigen Normalität im Bus fest und versuchte nicht länger rauszusehen.

Auf dem Schulhof war es dann nicht mehr ganz so normal. Informationen breiteten sich in der Schule immer aus wie ein Lauffeuer und ein bisschen im Koma zu liegen, ist schon eine Nummer. Besonders in meiner Stufe glotzen mich alle an, als wäre ich das neuste Weltwunder.

Warum wurde man eigentlich immer entweder ignoriert oder stand total unangenehm im Rampenlicht?! Konnte es da keinen vernünftigen Mittelweg geben?! Offensichtlich nicht...

Auch die Lehrer behandelten mich natürlich wie ein rohes Ei. Oder sie versuchten es, im Endeffekt war es mehr eine Art Bloßstellung, statt Schonung. Als würde ich mich noch nicht komisch genug fühlen. Nur unsere Erdkundelehrerin verhielt sich so wie immer, die war in jeder Stunde absolut seltsam drauf.

Nachdem wir dieses „Oh Jolanda ist ja wieder da" abgehandelt hatten, verschwand sie um einen Overhead zu besorgen. Ja, unsere Schule war technisch total im digitalen Zeitalter angekommen. Overheads sind doch der letzte Schrei... Genau.

Während sie weg war, bestürmten mich meine Freunde wieder mit allen möglichen Fragen, von denen ich die meisten nicht mal beantworten konnte. Sie merkten gar nicht, wie sehr sie mich damit erdrückten. Inga tätschelte mit ihrer Hand die ganze Zeit meine Schulter oder meinen Arm. Diese kleine, liebe Geste half mir ruhig zu bleiben.

Laut hörten wir den Overhead durch den Gang rattern. Kurz darauf kam Frau Bäcker wieder in den Klassenraum und fing sofort an, sich zu beschweren: „Ich war da gerade in der Klasse und hab gefragt, ob ich den Overhead haben kann und da hat mir irgend so ein Referendar doch geantwortet: In english please!"

„Ja, Frau Bäcker, sobald Sie einen anderen Raum betreten haben, sind sie im Unterricht, also in Englisch", meinte Henry, die Nervensäge, die sich mit jedem Lehrer anlegen musste. „Ja, aber wenn ich in katholische Religion komme, machen die ja auch keinen Exorzismus!", entgegnete unsere Lehrerin immer noch auf Krawall gebürstet und steckte den Overhead dynamisch ein.

Kurz gab es einen kleinen sichtbaren elektrischen Schlag und augenblicklich fielen alle Lampen im Raum aus. Ein paar zuckten zusammen und es war auch das ein oder andere erschrockene Quietschen zu hören.

Wirklich dunkel war es nicht. Draußen gab es Nieselregen und das Licht wurde dadurch ziemlich grau und gedämpft, aber es war immer noch hell genug, um alles gut sehen zu können.

Unschlüssig stand Frau Bäcker da und starrte die Steckdose an. Dann ging sie zur Wand und drückte probehalber die Lichtschalter. Nichts passierte.

„Ich bin gleich wieder da", sagte sie mit einem fast schon nervösen Grinsen und verschwand wieder im Flur.

„Ich liebe Stromausfälle. Jetzt müssten wir Kerzen aufstellen", meinte irgendein Mädchen hinter mir. Jemand anderes lachte darüber, aber es war nicht so ein Auslachen, sondern irgendwie nett.

Ohne es zu wollen, wurde ich ein bisschen eifersüchtig. Ihr Leben war so leicht und unbeschwert, meins war nur Chaos. Das war nicht gerecht. Nichts davon.

Wie immer wenn kein Lehrer da war, fingen alle an zu tuscheln und innerhalb von Sekunden war die Lautstärke extrem hochgeschraubt. Doch ich konnte es trotzdem hören, über all die genervten und ausgelassenen Gespräche legte es sich wie ein Schatten.

Dieses Flüstern…

Sofort verkrampfte ich mich. Die gleiche tiefe, bedrohliche Stimme hatte ich auch auf dem versteinerten See gehört… kurz bevor meine Oma gestorben war. Auch dieses Mal konnte ich die raue Sprache nicht verstehen und wusste doch, was es bedeutete: Sie rief mich zu sich. Mein Leben musste noch gezahlt werden. Bis dahin würde meine Oma gefangen sein, bis dahin würde sie leiden… Es lag alles an mir.

„Feigling", es war wie ein giftiges Zischen. „Feigling. Feigling!", immer wieder hallte es durch meinen Verstand und schwoll zu einem zerreißenden Dröhnen an.

„Jolanda?", Inga guckte mich ganz besorgt an: „Du siehst blass aus." Zitternd fuhr ich herum. Ich war immer noch in meiner Klasse, in der Schule, in meinem Leben. Aber es fühlte sich nicht richtig an.

„Ist alles in Ordnung?", fragte meine Freundin nach und legte mir die Hand mal wieder auf den Unterarm. Nein, war es nicht. Nichts war in Ordnung! Doch das konnte ich ihr nicht sagen, sie würde es nicht verstehen. Niemand würde es verstehen… Niemand…

Schlagartig wusste ich, was ich tun musste. Als ich selbst hatte ich keine Chance, ich brachte nur alle in Gefahr, aber als niemand…

„Es tut mir leid. Ich muss noch etwas erledigen", warnte ich meine Freundin vor und kappte kurzerhand die Verbindung zu meinem Körper. Während mein Oberkörper vornüber auf die Tischplatte kippte, stand ich schon wortwörtlich neben mir.

„Jolanda!", rief Inga erschrocken und rüttelte an meinen Schultern. „Es tut mir leid", wiederholte ich noch einmal, auch wenn ich wusste, dass sie mich nicht hören konnte.

„Da sieh mal einer an...", hörte ich eine Stimme hinter mir, bei der ich sofort eine eisige Gänsehaut bekam: „Was für ein Zufall. Ich wollte dich gerade holen, aber da kommst du ganz von alleine."

Wie erstarrt blieb ich stehen. Mein Kopf war leer gefegt. Auf dem Boden unter der Tafel konnte ich Theo sehen, seine Beine verschwanden in der Wand und er hatte eine blutige Wunde am Kopf. Für einen Moment blieb mein Herz stehen. Er durfte nicht tot sein! Nicht auch er! Bitte!

„Du zitterst ja Schätzchen", schadenfroh legte sie mir ihre Hand auf die Schulter und packte so fest zu, dass es weh tat.

In der Klasse brach Chaos aus, weil ich einfach so zusammengeklappt war. Ich hätte meinen Körper nicht so übereifrig verlassen sollen. Wenn ich jetzt zurückkehrte, konnte ich die Situation vielleicht noch aufklären und ich könnte ihr kinderleicht entkommen, aber wollte ich das wirklich? Wollte ich so weiter machen? Konnte ich das überhaupt?

Es zerriss mich.

Alles in mir schrie danach in Sicherheit zu sein, aber ich wusste, dass ich den Preis dafür nicht zahlen konnte. Ich konnte es einfach nicht.

Mit allem was ich an Entschlossenheit aufbringen konnte, drehte ich mich halb zu Katharina um: „Ich komme mit dir zum See." Überrascht schaute mich die rechte Hand des Interficientis an.

Und schon im nächsten Moment wurde ihre Überraschung noch größer.

Durch die Wand flog ein Tirio pfeilschnell auf sie zu und bohrte sich gut gezielt in ihre Schulter. Nur einen Wimpernschlag später kam sein Werfer hinterher. Katharina war nicht vorbereitet gewesen und durch den Tirio wurde ihre Magie geblockt.

Überfordert wollte sie mich als menschlichen Schutzschild benutzen. Zu spät. Er hatte sie längst in die Enge getrieben. Schon griff der erfahrene Kämpfer sie wieder an und ihr blieb nichts anderes übrig als mich loszulassen, um sich die fiese Waffe aus der Schulter ziehen zu können.

Ich fiel direkt auf Frau Bäcker zu. Auf ihrer Stirn konnte ich ganz viele kleine Pickel sehen, die unter ihrer Schminke eine Hügellandschaft bildeten, so nah war ich. Und dann war ich auch schon durch sie durch und landete total erschlagen auf dem Boden. Mir war schlecht und gedanklich hinkte ich voll hinterher.

Ohne irgendwie auf all meine Klassenkameraden zu achten, kämpften die beiden Geister verbittert. Robbend brachte ich mich schnell außer Reichweite.

Allerdings hatte die mörderische Handlangerin des Interficientis gerade ganz andere Sorgen, als mich wieder unter Kontrolle zu kriegen. Mittlerweile hatte sie es zwar geschafft, den Tirio zu entfernen, aber Wilhelm ließ sie nicht zum Zug kommen und die stark blutende Wunde machte ihr schwer zu schaffen.

„Du hättest dich nicht an meinen Freunden vergreifen sollen!", rief er rachsüchtig und verpasste ihr einen Schlag ins Gesicht, der sie taumeln ließ.

Endlich kam mein Verstand wieder an. Theo! Schnell krabbelte ich zu ihm rüber. Dabei durchquerte ich zahllose Tisch-, Stuhl- und Menschenbeine. Hier herrschte das absolute Chaos.

Als ich ihn endlich erreicht hatte, fühlte ich zuallererst nach seinem Puls.

Gott sei Dank! Er lebte noch! Katharina hatte ihn nur ausgeknockt! Erleichtert atmete ich aus und ich spürte wie eine unglaublich große Last von meinem Herzen fiel.

Laut schrie Katharina über das Tuscheln meiner Mitschüler hinweg. Ich nahm mir nicht einmal mehr die Zeit, um zu ihnen zu sehen. Wenn Wilhelm gewann, würde er mich nie im Leben zum versteinerten See lassen. Er würde es nicht verstehen.

Konzentriert startete ich eine Nebelreise. In all dem Durcheinander bemerkte niemand den dünnen Nebel, der unter der Tafel hing. Sehnsuchtsvoll schaute ich ein letztes Mal auf die Überreste meines normalen Lebens, dann wurde alles grau.

Obwohl ich mein Ziel genau vor Augen hatte, fiel mir die Reise dorthin unheimlich schwer. Vielleicht war es, weil sich ein Teil von mir dagegen wehrte, vielleicht weil ich einfach kein Händchen für Magie hatte.

Doch dann lichtete sich der Nebel und ich lag gemeinsam mit Theo mitten auf dem versteinerten See. Vor uns war die unheilvolle Inschrift. Gedankenverloren fuhr ich mit dem Finger die rauen Buchstaben nach:

Das Schicksal besiegelt
der Abgrund entriegelt
ein letztes Opfer wird erbracht
und es tobt die vernichtende Schlacht.

Das letzte Opfer sollte von mir sein. Ich musste mich selbst aufgeben...
Stöhnend bewegte sich Theo neben mir. Blinzelnd öffnete er die Augen: „Jolanda?" „Ja, ich bin hier", sagte ich und drückte mit einem traurigen Lächeln seine Hand. Tränen stiegen mir in die Augen.
Ich wollte ihn nicht verlassen, ich wollte dieses Leben nicht verlassen. Mein Vorhaben war absolut verrückt. Es gab keinerlei Garantie, dass es funktionieren würde. Genauso gut könnte ich alles nur noch schlimmer machen. Und trotzdem war ich meiner Oma schuldig es wenigstens zu versuchen.
„Was ist denn los? Wo sind wir hier?", fragte er mich verwirrt.
„Wir sind auf dem versteinerten See. Und ich werde gleich gehen", antwortete ich ehrlich. Völlig verständnislos starrte er mich an.
„Ich habe noch ein Geschenk für dich. Bitte pass auf es auf", mit diesen Worten griff ich auch seine zweite Hand. Kurz schloss ich meine Augen und verbannte wer ich war, genau wie ich es damals im See getan hatte.
All meine Energie, meine Erinnerungen, Gefühle und Gedanken, einfach alles ließ ich zu ihm strömen. Theo sollte meine Perle werden, mein Schatz.
„Nein!", schallte es dumpf durch meine schwindenden Gedanken, als er merkte, was ich tat. Doch er konnte es nicht mehr aufhalten. „Auf Wiedersehen", murmelte ich mit meiner letzten Kraft. Dann war von mir nichts mehr übrig.
Seine Hände glitten durch meine. Leer sank ich herab. Immer tiefer und tiefer. Wie in einem dunklen, haltlosen Traum.

Kapitel 11 – Ilka

Meine Sicht war seltsam, irgendwie abstrakt. Da waren keine Bilder oder Geräusche. Und trotzdem war da keine Leere. Es war eine Art Gefühl, als wäre ich Teil eines großen Netzwerkes.

War das der endgültige Tod?

Der Gedanke kam mir falsch vor. Ich konnte nicht einmal genau sagen warum. Von dem was ich bis jetzt durch Meta und die anderen Abgrundseelen mitbekommen hatte, hatte ich irgendwie etwas anderes erwartet. Und… ich fühlte mich noch so lebendig und verwurzelt. Da war immer noch Leben in mir, auch wenn es unmöglich war. Etwas tief in mir sagte mir, dass ich nicht tot war.

„Grün, grün, grün sind alle meine Kleider!", fing eine kichernde Stimme an. „Grün, grün, grün ist alles was ich mag!", antwortete jemand anderes vergnügt. „Darum mag ich alles was so grün ist!", stiegen noch weitere gestaltlose Stimmen mit ein.

Was war denn jetzt hier los?! Warum wurde aus heiterem Himmel ein Kinderlied gesungen?! Waren hier Kinder? Die Stimmen klangen zumindest kindlich unbeschwert. Aber wieso sollte ich hier mit einem Haufen Kinder sein, wenn ich doch eigentlich tot sein müsste? Irgendwie ergab hier überhaupt nichts Sinn!

„Oh nein! Bitte sei nicht traurig! Hier ist es doch schön! Die Sonne scheint! Kannst du es spüren?", sprach mich eine der merkwürdigen Stimmen direkt an.

Jetzt da sie es sagte, konnte ich die Sonne tatsächlich spüren. Ich spürte wie ich ihre Energie aufnahm, wie ich mich ihr entgegen reckte. Und ich konnte auch das Wasser spüren, das ich aus dem Boden zog. Auf einmal wurde ich mir dem Kreislauf bewusst, zu dem ich gehörte und auch das Netzwerk ergab schlagartig einen Sinn. Über meine Wurzeln war ich mit anderen Pflanzen verbunden! Ich war eine Pflanze! Wie um alles in der Welt hatte es dazu kommen können?!

„Du warst so kaputt und wir wollten dich wieder ganz machen. Du hast so schön geleuchtet. Wir mögen Licht", antwortete mir irgendeine Pflanze unschuldig und erst jetzt fiel mir auf, dass sie gar keine Wörter benutzten, sondern irgendeine seltsame, abstrakte Art der Kommunikation, die ich nicht einmal wirklich beschreiben konnte!

Irgendwie bastelte mein Verstand immer die richtige Bedeutung zusammen. Auch wenn ich keine Ahnung hatte wie. Ich schaffte es doch immer wieder in den merkwürdigsten Situationen zu landen.

Innerhalb kürzester Zeit hatte ich zuerst mit einer halben Seele als kleine Katzenfigur gelebt und jetzt auch noch als Pflanze. Was würde als nächstes kommen? Ein heiliger Stein? Ein brennender Busch?

Meine Seele hatte definitiv etwas dagegen zu sterben. Dagegen hatte ich wiederrum nichts einzuwenden. Zu leben klang gut. Nur das „Wie" war mir immer noch ein Rätsel.

Fragen schadete nichts, also versuchte ich mein Glück. „Ihr seid grüne Seelen, oder?", fing ich mit den absoluten Grundlagen an. „Grün, grün, grün…", stimmten sie sofort wieder ihr Kinderlied an. Schnell unterbrach ich sie und hoffte mir endlich ein genaues Bild von der Lage machen zu können: „Schon gut. Das werte ich mal als Ja. Könnt ihr auch mit anderen Seelen in Kontakt treten?"

„Die sind immer alle so ernst und gemein!", rief ein Stimmchen schmollend. „Gar nicht wahr! Es gibt auch tolle Mampfer! Ich finde sie so faszinierend!", entgegnete eine andere schwärmend. „Besonders die Glühmampfer! Die sind soooo schön! Aber die sieht man fast nie! Das ist soooo traurig! Warum wollen sie nicht zu uns?", mischte sich auch eine dritte Pflanzenseele ein. Allerdings beantwortete das alles nicht wirklich meine Frage.

„Redet ihr denn auch mit diesen… Mampfern?", diese Bezeichnung klang einfach nur seltsam. „Pffff! Warum sollten wir?", bekam ich wieder keine richtige Antwort. Das lief ja echt klasse! Als Silberkatze hatte ich ja schon kaum kommunizieren können und jetzt war das scheinbar gar nicht mehr drin. Was für ein Abstieg!

„Hast du Mampferfreunde mit denen du reden willst?", wollte einer dieser übertrieben fröhlichen Kindsköpfe von mir wissen. „Ja! Ja! Genau!", bekräftigte ich enthusiastisch. Endlich mal eine hilfreiche Seele! Gott sei Dank!

„Du kannst nicht aus deinem Grashalm. Ansonsten würde dein Licht ausgehen", zerstörte die liebe, kleine Seele meine Hoffnung wieder. „Dein Licht geht aus, wir geh'n nach Haus. Rabimmel, Rabammel, Rabumm, Bumm, Bumm", sang einer dieser Scherzkekse im Hintergrund. Mit Kinderliedern hatte es dieses verrückte Volk echt.

„Willst du, dass ich jemanden für dich suche?", bot mir das hilfreiche Stimmchen an. Wie schön es doch war, verstanden zu werden! Die pure Erleichterung! „Ja! Ja! Das wäre wunderbar!", stimmte ich ihr hastig zu. „Grün!", jubelte die Pflanzenseele ausgelassen. Gut. Wen sollte ich am besten benachrichtigen?

Wilhelm hätte wahrscheinlich wenig Verständnis für so eine kleine, verrückte grüne Seele. Sie würde nicht einmal richtig zu Wort kommen. Nein, er war keine gute Wahl. Meike schon eher. Durch Boudica kannte sie sich mit dem Geschwafel von Verrückten gut aus. Oder noch besser: Flora. Sie war ja sogar selbst mal eine Pflanze gewesen, wenn jemand einer grünen Seele Gehör schenkte, dann sie.

Bevor ich meine Antwort auf diese geisterhafte, abstrakte Art artikulieren konnte, sagte mein fröhlicher Helfer schon: „Der Mampfer, der ein Teil von deinem Leuchten in sich trägt? Du willst zu ihr?" Jolanda? Wie kam die grüne Seele denn auf sie? Hatte ich mir vielleicht irgendwie unterbewusst um sie Sorgen gemacht?

Eigentlich wollte ich sie nicht auch noch damit belasten. Obwohl… Sie wusste ja noch gar nicht, dass ich überlebt hatte, auch wenn überlebt in diesem Fall wohl relativ war. Boudica hatte zwar gesagt, ich sollte sie nicht einweihen, aber ich wollte nicht, dass sie wegen meinem vermeintlichen Tod Schuldgefühle hatte. Das konnte ich ihr doch nicht antun!

Auf ihre typisch unbeschwerte Art redete die hohe Stimme weiter: „Sie ist gegangen." „Was?!", ich verstand gar nichts. Wohin sollte sie denn gegangen sein?! Ein ungutes Gefühl machte sich in mir breit. Irgendetwas stimmte da doch nicht…

„Sie ist gekommen mit der Feuerseele und dann hat sie ihr ganzes Leuchten ihm gegeben und ist im Abgrund verschwunden. Sie hatte gar kein Gesicht mehr. Ganz leer. Ganz traurig. Aber die Feuerseele strahlt jetzt ganz schön und hell. So schön", erzählte mir die grüne Seele unbekümmert.

Es dauerte einen Moment bis die Bedeutung ihrer Worte richtig bei mir ankam. Jolanda war in den Abgrund gegangen… Ich fühlte mich so unbeschreiblich leer und in meinem Inneren war nur noch eine Frage: „Warum?"

„Mampfer sind einfach dumm! Sie wissen nicht wie man schwebt! Deswegen gehen sie unter!", erklärte mir eine

Pflanzenseele aufgebracht. „Sie hatte Trauer im Herz. So viel Trauer", Mitleid lag in dem glockenhellen Stimmchen. „Und Angst", ergänzte eine andere bedauernd. „Und dann gar nichts mehr", schloss eine dritte fast schon düster ab.

Ich hätte es ihr sagen müssen. Ich hätte sie nicht in dem Glauben lassen dürfen, dass ich tot war. Ich hatte sie zum Abgrund getrieben...

„Nicht wieder traurig werden! Die Sonne scheint doch!", versuchte mich einer dieser Kindsköpfe wieder zu trösten. Als würde ein bisschen Sonnenschein alles wieder gut machen. Nichts, konnte alles wieder gut machen. Sie war im Abgrund und von dort gab es keinen Weg zurück, zumindest keinen echten.

Elisabeth und ein paar andere tauchten ja manchmal als Besucher auf, aber das war kein Dasein, das ich für meine Enkelin wollte. Jolanda war doch noch so jung, sie hatte noch ihr ganzes Leben vor sich gehabt...

„Das Leben ist ein Kreislauf. Alles kommt und geht. Das ist der Lauf der Dinge", meinte eine der grünen Seelen ganz philosophisch und erinnerte mich damit schlagartig an Boudicas neuste Prophezeiung: „Die eine muss bleiben, die eine muss gehen." Ich hatte gedacht, ich wäre die, die gehen musste, aber was, wenn es genau umgekehrt war?

Würde es etwas ändern? Mich von meiner Schuld befreien? Es fühlte sich nicht besser an.

„Oh! Nein, nein, nein! Nicht noch mehr traurig sein! Ich düse zu Feuerseele und alle werden glücklich. Ja?", gab sich die mitfühlende Pflanzenseele alle Mühe. „Ja", bestätigte ich schwach. Trübsal zu blasen brachte nichts, ich musste weiterkommen.

„Ich bin gleich wieder da! Ich bin gleich wieder da!", rief die grüne Seele eifrig. Stumm wiegte ich in einer sanften Brise. Eine Wolke musste sich vor die Sonne geschoben haben, denn ich konnte ihre Energie nicht mehr spüren. In meinem Inneren wurde alles viel ruhiger, langsamer, irgendwie passend.

Plötzlich wurde ich zu Boden gedrückt, ich konnte spüren, wie ich in der Mitte knickte. Dieses Körpergefühl war einfach nur falsch. Mir war keinerlei Körperkontrolle geblieben, ich war vollkommen auf meinen Verstand reduziert und dort sah es momentan ziemlich finster aus. Das Leben eines Grashalms war nichts für mich.

Nachdem die Last von mir genommen war, richtete ich mich langsam wieder auf. Die Sonne schien auch wieder. Scheinbar war der Schatten, der mir das Licht geraubt hatte, nur von diesem etwas gekommen, das mich plattgemacht hatte.

„Unsensible Mampfer! Stampfer! Dampfer!", wetterte ein Pflanzengeist, der scheinbar auch erwischt worden war. „Ihr Leben zieht sie einfach runter", meinte eine andere grüne Seele nicht nachtragend. „Ich mag Füchse. Sie haben so schön orangenes Fell und ihr Schwanz ist so super flauschig!", ein ausgelassenes Kichern lag in der hellen Stimme. Ein Fuchs war auf uns getreten? War es vielleicht sogar Fuchszahn gewesen? Nein, sie lief so gut wie nie in ihrer Tiergestalt rum und selbst wenn, wäre ihr Schritt durch uns durchgegangen, sie würde sich nicht die Mühe machen sich zu materialisieren, nur um ein bisschen Gras platt zu treten. Wo waren meine Freunde wohl jetzt gerade? Ging es ihnen gut? Wilhelm hatte doch auf Jolanda aufpassen sollen. Er hätte sie sicher nie zum Steinsee gelassen, unter welchem Vorwand auch immer. Was, wenn es ein Fehler gewesen war, den Interficientis zu töten? Es war klar gewesen, dass es zu Machtkämpfen kommen würde. Was wenn meine Freunde jetzt darunter litten? Warum machte ich immer alles falsch?

„Du bist nicht schuld. Du bist nur ein kleines Licht von vielen", sagte mir eine grüne Seele aufbauend. „Aber ein schönes Licht!", ergänzte eine andere. „Erzähl uns etwas Schönes von dir!", bat mich ein weiteres Stimmchen vorfreudig.

Etwas Schönes? Die grünen Seelen hatten mein Leben in der Hand und sie hatten offensichtlich eine sehr fröhliche Lebensader, vielleicht sollte ich sie besser nicht mit meinen Selbstvorwürfen und meiner Trauer vergraulen.

Auch wenn mir gerade so gar nicht danach zu Mute war, wühlte ich in meinen Erinnerungen nach etwas Schönem. Leichter gesagt als getan. Als erstes musste ich natürlich an die schönen Momente mit Jolanda denken, die einfach nur noch traurig waren.

Doch dann kam mir ein Abend mit Fuchszahn in den Sinn. Es war mein erster Kontakt mit Alkohol gewesen und ich hatte mich übel verschätzt. Dementsprechend schlecht war es mir auch gegangen.

Während nebenan immer noch die Musik wummerte, hatte ich über der Toilette gehangen. Zwar hatte ich nicht kotzen gemusst, aber es hatte sich verdächtig danach angefühlt. Und auf dem Klo hatte es wenigstens nicht diese bunten Flackerlichter gegeben, die fast schon etwas Hypnotisches an sich hatten.

Ohne, dass ich wirklich Kontrolle darüber hatte, hatte sich meine Seele mal wieder von meinem Körper gelöst und ich hatte den Schreck meines Lebens gekriegt, als da wie aus dem Nichts die Fuchsseele gestanden hatte.

Ich weiß nicht mehr was genau sie gesagt hatte, irgendein frecher Kommentar war es gewesen und sie hatte ganz schön geschmunzelt, schon an der Grenze zum Auslachen. Natürlich hatte ich das weniger lustig gefunden.

Als Wiedergutmachung hatte mir die Bastlerin irgendeinen Zaubertrank gegeben, ich wusste bis heute nicht genau welchen, aber das war ja auch egal, solange es wirkte. Danach waren wir als Geister zurück auf die Party gegangen.

Fuchszahns Magiefähigkeiten waren nicht so auf der Höhe, deswegen beschränkte sie sich auf das Tanzen und spielte nicht den Poltergeist. Bei mir sah die Sache da ein wenig anders aus.

Zuerst waren es nur Kleinigkeiten, wie den Ball beim Beerpong ein bisschen zu lenken, um gezielt dieses eine Arschloch betrunken zu machen, der immer damit angab, wie trinkfest er doch war. Ziemlich schnell hatte ich ihn so weit, dass er in der Ecke schlief und mit einem Stuhlbein kuschelte. Von wegen trinkfest.

Die Idee noch tiefer in die Trickkiste zu greifen, war von Fuchszahn gekommen. Es war ihr zu langweilig geworden einfach nur zu tanzen, besonders da niemand sonst tanzte. Dort hatte nicht wirklich eine Tanzatmosphäre geherrscht. Dafür waren alle jedoch ordentlich angetrunken und es war an der Zeit für ein bisschen Zauberei zu sorgen.

Unser erster Spaß war ein Klassiker: Die fliegende Flasche. Damit es keine Scherben gab, wenn irgendwer durchdrehte und mir die Flasche aus den Händen schlug, benutzte ich eine Plastikflasche, in der nur noch ein Schluck Wasser drin war.

Erst nach etwa fünf Minuten fiel es überhaupt jemandem auf, dass da eine Flasche in der Luft schwebte. Ich weiß gar nicht mehr wer genau es gewesen war, irgend so ein Junge aus dem Ort, aber seine Reaktion würde ich nie vergessen, die war Gold wert!

Erschrocken hatte er die Augen aufgerissen, seiner Sitznachbarin den Becher aus der Hand gerissen und den auf die Flasche geworfen. Dabei war natürlich der Alkohol über den ganzen Tisch gespritzt und hatte eine ordentliche Sauerei veranstaltet. Das Mädchen war so empört gewesen, dass sie ihm eine Ohrfeige verpassen wollte, doch ihr Schlag ging ins Leere, weil er vom Stuhl hastete und sich unterm Tisch versteckte.

Durch diesen Auftritt hatten wir schlagartig die geballte Aufmerksamkeit. Bei manchen äußerte es sich wie bei dem Jungen und sie machten die seltsamsten, panischen Kurzschlussreaktionen, andere starrten wie versteinert die Flasche an.

Nachdem wir uns ein bisschen über das allgemeine Chaos lustig gemacht hatten, legten wir noch eine Schippe drauf und spielten geisterhaftes Flaschendrehen. Der, auf den die Flasche zeigte, wurde ein paar Mal angetippt.

Auf einmal hatte ein Mädchen mit scheinbar ziemlich schwachen Nerven die Augen verdreht und war umgekippt. Gerade noch rechtzeitig konnte ich sie mit all meiner Kraft auffangen und sanft auf den Boden legen.

Damit war unsere Streichezeit dann auch vorbei gewesen. Außerdem lief jemand zum Kotzen auf die Toilette und da sollte er nicht meinen seelenlosen Körper finden. Also schaffte ich mich schnell wieder zurück. Allerdings war das wirklich kein schönes Erwachen gewesen.

Meine Seele hatte Fuchszahn ja vielleicht mit diesem tollen Trank von den Nebenwirkungen des Alkohols befreit, aber mein Körper hatte immer noch die volle Bandbreite.

Das war wirklich ein denkwürdiger Abend gewesen.

„Wie die alle geguckt haben!", lachte eine der grünen Seelen auf. „So richtig Uaaah! Hilfeee! Öööääää!", stieg die nächste Pflanzenseele ein. „Und als dann dieser Mampfer einfach im Stehen eingeschlafen ist! Einfach Uiiiii, buff!", machte sich noch eine über meine Erinnerung lustig.

Für einen Moment war ich verwirrt, woher sie das alles wissen konnten, immerhin hatte ich ja nichts gesagt, doch dann fiel mir wieder ein, dass hier die Kommunikation ja auf einer merkwürdigen telepathischen Verbindung basierte. Wahrscheinlich bekamen sie jeden meiner Gedanken mit. Was nicht unbedingt ein schöner Gedanke war. Leb wohl, Privatsphäre.

„Erzähl uns noch so eine lustige Geschichte!", forderte mich einer der Kindsköpfe auf. „Oh ja!", rief ein anderer begeistert. „Bitte, bitte, Bitteeeeee!", bettelte der nächste.

„Na gut. Wenn ihr es wollt", gab ich mit einem kleinen Seufzen nach. Ich fühlte mich wie damals, als Jolanda noch klein gewesen war und mich ständig um eine weitere Geschichte angefleht hatte.

Noch gut konnte ich mich an unser altes Sofa erinnern und wie mir meine kleine Jolanda immer auf den Schoß gekrabbelt war. In meiner Erinnerung war alles so hell und voller Licht, als hätte nur die Sonne geschienen. Und es war warm und glücklich...

Wie konnte sie nur tot sein?

„Du solltest nicht über etwas Schönes traurig sein", meinte eins der Stimmchen. „Ihr versteht das nicht", entgegnete ich schwermütig. „Dann erklär es uns!", sagte eine der grünen Seelen. Keine Ahnung welche genau, ich konnte sie nicht auseinanderhalten.

„Ihr kennt keinen Verlust. Ihr sterbt nicht. Ihr springt immer nur in neue Pflanzen. Ihr könnt nicht wissen, wie es ist um jemanden zu trauern, der weg ist, weil von euch nie jemand weg sein wird!", ohne es zu wollen, war ich etwas lauter geworden, wenn man das in Gedanken überhaupt werden konnte.

Für einen Moment herrschte ein unschlüssiges Schweigen. Dann sprach eine der Pflanzenseelen ruhig und fast schon tröstend: „Aber ihr seid doch auch Teil des Kreislaufs. Nur wenn Seelen sich auflösen, können neue entstehen. Alles ist im Gleichgewicht. Niemand geht wirklich weg."

„Aber sie ist mehr als nur ihre Energie! Der Mensch, der sie gewesen ist, ist weg!", versuchte ich es ihnen verständlich zu machen, auch wenn ich wusste, dass es sinnlos war. Sie würden es nie verstehen.

„Aber du erinnerst dich doch noch an sie. Sie ist nicht vergessen. Sie ist nicht weg", meinte eine der grünen Seelen verständnislos. „Zeig uns doch noch etwas von ihr", bat mich ein anderer Kindskopf: „Ich mag sie." „Ja! Sie hat so schön hell geleuchtet!", stimmte ein weiterer zu. „Licht ist immer schön!", ergänzte das nächste Stimmchen.

Ich konnte nicht noch weiter an Jolanda denken. Es war noch zu frisch, zu schmerzhaft. Nein. Mit irgendetwas musste ich mich ablenken. Und weil diese kleinen Quälgeister so begeistert von Licht waren, dachte ich mit aller Kraft an einen Regenbogen, einen ganz großen, der so kräftig war, dass sich sogar über ihm ein zweiter spiegelte.

Überall hörte ich faszinierte Seufzer und ergriffene Ausrufer. Damit hatte ich voll ins Schwarze getroffen.

Als nächstes rief ich vor mein inneres Auge den Moment, wenn ich bei Sonnenschein meinen Garten gegossen hatte und die Wassertropfen das Licht in funkelnd bunte Farben gebrochen hatten.

Das kam bei den grünen Seelen besonders gut an. Immerhin hatte ich Pflanzen Wasser gegeben und in dieser Erinnerung war auch ihr heißgeliebtes Licht. Also alles was ein Pflanzenherz höherschlagen ließ.

Um beim Thema zu bleiben. Wechselte ich zu einer alten Erinnerung, als ich beim Spazierengehen einen Regenbogen gesehen hatte und total kindisch durch ein kleines Waldgebiet gelaufen war, weil es extrem so ausgesehen hatte, als würde das Ende des Regenbogens dort liegen.

Damit stieß ich bei meinen immergrünen Gefährten auf gemischte Gefühle. Auf der einen Seite war es natürlich ganz schrecklich, dass ich einfach so auf all den Pflanzen rumgetrampelt war, aber auf der anderen Seite liebten sie das Licht und den Regen und die naive Vorstellung von einem Goldtopf am Ende des Regenbogens.

Gerade als ich dabei war mir den nächsten sonnigen Augenblick einfallen zu lassen, legte sich wieder ein Schatten über mich.

Kapitel 12 – Jolanda

Ich lag auf dem Rücken. Über mir war Leere, genau wie auch in mir. In der Luft lag ein seltsamer Geruch, er war mit nichts zu vergleichen und doch wusste ich sofort was es war: Der Tod. Alles hier war durchdrungen vom Tod. Ich war tot.

Ich... Irgendwie war das befremdlich. Ich war nicht ich. Ich fühlte mich nicht einmal wie ein Jemand.

Langsam wurde ich immer leichter. Schwerelos stieg ich auf. Dort wartete die Auflösung auf mich, die Erlösung, die Loslösung. Einfach die Lösung für alles. Es war richtig...

„Halli, Hallo meine Lieben! Willkommen zu Boudicas Beautypalace!", rief plötzlich eine quietsch vergnügte Stimme und ich fiel wie ein Stein zu Boden. Orientierungslos setzte ich mich auf. Irgendwoher kannte ich diese Stimme...

Schlagartig brach eine Welle von Gefühlen über mich herein: Angst, Einsamkeit, Verzweiflung und die schreckliche Gewissheit, nicht vollständig zu sein. Mir fehlte etwas. Verloren schlang ich meine Arme um mich.

„Heute zeige ich euch, wie man fabelhafte Nägel zaubert! Einfach FABELHAFT!", trällerte diese merkwürdige Stimme weiter. Woher kam sie? Ich konnte hier niemanden sehen. Überall war nur Asche, nichts außer Asche.

Warum war ich an diesem Ort? Wer war ich? Wie konnte ich nicht wissen, wer ich war?! Was war nur mit mir passiert?! Wieso konnte ich mich nicht erinnern?!

„Mit diesen Nägeln bemerkt euer Schwarm euch garantiert! Das ist der Hingucker schlechthin!", brabbelte die Stimme aus dem Nichts weiter: „Da steckt jeder lässig seine Hände in die Hosentaschen, damit sie nicht vor Bewunderung zittern, wie Jojo."

Irgendwie hatte ich das Gefühl, dass mich diese Person direkt ansprach, keine Ahnung warum, aber irgendwas war da. Auch wenn es vollkommen bescheuert war, steckte ich meine Hände in die Hosentaschen.

Und ich spürte etwas Glattes, Kantiges! Aufgeregt zog ich es heraus. Es war ein kleiner schwarzer Handspiegel zum Aufklappen. Neugierig öffnete ich ihn und ließ ihn aus Schreck sofort wieder fallen. Statt meinem eigenen Spiegelbild hatte mich ein grün-pinkes Monster angestarrt! Oder zumindest hoffte ich mal, dass das nicht mein Spiegelbild war.

Vorsichtig hob ich den kleinen Gegenstand aus der Asche. „Hallo, Jojo! Du bist live beigeschaltet in Boudicas Beautyyyyypalace!", jubelte die seltsame Frau und winkte mir enthusiastisch zu.

Sie hatte nicht gelogen, ihre Fingernägel waren wirklich echte Hingucker, denn auf ihnen klebten richtige Nägel, so zum Bilderaufhängen und Regale zusammenschrauben. Wie kam man auf so eine Idee? Das war doch voll unpraktisch und bestimmt auch nicht angenehm und schön schon dreimal nicht!

Allerdings sah der Rest von ihr genauso schräg aus. Ihre Haare waren eine Föhnwelle der übelsten Sorte in pink und ihr Gesicht war grün verschleimt. Vielleicht sollte das ja irgendeine Schönheitsmaske sein, auch wenn die Salatblätter, die dazwischen klebten, sie eher wie ein misslungenes Mittagsessen aussehen ließen. Als Ohrringe trug sie zwei dicke, glitzernde Weihnachtsbaumkugeln.

„Können Sie mich wirklich hören?", fragte ich unsicher. Normalerweise waren Handspiegel ja keine Übertragungsgeräte. Aber womöglich hatte ich mich ja auch geirrt und es war in Wahrheit eine Art Handy.

Irgendwie hatte ich das Gefühl, dass ich das alles wissen müsste, dass ich es kennen müsste, doch alles war so schrecklich fremd.

„Natürlich Jojo! Wenn jemand redet, hört man ihn!", die schrille Frau schaute mich an, als hätte ich nicht mehr alle Tassen im Schrank, jedoch war es wohl eher umgekehrt. „Bin ich Jojo?", ja, diese Frage war auch ziemlich dumm, aber ich musste einfach Gewissheit haben.

„Wo bist du nur mit deinen Gedanken, Liebes? Du solltest mal wieder für einen Tee vorbeikommen! Das hilft dir bestimmt!", sagte die Verrückte ganz überzeugt. Das wertete ich mal als Bestätigung.

„Ich würde dich sehr gerne besuchen. Kannst du mir nochmal den Weg sagen?", spielte ich ihre merkwürdige Vorstellung mit. Vielleicht kam ich ja so weiter. „Gegen Gedankenschwund hilft Zahnpasta!", riet sie mir vollkommen ernsthaft. So viel zu meiner Hoffnung weiterzukommen.

„Aber keine Sorge! Ein paar Freunde haben mir zugeflüstert, dass du eine kleine Reise machst und ich hab dir ein bisschen was für den Weg mitgegeben", verschwörerisch zwinkerte sie mir zu und klimperte dabei mit ihren Nagel-Nägeln.

Suchend schaute ich mich um, aber ich konnte nirgendwo etwas sehen, das auch nur entfernt Gepäck ähnelte. Hatte sich diese Spinnerin das vielleicht nur eingebildet?

„Tschüssi Küssi!", rief sie und formte ihre Lippen zu einem schmatzenden Kussmund. „Nein! Warte!", versuchte ich sie noch aufzuhalten, doch schon war ihr knalliges Bild verschwunden und nur noch ich war übrig.

„Komm zurück!", bat ich verzweifelt und legte meine Hand auf den Spiegel. Augenblicklich raste eine Liste durch meinen Kopf mit allen möglichen, seltsamen Dingen. Fesselgranaten, eine Schleifmaschine, Tintenpatronen, Drähte, ein Mini-Schweißgerät, eine Karte... Eine Karte! Bestimmt war sie von dieser Verrückten! Damit konnte ich einen Weg hier raus finden!

Nur wie sollte ich an die Karte rankommen?

Meine Frage beantwortete sich von selbst, als meine Finger plötzlich in dem Spiegel versanken und ich beim Rausziehen einfach eine zusammengefaltete, vergilbte Karte in der Hand hatte. Zauberei!

Hoffnungsvoll faltete ich die mystische Karte auseinander und meine Augen weiteten sich überrascht. Damit hatte ich wirklich nicht gerechnet.

Statt markanten Landschaftspunkten, an denen ich mich orientieren könnte oder wenigstens Himmelsrichtungen, wie man es von einer normalen Karte erwartete, waren da Punkte in weiß, grau, schwarz und allen Abstufungen dazwischen, die hin und her wanderten und im Hintergrund waren Worte in einer fremdartigen Schrift geschrieben. Angeordnet in einer großen Spirale war es immer das Gleiche: „So blau die Flut, so rot das Blut, letztes Leben, hier gegeben,..."

Merkwürdig, dass ich es überhaupt lesen konnte. Irgendwie hatte ich das ungute Gefühl, dass ich es nicht lesen können sollte. Und was sollte das alles bedeuten? Blut, gegebene Leben, das klang gar nicht gut. Wie sollte mir das bitteschön dabei helfen, hier weg zu kommen?!

Auf einmal kam richtig Bewegung in die glühenden Punkte, drei sehr helle sausten regelrecht über die Karte, gefolgt von einer ganzen Hand voller pechschwarzer. Wie konnte etwas Schwarzes eigentlich glühen? Das ergab doch keinen Sinn.

Allerdings blieb mir keine Zeit über diese Frage nachzudenken, denn plötzlich galoppierten drei Pferde auf mich zu. Es war fast schon seltsam hier Tiere zu sehen. Irgendwie war das hier kein Ort für das Leben.

Ich war so überwältigt davon nicht alleine zu sein, dass ich wie versteinert stehen geblieben war. Nicht gerade die beste Reaktion. Schon hatten sie mich fast erreicht und hinter ihnen konnte ich undeutlich noch etwas anderes sehen, etwas Dunkles...

Mit einem Hechtsprung versuchte ich mich schnell aus der Bahn der Pferde zu retten. Ausgestreckt flog ich auf die Asche zu. Das würde eine üble Bauchlandung werden...

Fest wurde ich am Kragen gepackt und zurückgerissen. Mir wurde die Luft abgedrückt und ehe ich wusste was geschah, saß ich schon auf den Rücken eines der Pferde, doch es war kein Pferd mehr, es hatte einfach den Oberkörper einer Frau! Ein Zentaur?!

Träumte ich etwa? Das hier konnte unmöglich real sein! Nie und nimmer!

„Halt dich gut fest!", wies mich die Pferdefrau an. Etwas überfordert griff ich nach dem Stoff ihres T-Shirts. Ich wollte sie nicht von hinten umarmen, das wäre irgendwie seltsam gewesen. Na ja, alles hier war seltsam.

Auf dem Pferderücken wurde ich ordentlich durchgeschüttelt und fast hätte es nicht gereicht mich einfach nur am Stoff festzuhalten. Aber es ging noch gerade so gut.

Die Landschaft war keine so extreme Einöde, wie ich zuerst gedacht hatte. Ähnlich wie der Sand in den Wüsten, hatte die Asche hier Dünen gebildet, auch wenn ich mich wunderte wie das möglich war, immerhin war es hier vollkommen windstill. Obwohl... Ich saß gerade auf dem Rücken eines Zentaurs, da waren Aschedünen nicht das Ungewöhnlichste.

Mit einem großen Satz brachte mich das Fabelwesen über eine besonders hohe Düne und statt dahinter wieder weiter zu galoppieren, sanken wir ein wie in Treibsand. Erschrocken wollte ich aufschreien, doch die Pferdefrau drehte sich zu mir um und drückte mir fest die Hand auf den Mund.

Panisch versuchte ich mich zu befreien, aber die Asche schluckte uns erbarmungslos und rasend schnell.

War es ein Fehler gewesen diesen Huftieren zu vertrauen? Auf jeden Fall war es echt verrückt gewesen! Ich kannte sie doch gar nicht und dann ritt ich einfach so mit ihnen weg! Aber zu meiner Verteidigung: Momentan kannte ich nicht einmal mich selbst und die Schatten hinter ihnen hatten schon übel ausgesehen.

Trotzdem fühlte es sich gar nicht gut an in der Asche zu versinken und diesen Pferdewesen machtlos ausgeliefert zu sein. Alles wurde dunkel und ich unterdrückte meinen Atemreflex, um nicht die Ascheflocken einzuatmen. Und irgendwie schien ich gar keine Luft mehr zu brauchen, ich hielt meinen Atem an und an und ich spürte keine Auswirkungen.

Sollte ich das jetzt aufregend oder doch eher gruselig finden? Unter diesen Umständen tendierte ich doch eher zu gruselig.

Auf einmal hob mich die Zentaurin von ihrem Pferderücken und ich fiel ein Stück in die Tiefe. Hart landete ich auf meinem Rücken. Asche rieselte auf mein Gesicht herab. Aus Versehen hatte ich eingeatmet und mich jetzt übel verschluckt. Heftig fing ich an zu husten und drehte mich auf die Seite.

Keuchend setzte ich mich auf. Es war nicht mehr dunkel und die Pferde waren auch verschwunden. Zwei Frauen und ein Mann standen vor mir. Die eine war eindeutig die Zentaurin, nur halt jetzt als 100% Mensch.

Unsicher schaute ich zu ihnen hoch. Ich traute mich nicht einmal aufzustehen.

„Mein Name ist Silberstreif. Wie Silberstreif am Horizont. Ich war mal eine lupenreine Lichtseele, jetzt bin ich irgendwas. Der Ort hier kann einen ganz schön verändern. Wie heißt du?", fing die Ex-Zentaurin an zu reden und hielt mir freundlich ihre Hand hin.

„Ich bin Jojo", antwortete ich ihr und ließ mich immer noch etwas zögerlich von ihr auf die Beine ziehen. „Du bist noch nicht lange hier, oder?", erkundigte sie sich locker. „Ich bin mir nicht sicher, alles ist so verschwommen", gestand ich und wusste gar nicht genau, wo ich hinsehen sollte.

Irgendwie fühlte ich mich gerade so richtig dämlich und unbeholfen und unwichtig, etwa wie in der fünften Klasse während die Oberstufenschüler irgendetwas machten. Seltsam, dass mir ausgerechnet dieser Vergleich eingefallen war. Nach wie vor hatte ich absolut keine Ahnung von meinem Leben oder mir selbst.

„Mach dir keine Sorgen. Das geht vielen so, wenn sie hier auftauchen. Bald wird alles wieder klarer", beruhigend tätschelte Silberstreif meine Schulter. Ich rang mir ein kleines Lächeln ab. „W-wer seid ihr eigentlich? Und wo sind wir?", traute ich mich endlich die Frage zu stellen, die mir schon die ganze Zeit auf der Seele brannte.

Mit einer Mischung aus Verständnis und Mitleid schaute der Mann auf mich herab und sagte: „Wir sind hier im Abgrund, der letzten Station vor der endgültigen Auflösung, der absolute Tod, das Ende. Von hier gibt es kein Zurück mehr." „Jetzt mach der Kleinen doch keine Angst! So schlimm ist es hier nicht, man gewöhnt sich dran", meinte die andere Frau ermutigend.

„Um auf deine Frage zurückzukommen, wir sind Nebelseelen, Lichtseelen, Wanderseelen, sogar ein paar rehabilitierte Schattenseelen, also ein bunter Mix. Was uns da gerade verfolgt hat, war die andere Fraktion, größtenteils sind es Schattenseelen, aber sie haben auch von allem was dabei. Im Grunde gibt es hier nur unsere zwei Gruppen, ansonsten ist man verloren. Natürlich kommen auch immer mal wieder kleinere Splittergruppen auf, aber die sind schnell wieder weg vom Fenster", informierte mich Silberstreif über den Ablauf der Dinge.

„Und woher wusstet ihr, dass ich nicht einer von denen bin?", wollte ich ein wenig zaghaft wissen. „Du hast da mit einem Blatt gesessen und wie ein kleines, unschuldiges Küken aus der Wäsche geschaut", machte sich der Typ ein bisschen über mich lustig.

„Die Karte! Ich hab sie fallen gelassen!", fiel es mir wieder ein. „Was war das denn für eine Karte?", bohrte die zweite Frau mit schief gelegtem Kopf nach. „Da waren Leuchtpunkte drauf und eine Spirale aus Worten. Irgendwas mit Wasser und Blut", warum konnte ich mich nicht mehr genau an die Worte erinnern? Ich hatte sie doch eben noch gelesen!

„Woher hast du sie?", irgendetwas lag in ihrem Blick, irgendetwas stimmte nicht. Verunsichert öffnete ich meinen Mund ein paar Mal und schloss ihn gleich wieder. Hatte ich etwas falsch gemacht?

„Bestürmen wir sie doch nicht so mit Fragen. Lassen wir sie erst einmal ankommen, das war schon ziemlich viel auf einmal", nahm mich Silberstreif in Schutz und legte mir fast schon mütterlich den Arm um die Schulter.

Für diese kleine Atempause war ich ihr wirklich dankbar. Gemeinsam gingen wir durch einen felsigen Tunnel. An der Decke konnte ich feine Spalten sehen, durch die hin und wieder ein bisschen Asche runter rieselte und einen grauen Teppich auf dem Boden bildete.

Die dunklen Wände waren mit glühenden Adern durchzogen. War das hier vielleicht sowas wie ein Vulkan? Aber dann müsste es doch viel heißer sein...

Scheinbar hatte der Mann meinen Blick bemerkt, denn er erklärte mir: „Das sind Energierisse. Die Tunnel gibt es schon ewig, aber seit einiger Zeit verändert sich alles mehr und mehr. Du solltest von allem, was irgendwie glüht, besser die Finger lassen, eine Überdosis Energie kann sehr gefährlich sein."

Stumm nickte ich einfach nur. Silberstreif hatte Recht, das war wirklich alles sehr viel auf einmal.

Schließlich endete der Tunnel in einer geräumigen Höhle. Dort waren noch ganz viele andere Leute und sie sahen aus als wollten sie eine Epochen-Party veranstalten. Es war wirklich alles vertreten von neonfarbigen Netztops und schrillbunten Miniröcken bis zu historienfilmmäßigen Rüschen-Alptraum-Kleidern oder uralten Militäruniformen. Was für eine schräge Versammlung...

Feierlich legte mir Silberstreif die Hand auf die Schulter und rief so laut, dass ich leicht zusammenzuckte: „Darf ich vorstellen: Das ist Jojo!" Die meisten nahmen mein Eintreffen mit einem Kopfnicken oder einem unverständlichen Murmeln hin. Manche schliefen auch und bekamen es gar nicht erst mit.

Ich nahm es ihnen nicht übel, dieser Ort war wirklich nicht schön, da konnte die Moral schon ordentlich absacken, wenn man länger hier war. Und ich war ja auch kein besonders tolles neues Mitglied. Eine Teenagerin mit Amnesie, wer würde da schon Freudensprünge machen?

Prompt bekam ich die Antwort auf meine rhetorische Frage. „Du bist es! Die eine! Du bist hier! Du! Du! Du!", jubelte ein alter Mann mit ledriger Haut, erstaunlich dunklen Haaren und nichts als einem Lendenschurz.

Warum kam ausgerechnet DER auf mich zugesprungen?!

„Awan! Beruhig dich!", ermahnte der Mann, der mich begleitet hatte den Verrückten. Neben mir verdrehte die Frau nur die Augen und raunte mir zu: „Awan war mal ein indianischer Schamane und nach dem Tod Orakel, jetzt ist es nur noch wahnsinnig und hat manchmal Déjà-vus. Er kann ganz schön anstrengend sein."

Aha. Gut zu wissen. Dann war ich also nicht die eine. Wie beruhigend...

„Nein! Nein! Ich hab sie gesehen! Sie ist das Ende und der Anfang!", schrie dieser Awan weiter und der Mann musste ihn mit Gewalt zurückhalten, damit er nicht auf mich losging. Erschrocken machte ich einen kleinen Schritt rückwärts. In den Augen des alten Mannes loderte ein beängstigendes Feuer. Also meiner Meinung nach, war das ein bisschen mehr als nur anstrengend!

„Mach nicht so ein Drama! Ich will pennen!", beschwerte sich ein Mädchen der Neon-Fraktion und warf ihm einen bösen Blick aus ihren kräftig geschminkten Augen zu. Sie wäre mit Boudicas Beautypalace wohl besser beraten als ich.

Ohne auf die anderen zu achten, machte Awan weiter: „Du bist gekommen! Du bist endlich gekommen! Jetzt wird sich alles ändern! Die Zeit geht immer voran! Der Kreis muss durchlaufen werden! Es ist an der Zeit! Deine Zeit! DEINE ZEIT IST GEKOMMEN!" Jetzt rastete der Wahnsinnige so aus, dass der Pferdemann ihn mit einem kräftigen Schlag auf den Hinterkopf ruhigstellen musste.

Unbehaglich schaute ich zu Silberstreif. „Ich muss doch nicht hier bei ihm bleiben, oder?", fragte ich sie kleinlaut. „Nein, ich denke das wäre in der Tat keine gute Idee", mit leicht schiefgelegtem Kopf betrachtete meine Vertrauensperson den sabbernden Irren am Boden.

„Wenn der Schub rum ist, wirst du ihn kaum wiedererkennen. Eigentlich ist er eine sehr ruhige und hilfsbereite Seele", meinte der Mann fast schon entschuldigend. Auch wenn sich der Typ eben noch über mich lustig gemacht hatte, schien er im Großen und Ganzen eigentlich nett zu sein.

„Wie heißt du überhaupt?", wollte ich von ihm wissen und versuchte damit vom Thema Verrückter abzulenken, weil irgendwie hatte mir sein Auftritt eine fiese Gänsehaut verpasst. Ich wurde das ungute Gefühl einfach nicht los, dass an seinen Worten vielleicht doch was Wahres dran war, auch wenn ich logisch betrachtet nicht glauben konnte, dass ich irgendwas so extrem Besonderes war.

„Mein Name ist Joachim", stellte er sich locker vor. „Und ich bin Mala", ergänzte auch meine dritte Begleiterin offen. Bedächtig nickte ich. Was sollte ich darauf noch sagen? Vorgestellt hatte ich mich ja schon.

„Komm. Ich zeig dir eine Nebenhöhle. Da kannst du dich erst einmal ausruhen und richtig ankommen. Keine Sorge. Ich bleibe die ganze Zeit bei dir. Falls du noch irgendwelche Fragen hast, kannst du sie mir jeder Zeit stellen", wieder legte mir Silberstreif so behütend den Arm um die Schulter.

Statt zu antworten verstärkte ich mein Nicken nur. Es war schön jemanden zu haben, der auf mich aufpasste, dank ihr fühlte ich mich nicht ganz so verloren.

Zu zweit gingen wir ein Stück durch den Tunnel zurück und durch eine gut versteckte Lücke im Schatten der Felsen. Dieser Weg war deutlich schmaler und hier gab es auch kaum Leuchtrisse. Allerdings war das wirklich gut, ansonsten hätte ich bestimmt längst einen Energieschock bekommen, so oft wie ich gegen die Felswände stieß.

Trotzdem war es nicht dunkel. Silberstreif wurde umgeben von einem weißlich glühenden Nebel. Hatte sie nicht irgendetwas davon gesagt, dass sie mal eine Lichtseele gewesen war und jetzt eine Nebelseele? Hing das vielleicht damit zusammen?

Mit meiner Frage wartete ich noch bis wir bei der Höhle angekommen waren und das dauerte wirklich nicht mehr lange. Hier war es bei weitem nicht so geräumig wie in der Höhle mit all den Leuten, aber für zwei Personen war es immer noch sehr viel Platz.

„Was ist das für ein Leuchten?", fragte ich sie einfach gerade heraus. Sie hatte mir ja angeboten Fragen zu stellen. „Meine Lichtseelenkräfte haben sich mit denen von Nebelseelen vermischt. Wie gesagt, hier entstehen die seltsamsten Geisterformen", erklärte sie mir und setzte sich an die Felswand gelehnt hin.

Genau gegenüber nahm auch ich Platz. „Ihr könnt eure Gestalt verändern, oder? Ihr wart doch Pferde und dann nicht mehr", bohrte ich weiter nach. Jetzt da wir nur noch zu zweit waren, kam ich mir dabei auch nicht mehr ganz so dumm vor.

„Ja", bestätigte sie knapp.

„Und warum tragen dann alle so komisches Zeug? Sie könnten sich doch auch ganz normal zaubern", sprudelte schon die nächste Frage aus mir heraus. „Auf dich wirkt ihre Kleidung vielleicht komisch, aber für sie ist sie völlig normal. Es ist eine Art Überbleibsel aus ihrer Zeit, aus ihrem Leben. Das wollen sie nicht aufgeben. Sich hier nicht zu verlieren ist schwer, solche Sachen helfen dabei", gedankenverloren formte sie aus dem Nebel in ihrer Hand eine Blume.

„Und du hast dich verloren?", diese Frage fiel mir schwerer und wahrscheinlich hätte ich sie gar nicht stellen sollen. „Nein. Ich hab mich verändert. Es ist nicht besser und nicht schlechter, einfach nur anders. Aber ich hab viele gesehen, die sich verloren haben. Mit der Zeit muss jeder hier gehen, auf die eine oder andere Weise", sagte sie und fuhr mit ihrer Hand durch die Blume, sodass sich der Nebel auflöste.

Direkt schaute sie mir in die Augen: „Ich kann verstehen, dass dir das alles sehr fremd ist und du viele Fragen hast, aber du solltest versuchen ein wenig zu schlafen. Du wirst deine Energie noch brauchen." Mit diesen Worten verschwand der glühende Nebel und es wurde schlagartig sehr dunkel.

Eine Weile saß ich noch so in der Dunkelheit und als sich meine Augen daran gewöhnt hatten, konnte ich ganz schwach die Tunnelöffnung sehen. Durch die vereinzelten Energierisse dort war es etwas heller, aber auch nicht viel.

Langsam legte ich mich auf die Seite, immer noch so, dass ich die Felswand beruhigend im Rücken spürte. Von hinten konnte mich nichts anfallen. Und von vorne würde auch nichts kommen. Silberstreif war ja da, ich musste mir keine Sorgen machen.

Dennoch fiel es mir nicht leicht, einzuschlafen. So viel kreiste durch meinen Kopf, so viele Fragen, so viele Befürchtungen. Zwar wusste ich jetzt, wo ich war, aber immer noch nicht wer…

Hart fühlte ich den Stein an meiner Wange. Es fühlte sich nicht richtig an, nichts hiervon.

Auf der Suche nach einer bequemen Pose streckte ich meine Beine, zog sie an, drehte mich, ich versuchte alles. Doch es wurde einfach nicht bequemer. Nach einer gefühlten Ewigkeit schlief ich trotzdem ein, die Ereignisse an diesem unwirklichen Ort hatten mich wohl doch mehr angestrengt, als ich selbst gemerkt hatte.

Kapitel 13 – Ilka

„Ich habe Feuerseele mitgebracht!", rief meine kleine Botenseele triumphierend. Aha. Damit wäre dann auch geklärt, wem der Schatten gehörte. Es überraschte mich nur ein wenig, dass auch Geister Schatten hatten, sie waren ja eigentlich keine physischen Gestalten.

Und obwohl ich unendlich erleichtert war, endlich eine vernünftige Seele um mich zu haben, war der Grashalm in mir sehr unglücklich darüber, dass er mir im Licht stand. Wenn ich nicht aufpasste, wurde ich am Ende auch noch so ein grüner Kindskopf. Bitte nicht.

Etwas drückte mich leicht zusammen und ich federte wieder hoch. Es war nicht so fest wie der Schritt von dem Fuchs, aber eindeutig eine Außeneinwirkung und ich würde wetten, dass es Theo war. „Was macht er?", fragte ich die anderen Pflanzenseelen und als Mensch hätte ich jetzt meine Augenbrauen zusammengezogen.

„Er hat dich angetippt und gefragt, ob du das wirklich bist", antwortete mir eins der hellen Stimmchen. „Könntest du vielleicht den Übersetzer für mich spielen?", bat ich die grüne Seele. „Natürlich!", stimmte sie sofort fröhlich zu.

„Frag ihn, was mit Wilhelm und den anderen passiert ist. Frag ihn, warum… sie gegangen ist", der Gedanke daran versetzte mir wieder einen schmerzhaften Stich. Theo ließ sich Zeit mit seiner Antwort.

Ich konnte spüren, wie der Boden in der Nähe leicht feucht wurde, wie von einem einzelnen Regentropfen. Allerdings bezweifelte ich stark, dass es sich um einen Regentropfen handelte, besonders weil meine Wurzeln einen hohen Salzanteil registrierten. Es wäre mir neu, dass es jetzt Salzwasser regnete.

„Oh nein! Warum ist er denn so traurig? Er hat doch ganz viel Licht bekommen!", rief eine der grünen Seelen voller Mitleid.

„Mampfer gehen so verschwenderisch mit ihrem Wasser um!", entgegnete eine andere Pflanzenseele abwertend. Hatte ich es mir doch gleich gedacht, dass es eine Träne von ihm war.

„Sag ihm bitte, dass ich ihn verstehen kann, aber ich muss wissen, was genau passiert ist. Es ist wichtig, dass er es erzählt und Jolanda hätte sicher nicht gewollt, dass er sich selbst Vorwürfe macht", teilte ich meinem Dolmetscher so nüchtern wie möglich mit.

Eifrig nickte das kleine Kerlchen, irgendwie war es schon seltsam, dass ich diese banale Geste wahrnehmen konnte, ohne sie zu sehen. Seltsam schien mein neues Lebensmotto zu sein.

Wieder brauchte Theo seine Zeit, aber das konnte ich nur zu gut verstehen. Endlich lieferte mir mein kleiner Bote eine Antwort: „Er sagt, sie wurden angegriffen von einer Katharina und ihren Lakaien und dann ist er ausgeknockt worden und hier wieder mit Jolanda aufgewacht. Dann hat sie ihm ihre Energie gegeben und ist in den Abgrund gegangen."

„Hat sie nichts darüber gesagt, warum sie so gehandelt hat?", es fühlte sich so surreal an darüber zu sprechen... Dieses Mal fiel die Pause kürzer aus: „Er sagt, sie hat sich nur verabschiedet."

„Bist du dir sicher, dass sie von niemandem gezwungen wurde?", suchte ich nach einer logischen Erklärung. „Nope. Nein. Nö. Ne. Neini Nein", lieferte die grüne Seele mir prompt die Antwort und ergänzte noch vertraulich: „Er hat den Kopf geschüttelt."

„Und der Abgrund?", diese Frage war eigentlich nur um meine Gedanken weiter irgendwie auf Trapp zu halten, damit ich nicht zu sehr an Jolanda denken musste. Es lag ja auf der Hand, dass sich der Abgrund nicht geöffnet hatte, ansonsten würde es hier viel weniger „grün" aussehen, um es wie eine Pflanzenseele auszudrücken.

„Hat sich nichts geändert", bestätigte meine liebe Botenseele und fuhr fort: „Er glaubt, das liegt daran, dass sie alles auf ihn übertragen hat, der Abgrund hat sie nicht bekommen und doch ist sie weg. Warum seid ihr deswegen alle so traurig? Er hat ihr Leuchten doch noch!"

Nein, diese Diskussion würde ich nicht noch einmal anfangen, lieber stellte ich die nächste Frage, obwohl es mir nicht leichtfiel: „Wie... ist es? Sie... ihr Leuchten... Was ist das für... ein Gefühl?"

Ich hatte nicht erwartet eine schnelle Antwort zu bekommen und so war es auch. Der Boden wurde noch feuchter. Vielleicht hätte ich ihn nicht danach fragen sollen. Das war gnadenlos gewesen.

„Kann einer von euch ihn bitte darum bitten, meinen Freunden Bescheid zu sagen, dass ich ein Grashalm bin?", richtete ich mich an die grünen Seelen. „Ich mach das!", erklärten sich sofort mehrere bereit und ein regelrechter Streit brach darüber aus, wer es denn jetzt machen durfte.

„Ihr könnt es ihm gerne auch einfach alle gemeinsam sagen", schlug ich vor, damit endlich mal Bewegung in die Angelegenheit kam. Bestimmt hätte das auch funktioniert, wenn nicht genau in dem Moment meine eigentliche Botenseele reingeschneit wäre.

Mit ihrer typisch leichtfertigen Art teilte sie mir mit: „Er hat ein paar Mal versucht etwas zu sagen, aber immer abgebrochen. Er ist so traurig. Und es wird nicht besser!"

„Sag ihm bitte, dass er meine Freunde suchen und auf den neusten Stand der Dinge bringen soll, besonders dass ich jetzt ein Grashalm bin, sollten sie wissen. Sich mit etwas zu beschäftigen, wird ihm helfen", beauftragte ich meinen gutherzigen Dolmetscher.

„Aber wir wollten das doch machen!", protestierte eine der anderen Pflanzenseelen. „Genau! Es ist unfair, wenn wir nicht dürfen, nur weil wir nicht die ersten waren!", pflichtete ihr ein anderer Grashalm kindisch zu. Dieser Haufen war wirklich der reinste Kindergarten!

„Er ist gerade doch so traurig. Bei zu vielen Seelen könnte er sich bedrängt fühlen. Lassen wir ihm einfach ein bisschen Luft. Aber ihr müsst nicht enttäuscht oder wütend sein, die Sonne scheint doch", schlug ich sie mit ihren eigenen Waffen.

Augenblicklich vergaßen die kleinen Kindsköpfe ihre Diskussion und genossen stattdessen den Sonnenschein. Ich war mir nicht ganz sicher, ob ich diese sorglose Lebenseinstellung als verrückt oder vorbildlich empfand, wahrscheinlich von beidem etwas.

„Er ist weg", sagte mir die kleine grüne Seele Bescheid. Jetzt war ich also wieder mit diesem Haufen alleine, aber das hatte ich mir schön selbst zuzuschreiben. Für den Moment machte ich einfach genau das Gleiche wie sie und fokussierte mich voll und ganz auf den Sonnenschein.

Es war befreiend alle Sorgen beiseite zu schieben und einfach nur die Wärme und Kraft der Sonne zu genießen. Als Grashalm hatte ich ja sowieso keine Chance irgendetwas anderes, hilfreiches zu machen, also war ein bisschen Sonnenbaden vollkommen in Ordnung.

Trotzdem nagte Jolandas Tod weiter an meinen Gedanken und selbst der stärkste Sonnenstrahl konnte daran nichts ändern. Mich wirklich zu entspannen war also nicht möglich und es hätte sich auch falsch angefühlt, wie ein Verrat an ihr.

Leider hielt dieser Moment von Ruhe und Frieden nicht besonders lange an. Schon fragte mich eine dieser hyperaktiven Pflanzenseelen: „Kannst du noch eine Geschichte erzählen?"

Aha, jetzt wollten diese kleinen Plagegeister also wieder beschäftigt werden und ich hatte gedacht, das Dasein der grünen Seelen wäre still und gedankenlos, offensichtlich war es nur gedankenlos.

Was sollte ich ihnen jetzt erzählen? Noch mehr Licht und Regenbögen?

Mir fiel wieder ein, wie ich vor Jahren einmal aus Versehen durch meinen katastrophalen grünen Daumen einen Kaktus so austrocknen gelassen hatte, dass er ganz braun geworden war und ein bloßes Anstupsen genügt hatte, um ein großes Loch in die Pflanze zu stoßen. Diese Erinnerung verdrängte ich schnell wieder, bei den grünen Seelen wäre das bestimmt nicht so gut angekommen.

Stattdessen erinnerte ich mich an meine Freundin Rita. Wenn sie früher einen ihrer Motivations- und Energieschübe gehabt hatte, war kein Baum vor ihr sicher gewesen, sie war wie ein Äffchen auf jeden ruck zuck hochgeklettert.

Ich konnte das Grinsen der grünen Seelen fast schon sehen. Aktivität, Freude und Pflanzen, da hatte ich ganz ihren Geschmack getroffen. Und damit machte ich jetzt auch weiter:

Im Sommer hatten wir uns manchmal bei Rita getroffen, ihre Oma hatte nämlich einen richtig genialen Kirschbaum gehabt und wir hatten uns immer auf das Dach der Garage gesetzt und da Kirschen gegessen. Natürlich war Rita über den Baum hochgeklettert, für Nele und mich hatte es dann immer eine Leiter gegeben.

Einmal hatte die Sonne so extrem heiß auf uns geschienen, dass wir als Sonnenschutz Regenschirme in die Zweige gehängt hatten. Wirklich viel gebracht hatte es ja nicht, aber es war lustig gewesen und die Kirschen hatten wir uns trotzdem schmecken gelassen.

Den Teil, als wir drei eine „Rettet den Kirschbaum"-Initiative gegründet hatten, als Ritas Großeltern den Kirschbaum fällen wollten, ließ ich lieber weg. Denn obwohl es Spaß gemacht hatte, Plakate zu malen und richtige Aktivisten zu spielen, war das Ende vom Lied, dass sie den Baum trotzdem gefällt hatten und das würde bei den Pflanzengeistern wohl weniger auf Begeisterung stoßen.

Und dann Ritas Hochzeit! Nele und ich hatten ihr einen kleinen Kirschbaum geschenkt und dabei eins der uralten „Rettet den Kirschbaum"-Plakate gelegt, die ich noch in den Tiefen meines Gerümpel-Eckens gefunden hatte. In unserer Grußkarte hatten wir noch das Wortspiel gebracht, dass mit ihr nicht gut Kirschen essen war.

Das war wirklich ein schöner Tag gewesen. Besonders der Polterabend! So ein Chaos! Die ganzen Bauern hatten massenweise Stroh abgeladen und die kleinen Kinder aus der Nachbarschaft hatten damit ihren Spaß gehabt.

Hart traf mich die Erkenntnis, dass Jolanda nie die Gelegenheit haben würde ihre eigene Hochzeit zu feiern. Sie würde nie ihr Leben leben können...

Obwohl es in meinem Inneren wieder ziemlich düster aussah, fragte ich sie so sonnig wie möglich: „Wollt ihr mir nicht vielleicht auch einmal etwas von euch erzählen?" Ich konnte einfach nicht noch mehr Friede-Freude-Eierkuchen-Erinnerungen hervorkramen.

„Die meiste Zeit wachsen wir einfach nur und genießen die Sonne und fühlen uns verbunden. Ruhe und Entspannung pur!", schwärmte eine der grünen Seelen zufrieden.

„Manchmal spielen wir aber auch Streiche", ergänzte eine andere ganz verschmitzt. „Genau! Wir schleichen uns zu den Menschen und stibitzen ihnen ihre Autoschlüssel, damit sie nicht mehr mit ihren Stinke-Autos fahren können!", wegen ihrem ausgelassenen Lachen konnte ich die Pflanzenseele kaum verstehen.

„Oder ihre Socken!", kicherte eine weitere grüne Seele. „Linke Socken!", machte der nächste Grashalm spitzbübisch weiter. „Und Bleistifte! Bleistifte sind so toll!", erzählten sie mir lachend. „Und Radiergummis! Gummi-Dummi-Flummi!", alberte eine andere grüne Seele rum.

„Manchmal schnappen wir uns auch Geldbeutel und dann bringen wir sie wieder", enthüllte mir eine besonders freche Pflanzenseele. Was für kleine Schelme.

„Warum stehlt ihr nicht einfach die Waffen von den Schattenseelen, das würde doch bestimmt auch Spaß machen", versuchte ich sie zu etwas Nützlichem zu überreden. „Nein. Das wäre öde", widersprach mir einer der Grashalme sofort und ich konnte sein Kopfschütteln bildlich sehen.

„Wir mischen uns nicht ein", jetzt klangen sie zur Abwechslung mal richtig pflichtbewusst. „Genau! Wir sind die grüne Zone! Ganz unparteiisch!", bekräftigte eine andere Pflanzenseele zufrieden. „Und was ist das mit mir?", stellte ich ihren tollen Leitsatz infrage.

„Na du bist eine Ausnahme!", redete sich eins der hohen Stimmchen scheinheilig raus. „Außerdem wird niemand böse auf uns, wenn wir ein bisschen mit einem schönen Licht reden. Die Schattenseelen verstehen keinen Spaß. Die würden nur gemein zu uns werden. Also lassen wir sie in Ruhe und alle sind glücklich", diese Begründung schien mir schon deutlich näher an der Wahrheit zu sein.

Aber ich konnte diese kleinen Kindsköpfe ja auch verstehen, sie wollten nichts mit all den Kämpfen und Konflikten zu tun haben. Zwar könnten sie dabei eine enorme Hilfe sein, doch es war ihre Entscheidung. Und irgendwie stand ihre Lebensweise sowieso außerhalb, immerhin starben sie nie so wirklich… Dieses Dasein in Frieden und frechen, unschuldigen Streichen passte schon zu ihnen.

„Wusstest du, dass die Menschen ganz viele lustige Vorstellungen von uns haben?", wechselte einer der Grashalme wieder das Thema. „Mein Liebling sind die FEEN!", rief eine gründe Seele ganz begeistert: „Die sind immer so elegant und hübsch und haben so schöne Flatterflügel!" „Ich liebe diese Trolle mit den verrückten Haarfrisuren, die immer ganz frech sind. Die sind so lustig!", machte das nächste Stimmchen weiter.

„Oder Hausgeister, die man nicht verärgern darf, weil sie sonst ganz viel Chaos machen!", stieg ein weiterer Pflanzengeist mit ein. „Ich fand die Nymphen so schön! Naturgeister waren ja schon richtig nah dran, an dem was wir sind. Schade, dass da niemand mehr dran glaubt", meinte eins der Stimmchen, klang dabei aber nicht wirklich traurig. Keine Ahnung ob sie überhaupt jemals richtig traurig sein konnten.

„Dafür gibt es auch viele tolle neue Sachen!", erwiderte eine Pflanzenseele so heiter wie eh und je. „Die Fernseher!", rief ein Stimmchen hellauf begeistert. „Oh ja! Ich liebe es den Sender zu verstellen!", kicherte eine grüne Seele.

Ich war mir immer noch nicht sicher, mit wie vielen ich eigentlich redete. Sie klangen alle gleich, oder zumindest so ähnlich, dass ich eine Ewigkeit bräuchte, um sie wirklich auseinander halten zu können und ich hatte ehrlich gesagt nicht vor, so viel Zeit als Grashalm zu verbringen.

Wie aufs Stichwort verschwand wieder die Sonne. Das war schnell gegangen.

„Dumme Wolke!", beschwerte sich eine Pflanzenseele schmollend. „Vielleicht bringt sie uns ja Regen! Regen ist schön!", meldete sich mal wieder einer der Optimisten. Da hatte ich mich wohl zu früh gefreut.

„Magst du uns etwa nicht?", fragte einer der Grashalme bekümmert. Permanent laut zu denken, konnte wirklich anstrengend sein. Schnell versuchte ich die Sache wieder gerade zu rücken: „Nein, es liegt nicht daran, dass ich euch nicht mögen würde. Ich vermisse nur meine Freunde. Mit ihnen habe ich schon sehr viel erlebt. Wollt ihr vielleicht noch eine Erinnerung sehen?"

Damit war augenblicklich jeder Groll vergessen und alle freuten sich schon auf den nächsten Ausflug in meine Vergangenheit. Weil ich die kleinen Nervensägen nicht zu lange warten lassen wollte, rief ich mir einfach den erstbesten Moment ins Gedächtnis.

Es war ein Nachmittag mit Wilhelm. Elisabeth war aus dem Abgrund gekommen, um ihn zu sehen. Wenn sie dabei war, war der eigenwillige Krieger ein ganz anderer Mensch. Bei ihrem Anblick wurde sein Gesicht viel weicher und seine Augen bekamen diesen ganz besonderen Ausdruck. Ihn so zu sehen war schön und traurig zugleich.

Zwar konnten die beiden miteinander reden, doch mehr auch nicht, keine Berührungen, keine wirkliche Nähe und immer zeitlich begrenzt. Aber diese kurzen Treffen bedeuteten ihm so unendlich viel.

Jolanda könnte auch so zurückkommen, sie könnte uns besuchen. Daran hatte ich noch gar nicht gedacht. Irgendwie war diese Vorstellung tröstlich.

Natürlich gab es auch viele Seelen, die gar nicht wirklich in den Abgrund kamen, weil sie nicht mehr genug Energie hatten, doch meine Enkelin war da, das wusste ich einfach. Ja, sie hatte alles auf Theo übertragen, aber sie hatte so etwas schon einmal getan und überlebt. Sie war stark, sie hatte es sicher geschafft.

„Siehst du! Es gibt noch Hoffnung!", freute sich eine der grünen Seelen richtig. „Man muss immer das Beste aus jeder

Situation machen!", brachte die nächste so einen Standard-Motivationsspruch. „Gibt dir das Leben eine Zitrone, mach Limonade draus!", ging es weiter mit den Optimisten-Lebens-mottos.

„Sie sollte trotzdem nicht im Abgrund sein", sprach ich den großen Schatten aus, der bleischwer über meiner Erleichterung lag. „Nichts ist jemals nicht, wie es sein soll", meinte ein Grashalm überzeugt.

Ich brauchte einen Moment, bis ich diesen Satz geordnet hatte. „Ihr denkt also, dass alles so passiert, wie es passieren soll?", fragte ich skeptisch. Obwohl ich es schon mit einigen Prophezeiungen und grenzwertigen Zufällen zu tun gehabt hatte, wollte ich immer noch nicht dran glauben, dass alles von vornherein so vorgeschrieben war. Wo blieb da der eigene Wille?

„Vielleicht ist es so. Vielleicht auch nicht", legten sich diese Kindsköpfe nicht fest. Das waren ja mal tolle Philosophen. Aber sie hatten ja auch leicht reden, die schwerste Entscheidung in ihrem Leben war es, ob sie die linke oder die rechte Socke stehlen wollten.

Ein paar von ihnen kicherten. Meine Gedanken waren wohl mal wieder öffentlich gewesen. Langsam ging mir das wirklich auf den Keks! „Du willst einen Keks?", fragte mich eine grüne Seele freundlich.

„Ich will einfach ein bisschen Sonnenschein", sagte ich und schloss meine geistigen Augen, in der Hoffnung nun ein wenig Ruhe zu bekommen. „Alles wird gut werden", redete mir ein anderer Grashalm gut zu. „Mhm", erwiderte ich nur abwesend und tat einen Atemzug, so tief wie es für Pflanzen überhaupt möglich war.

Voll und ganz nahm ich die Sonne in mich auf und meine Gedanken verloren sich in der Unendlichkeit.

Kapitel 14 – Jolanda

Ich stand auf einer Steinfläche. Der Himmel war rauchgrau. Vor mir lag ein Feld aus Asche und dahinter eine altertümliche Villa in Trümmern. Irgendwie kam mir dieser Ort vertraut vor und ich fand es traurig ihn so zu sehen.
„Weißt du was ich mit dem Namen Robin assoziiere?", hörte ich irgendwo meine eigene Stimme. „Schieß los", kam sofort die Erwiderung von irgendeinem Kerl. Suchend blickte ich mich um. Hier war nichts außer Asche, Rauch und Zerstörung. Ich war völlig allein.
„Robin Hood. Nur ist unser Robin wohl eine völlige Fehlbesetzung für diese Rolle", ich klang so unbeschwert...
„Das ist dein erster Gedanke, wenn du diesen Namen hörst?", der andere fing an zu lachen. „Ja. Warum auch nicht?", redete mein Phantom-Ich ausgelassen weiter: „Oh und mit dem Wort assoziieren assoziiere ich, dass es ein sehr schlaues und nützliches Wort ist." „Ist das dein Ernst?", jetzt musste er richtig loslachen und ich stieg mit ein.
Wer war das? Seine Stimme berührte etwas tief in meinem Inneren, etwas Warmes. Scheinbar war ich mit ihm glücklich gewesen. Wieso konnte ich mich nicht an ihn erinnern?

„Halli, Hallo meine Lieben! Willkommen zu Boudicas Beautypalace!", trällerte wieder diese schräge Tante und riss mich aus meinem seltsamen Traum. Verschlafen öffnete ich meine Augen und rappelte mich auf.
Mein Nacken war ganz steif und auch sonst hatte ich auf dem kahlen Fels nicht sonderlich gut gelegen. Erholt aufzuwachen war anders.
Sofort flammte Silberstreifs Leuchtnebel auf. „Wer ist das?", fragte sie alarmiert und ließ ihren Blick wachsam durch die Höhle wandern. „Deine persönliche Beauty-Expertin: Booooooouudicaaaaaa!", kam es überdreht aus meiner Hosentasche.
„Ich hab hier diesen Handspiegel. Kurz bevor wir uns getroffen haben, ist sie da schon einmal erschienen und in dem Ding war auch irgendwie diese Karte drin, die ich auf dem Weg hierhin allerdings verloren habe", mit diesen Worten zog ich den Handspiegel hervor und klappte ihn auf.
Auch heute trumpfte diese Boudica wieder mit einem merkwürdigen Outfit auf. Ihre Haare hatten sich in ein fusseliges,

hellrosa Gewirr verwandelt, das stark an Zuckerwatte erinnerte und aus dem rosa-weiße Lutscher ragten. Jedes Ohr zierte eine grüne Origami-Katze... Warte! Waren die etwa aus 100€-Scheinen?!

Und eine ihrer buschigen Augenbrauen zuckte! Das waren zwei dicke, haarige Raupen! Und ich hatte gedacht, schlimmer als die Nagel-Nägel ginge es nicht mehr!

Erschlagen von diesem Auftritt starrte Silberstreif die Person im Spiegel an und ich tat es ihr gleich.

„Heute machen wir gemeinsam ein ansprechendes Make-up!", verkündete Boudica und ihre Raupen-Augenbrauen wackelten bedenklich: „Am wichtigsten ist der Mund! Denn Liebe geht durch den Magen und der Eingang zum Magen ist der Mund! Er ist der Eingang zu eurem Herzen! Und so müsst ihr ihn auch verzieren!"

Die Vorstellung war irgendwie komisch, alles an dieser Frau war komisch. „Ich empfehle euch rote Kirschbonbons zu schmelzen und dann...", sofort ließ die Verrückte ihren Worten Taten folgen, schnappte sich eine dampfende Pfanne und schmierte sich die zähe, rote Flüssigkeit auf die Lippen.

Sprachlos glotzte ich sie einfach nur an. Das musste doch wehtun! Doch obwohl es kochend heiß sein musste, lächelte Boudica einfach nur und verzog ihre glänzenden Lippen wieder zu einem Kussmund.

„Du bist nicht im Abgrund", Silberstreif redete mehr mit sich selbst, als mit unserer Stilberaterin. „Ja, ich habe ein großes Einzugsgebiet an Fans. Zum Glück hat sich der Empfang in den letzten Jahren erheblich verbessert. Jetzt kann ich sogar bis zu euch senden, ist das nicht toll?", während sie redete, trug sie noch ein bisschen mehr geschmolzene Kirschbonbons auf und traf dabei ihre Lippe nicht so ganz.

Jetzt wirkte ihre Aufmachung, als könne sie nicht richtig essen und hätte sich ordentlich verschmiert. Diese Begründung wäre sogar deutlich weniger komisch als die Realität.

„Boudica...", wiederholte Silberstreif ihren Namen und man konnte ihr richtig ansehen, wie es in ihrem Kopf arbeitete: „Bist du das Orakel der Nebelseelen?" „Orakel klingt so altbacken. Nein. Ich bin der Wissenslieferant", zufrieden grinste uns die Verrückte an.

„Was wird mit dem Abgrund geschehen?", fragte meine Vertrauensperson angespannt. Warum sollte diese schräge

Tante darauf die Antwort kennen. Silberstreif hatte das mit dem Wissenslieferant wohl zu ernst genommen.

Gedankenverloren zog sich Boudica einen der Lutscher aus ihrer Zuckerwatten-Haarmähne und zerbrach den Stiel: „Was zerbrochen ist, kann man nicht reparieren. Man kann die Zeit nicht zurückdrehen. Aber es kann etwas Neues entstehen." Um ihre These zu untermalen, wirbelte sie mit dem Stiel ein wenig in ihrer Haarpracht rum, sodass sie eine Mini-Zuckerwatte in der Hand hatte.

Skeptisch schaute ich zu Silberstreif rüber. War das wirklich die Meinung, auf die sie sich verlassen wollte? Auch sie wirkte da nicht ganz sicher.

„Tschöh Töröh!", flötete Boudica zum Abschied und winkte kurz mit ihren Fingern. Dann war sie auch schon weg. Einfach so, genau wie letztes Mal.

„Darf ich das mal sehen?", bat mich Silberstreif und streckte ihre Hand aus. Wortlos gab ich ihr meinen Spezial-Handspiegel. „Den hattest du bei dir, als du angekommen bist?", fragte sie nochmal nach.

„Ja", bestätigte ich mit gerunzelter Stirn. Was war daran denn jetzt so besonders? Seit ich hier war, hatte ich schon krassere Sachen gesehen, als ein Video-Spiegel mit Vorratsspeicher.

Nachdem sie den kleinen Gegenstand gründlich betrachtet hatte, wozu auch ein Blick in die Inventarliste durch das Berühren der Spiegeloberfläche gehörte, wollte sie ernst von mir wissen: „Weißt du was das ist?"

War es gestern nicht schon deutlich genug geworden, dass ich gar nichts wusste?! „Ein Handspiegel?", antwortete ich mit einem Was-weiß-ich?!-Schulterzucken.

„Das ist ein magischer Spiegel und da sind wirklich hochwertige Sachen drin. In den letzten Jahren ist es zwar schon öfter vorgekommen, dass jemand Gegenstände mitgebracht hat, aber noch nie etwas so Wertvolles. Du hast da einen Schatz. Dieses ganze Material… Das sind unbegrenzte Möglichkeiten!", erklärte sie mir regelrecht ehrfürchtig und hielt es mir wieder hin.

Ich hatte also einen Schatz mitgebracht. Interessant. Nur wusste ich leider nicht mehr, woher ich das Teil hatte oder wie man damit umging. „Du solltest ihn behalten. Ich kenne mich mit dem Ganzen doch gar nicht aus", sagte ich und hob abwehrend die Hände. Irgendwie fühlte ich mich zu nichts zu gebrauchen. Kein schönes Gefühl.

„Nein. Es gehört dir und es gibt bestimmt einen Grund, warum du es dabei hattest. Außerdem solltest du so etwas Besonderes nicht leichtfertig weggeben. In dieser Welt kannst du jeden Schutz gebrauchen, den du kriegen kannst", entgegnete sie und drückte mir den kleinen, magischen Spiegel in die Hand: „Trotzdem werden wir jetzt gemeinsam in die große Halle gehen und mit den anderen besprechen, wie wir fortfahren. Hier lösen wir die Dinge demokratisch."

„Aber was ist mit diesem Mann? Awan", auf eine zweite Begegnung mit ihm war ich nicht gerade scharf. „Dir wird nichts passieren. Wir passen auf dich auf", versicherte sie mir und stand auf. Auffordernd hielt sie mir die Hand hin: „Komm."

Nicht sonderlich begeistert ließ ich mir von ihr auf die Beine helfen und folgte ihr dann durch die Felstunnel zurück zur großen Höhle. Unruhig schaute ich mich um. Irgendwie machten mich all die fremden Menschen nervös und ich hatte Angst, dass dieser Verrückte jeden Moment aus irgendeinem Winkel hervorgesprungen kam.

„Ilka?", wollte eine dunkelhaarige Frau wissen und kam verwirrt auf uns zu, dann wurden die Falten auf ihrer Stirn noch tiefer: „Jolanda? Was machst du hier? Was ist passiert?"

Da fragte sie bei mir ja genau die Richtige. „Ähm... Ich bin... tot?", antwortete ich einfach mal mit dem Offensichtlichen. „Jolanda... Ich bin's! Elisabeth!", verständnislos sah sie mich an. „Ich... äh... Ich bin nicht Jojo?", ganz verloren zog ich meinen Kopf ein. „Was? Kannst du dich etwa nicht...erinnern?", ungläubig wanderten Elisabeths Augenbrauen in die Höhe. „Das ist doch nichts Ungewöhnliches. Viele von uns hatten das", nahm mich Silberstreif in Schutz.

„Du kennst sie?!", vorwurfsvoll schaute ein kleiner Junge Elisabeth an: „Warum hast du das nicht gleich gesagt, als sie hier angekommen ist?!" „Ich war auf Patrouille!", verteidigte sie sich entschlossen und wandte sich dann deutlich ruhiger wieder an mich: „Können wir vielleicht unter uns reden?"

„Hast du etwa Geheimnisse vor uns?", provozierend verschränkte ein Typ in Achselshirt die Arme vor der Brust.

„Nein, Raphael. Ich habe keine Geheimnisse, aber ich kenne dieses Mädchen und ich würde ihr gerne helfen sich zu erinnern. Allerdings sollte sie dafür nicht wie eine Zirkusattraktion hier vor allen stehen müssen. Oder fändest du es schön,

wenn du verwirrt und unsicher einer ganzen Gruppe vorge-
führt wirst?", konterte sie schlagfertig.

„Hast du sie bei einer deiner romantischen Verabredungen
mit deinem Liebhaber getroffen?", fragte eine Frau mit einem
Kleid, das mich an die Fastnachtskostüme aus den goldenen
Zwanzigern erinnerte.

Elisabeth überhörte gewissenhaft den bitteren und angriffs-
lustigen Unterton in ihrer Stimme und antwortete nüchtern:
„Ihre Großmutter ist eine gute Freundin von ihm, ja. Aber ob
ihr es glaubt oder nicht, ihr habt mir schon geholfen in ihrem
Traum zu erscheinen. Doch bevor wir das hier jetzt weiter
erörtern und ihr sie mit Fragen auseinander nehmt, würde ich
wirklich gerne ein privates Gespräch führen."

Als sie das mit dem Traum erwähnte, konnte ich sehen, wie
es in einigen Köpfen anfing zu arbeiten. Man war das unangenehm!

„Ich würde gerne mitkommen. Wenn du nichts dagegen
hast", fürsorglich blickte Silberstreif mich an und ich nickte
sofort. Sie als meine Beschützerin bei mir zu haben, war irgendwie beruhigend. Auch wenn es vielleicht nicht ganz rational war, einer fast völlig fremden Frau so zu vertrauen.

„Wir sehen uns dann später", verabschiedete sich Elisabeth,
keinen Widerspruch duldend von der Gruppe und wandte
sich um. Gemeinsam verließen wir drei wieder die große
Höhle und tappten eine Weile durchs Tunnelsystem. Am
Ende landeten wir wieder in einer Höhle, allerdings konnte
ich beim besten Willen nicht sagen, ob es die gleiche war,
wie letztes Mal. Hier sah alles so verdammt ähnlich aus.

Mit wild schlagendem Herzen wandte ich mich an Elisabeth:
„Wer bin ich?"

„Du bist Jolanda. Ilkas Enkelin", sagte sie schicksalsschwer
und neben mir sog Nebelstreif scharf die Luft ein. „DIE Ilka?",
fragte sie nach, auch wenn diese dramatische Enthüllung ja
wohl irgendeine x-beliebige Ilka ausschloss. Bedeutsam
nickte Elisabeth und ich verstand immer noch nichts!

Freundlicherweise klärte mich meine vergessene Bekannte
endlich auch mal auf: „Ilka ist eine sehr bekannte Seele. Sie
ist etwa in deinem Alter ins Koma gefallen und war der erste
Geist seit einer Ewigkeit, der noch einen lebenden Körper
hatte. Durch sie haben die Schattenseelen die Prophezeiung
zum Öffnen des Abgrundes erhalten und sie hat deren

Kerker gut leergeräumt. Ihre anderen Taten alle aufzuzählen würde zu lange dauern. Wie gesagt, sie ist sehr bekannt."

Ich hatte also eine berühmte Oma. Das war ja schön und gut, aber wirklich beantwortet hatte das meine Frage immer noch nicht.

„Du hast ebenfalls einen lebenden Körper. Auch wenn ich mir nicht sicher bin, ob er auch deinen Eintritt in den Abgrund überlebt hat. Das hat jetzt zwar nichts direkt mit dir als Person zu tun, aber du solltest vielleicht wissen, dass du Teil einer Prophezeiung bist. So ein bisschen nach dem Motto: Du bist der Schlüssel, um den Abgrund zu öffnen. Dafür bist du sogar schon einmal quasi gestorben und hast mit deiner Energie einen See versteinert. Aber dann hat dich dein Freund gerettet, ich glaube zumindest, dass ihr ein Pärchen seid. Ihr seid so süß zusammen! Also das was mir Wilhelm erzählt hat, war süß. Aber ich schweife ab. Auf jeden Fall bist du jetzt hier und das ist… ein bisschen ungünstig. Weil, na ja, der Abgrund ist instabil und viele denken wahrscheinlich, dass er bald ganz zusammenbricht und… womöglich… wollen dich manche dafür umbringen, im Glauben so die Prophezeiung zu vervollständigen", enthüllte sie mir einen ganz schönen Brocken: „Doch menschlich musst du dir gar keine Sorgen machen. Du bist keine schlechte Seele, dein Herz ist am rechten Flecken. Wir haben zwar nicht viel Zeit miteinander verbracht, aber da bin ich mir sicher. Oh! Und soweit ich gehört habe, bist du eine richtig gute Technikerin. So mit Erfindungen und rumwerken. Und…ja."

Sprachlos starrte ich sie an. Was? Ich war schon mal gestorben? Und dann hatte mein Freund mich gerettet? Wie? Vielleicht mit Wiederbelebung? Und was hatte ein versteinerter See damit zu tun?! Dazu war ich natürlich auch noch der Schlüssel zum Abgrund! Noch mehr zu übertreiben ging wohl nicht!

Scheinbar hatte Awan doch recht gehabt. Ich war die Eine aus der Prophezeiung, die alles ändern und kaputt machen sollte… Da war ich doch lieber ein ratloser Niemand mit Amnesie. Nur konnte ich leider Elisabeths Worte nicht einfach wieder ausradieren.

Auch Silberstreifs Reaktion war nicht gerade aufbauen. Sie starrte mich an wie ein Alien. Elisabeth wirkte eher wie eine Mischung aus zerknirscht und entschuldigend. Und ich konnte mir an zwei Fingern abzählen, wie die anderen reagieren würden, wenn sie herausfanden, wer ich war.

„Ich kann hier nicht bleiben", stellte ich unbewegt fest. „Nein! Du darfst nicht gehen! Alleine ist es da draußen zu gefährlich!", rief Silberstreif sofort besorgt und griff mich am Arm, um mich zurückzuhalten.

„Elisabeth hat es doch gerade eben gesagt, einige werden mich umbringen wollen, damit der Abgrund zerfällt. Könnt ihr mir versprechen, dass das keiner von euch will? Wenn der Abgrund geöffnet ist, seid ihr doch frei. Das hier ist ein beschissener Ort. Wer würde schon freiwillig hier bleiben wollen, wenn es so leicht ist das zu ändern?", es war seltsam über seinen eigenen Tod zu reden, irgendwie fühlte es sich ganz leer an.

„Viele von uns sind der Überzeugung, dass die Öffnung des Abgrundes zu einer Kettenreaktion führt, die die gesamte Geisterwelt zerstören würde. Wir sind auf deiner Seite. Vertrau mir", redete auch Elisabeth eindringlich auf mich ein.

„Viele", wiederholte ich nicht überzeugt: „Viele sind nicht alle. Wenn ich hier bleibe, kommt es nur zu Streit und Kämpfen und am Ende bin ich tot und so wie ich das verstehe bekommt ihr entweder euer glückliches Ende in Freiheit oder die absolute Zerstörung. Ich kann nicht hierbleiben."

„Vielleicht fällt uns noch eine andere Lösung ein. So eine Entscheidung sollte man nicht übers Knie brechen", zeigte Silberstreif ihre besonnene Seite. „Und was für eine andere Lösung soll das sein?", fragte ich immer noch skeptisch und stemmte meine Hände in die Hüfte.

„Wir könnten lügen. Wir könnten deine Identität verheimlichen", schlug Elisabeth vor. „Und wenn es dann doch jemand herausfindet, macht es das alles nur noch viel schlimmer", ließ ich mich nicht umstimmen.

Keine Ahnung warum ich überhaupt so darauf beharrte wegzugehen. Logisch betrachtet sollte ich auch nach weniger gefährlichen Alternativen suchen, doch irgendwie hatte mich die Wahrheit über meine Rolle in diesem ganzen Wahnsinn... erschreckt. Ich wollte einfach nur noch weg. Allein sein. Für mich sein. Ein bisschen Zeit finden, um das alles zu begreifen.

„Der Spiegel!", hatte die ehemalige Lichtseele plötzlich einen Geistesblitz: „Da ist ein Tarnvorhang drin! Du könntest ihn hier aufhängen! Dann würden alle denken, du wärst weg,

aber du könntest immer noch in der Nähe sein, in Sicherheit!"
„Und der einzige Konflikt, den wir haben würden, wäre, dass wir zu unfähig waren, dich aufzuhalten!", war auch Elisabeth begeistert von dieser Idee.

Erwartungsvoll schauten die beiden zu mir. Am Ende lag die Entscheidung immer noch bei mir. „Ja. Gut. Ich bleibe hier", gab ich nach, auch wenn ich damit auf mein Bedürfnis wegzukommen verzichtete. War vielleicht auch besser so. Sie hatten ja Recht, da draußen würde ich nicht durchkommen.

„Wir bleiben noch hier, bis du mit dem Vorhang fertig bist", ermutigend lächelte mich Elisabeth an. Unter den bekräftigenden Blicken der beiden, zog ich einen seltsamen Vorhang aus dem Spiegel und befestigte ihn umständlich quer im Höhleneingang.

Offensichtlich hatte er einen Defekt, denn da wurde gar nichts getarnt. „Ich war leider nie richtig bei den Nebelseelen. Ich verstehe nichts von ihrer Technik", ratlos zuckte Elisabeth mit den Schultern. „Ich kenne mich damit auch nicht aus", auch Silberstreif musterte den Vorhang unsicher.

Wortlos ließ ich aus dem Handspiegel eines der zahlreichen Notizbücher in meine Hand fallen. Keine Ahnung ob es das Richtige war, aber es schadete ja nichts damit anzufangen. Im Handumdrehen hatte ich die Anleitung für den Vorhang gefunden. War doch gar nicht so schwer gewesen.

Aha. Da lag unser Fehler! Um zu funktionieren, brauchte der Vorhang eine Liste mit den Dingen, die er verbergen sollte und musste bewässert werden. Wenn das alles war…

In meinem Super-Spiegel fand ich alles Nötige. Schon war alles erledigt und sobald das Wasser um die abstrakte Vorhang-Konstruktion floss, wurde es tatsächlich unsichtbar! Genial!

Total fasziniert machte ich einen Schritt nach vorne und war augenblicklich klitschnass. Scheinbar durfte man nicht hindurchgehen, wenn er aktiviert war… Hmmm… Irgendwie hatte ich gerade ein extremes Déjà-vu…

„Stimmt irgendetwas nicht?", wollte Silberstreif sofort besorgt wissen. Entschieden schüttelte ich den Kopf: „Nein, alles gut. Ich war nur gerade in Gedanken." Danach stellte ich mich auf die richtige Seite des Vorhangs und goss zum zweiten Mal Wasser drüber.

„Ich verschwinde dann mal", zum Abschied hob ich die Hand und der Vorhang wurde geflutet. „Auf Wiedersehen und bitte bleib wirklich hier. Ich sehe bald wieder nach dir", Elisabeths Blick wanderte durch die Höhle. Sie schien mich wirklich nicht mehr sehen zu können. „Keine Sorge. Das hier ist jetzt meine geheime Werkstatt", bei diesen Worten hatte ich wieder dieses unbestimmte Déjà-vu-Gefühl.

Doch von den ganzen Ahnungen war ich mir nur bei einer Sache völlig sicher: Die Technik war mein Element und jetzt konnte ich es noch einmal vollkommen neu entdecken. Und wer weiß, vielleicht würde ich damit auch einen Teil von mir wiederfinden...

Kapitel 15 – Ilka

„Pssst! Nicht so laut, sie ist gerade auf Reise", hörte ich ein leises Stimmchen am Rande meines Bewusstseins. Auf Reise? Ich war auf Reise? Wo? Und wie? Meine Wurzeln… Als Grashalm konnte ich doch nicht einfach weg.

Langsam wurde alles wieder klarer. Es war fast als würde ich aus einem tiefen Traum aufwachen, dabei war ich mir sicher, dass ich nicht geschlafen hatte. Wie auch? Pflanzen schlafen nicht. Oder zumindest dachte ich das. War das gerade vielleicht die Pflanzenversion von Schlaf gewesen?

„Jetzt hast du sie aufgeweckt!", beschwerte sich wahrscheinlich der gleiche Grashalm, der gerade die anderen aufgefordert hatte leise zu sein. „Was war da gerade los?", fragte ich die grünen Seelen irritiert und immer noch gedanklich ein wenig zerstreut.

„Du warst vernetzt", erklärte mir eine Pflanzenseele strahlend. „Vernetzt?", wiederholte ich mit imaginär hochgezogenen Augenbrauen. „Du warst in unserem Netzwerk", antwortete einer der vergnügten Grashalme. „Du warst mit uns verbunden", ergänzte ein anderer verträumt. „Wir sind alle eins", schloss noch eine dritte grüne Seele diese wahnsinnig aufschlussreiche Erklärungsrunde.

„Es ist schön die Gemeinschaft zu spüren, nicht wahr?", schwärmte eine der Pflanzenseelen. „Ein bisschen wie träumen", bestätigte ich nachdenklich. Jetzt war ich also schon mit dem grünen Netzwerk verschmolzen. Ob mich die Zeit als Grashalm wohl längerfristig verändern würde?

Na ja, es war vielleicht ein bisschen voreilig sich schon um Langzeitfolgen Gedanken zu machen, immerhin wusste ich nicht einmal, ob ich die Zeit haben würde, so etwas überhaupt zu merken. Meine Zukunft war noch ein einziges, großes Fragezeichen.

„Mach dir nicht so viele Sorgen über die Zukunft, das Hier und Jetzt ist doch das Lebendige!", riet mir eine der grünen Seelen völlig in sich ruhend. Ja, so ähnliche Sprüche kannte ich auch schon, aber egal wie wahr so etwas war, es konnte trotzdem nicht von jetzt auf gleich radikal die Denkweise umstellen, zumindest nicht bei mir.

„Wie lange war ich… verbunden?", kam ich wieder zu den weniger abstrakten Dingen zurück. „Zeit ist nicht wichtig", bekam ich eine wirklich sehr nützliche Antwort.

Und was sollte ich jetzt machen bis Theo endlich mit meinen Freunden aufschlug? Diese Kindsköpfe wieder mit Erinnerungen belustigen? Versuchen nochmal diesen Verbundenheits-Traum-Zustand zu erreichen? Als Grashalm hatte ich wirklich nicht viele Möglichkeiten. Das war ganz schön frustrierend.

„Bist du nicht glücklich?", fragte sofort einer der Quälgeister besorgt. Och nö! Jetzt ging das schon wieder los! Nicht einmal denken konnte ich, ohne irgendwem auf die Füße zu treten!

„Es tut mir leid. Das alles hier ist noch neu für mich und ich vermisse die Vertrautheit meines alten Lebens. Bitte nehmt nicht alles, was mir durch den Kopf geht, so schrecklich ernst. Ich bin ziemlich durcheinander von dieser enormen Veränderung", versuchte ich mich sogar mit der Wahrheit rauszureden.

„Sollen wir dir ein kleines Lied singen?", bot mir eine der grünen Seelen liebevoll an. „Gerne", nahm ich es in erster Linie an, um nicht weiter diskutieren zu müssen. Und danach konnte ich mir ein Kinderlied nach dem nächsten anhören. Da waren die Pflanzenseelen wirklich erstaunlich textsicher und wenn jemand doch nicht mehr genau wusste wie es weiter ging, hörte man im Hintergrund ein bisschen Wortbrei-Gemurmel oder Gesumme.

„Oh! Sie kommen! Sie kommen!", rief plötzlich eine der Pflanzenseelen ganz aus dem Häuschen. Nur einen Augenblick später fiel wieder ein Schatten auf mich. „Wer ist alles da?", fragte ich die grünen Seelen angespannt.

Hoffentlich war Wilhelm da, hoffentlich hatte er den Angriff der Schattenseelen gut überstanden. Quälend lang zog sich die Zeit, in der mein kleiner Dolmetscher die Anwesenheitsliste erstellte. Dann war der Moment der Wahrheit gekommen: „Also. Die leuchtende Feuerseele ist wieder da. Dabei ist noch eine Graue, die ganz schwach ist, sie hat gesagt, sie ist Meike. Und dann noch ein Fuchs-Mensch, ein Mensch-Fuchs. Wie hieß sie nochmal?"

Scheinbar hatte mein kleiner Dolmetscher ein wenig Probleme mit dem Kurzzeitgedächtnis. „Nicht schlimm. Sie heißt Fuchszahn. Ich kenne sie. Sie ist meine Freundin. Aber ist da auch ein grimmiger Mann dabei? Ein Kämpfer mit dunklen Haaren? Kannst du dich an den Namen Wilhelm erinnern?", fragte ich sie fieberhaft. Er musste einfach überlebt haben! Ich konnte heute nicht noch einen Verlust ertragen.

Kurz zögerte der Grashalmgeist und steigerte damit meine Angespanntheit ins Unerträgliche. „Ja… Ich denke schon. Ich frag nochmal", und schon war er wieder weg. Nur einen Herzschlag später bestätigte der kleine Chaot: „Ja. Er ist ein Wilhelm!" Gott sei Dank! Ein riesiger Stein fiel mir vom Herzen.

„Er sagt Elisabeth muss noch auf ihn warten", fuhr meine Botenseele fort: „Allerdings glaubt er uns nicht so ganz, dass du es wirklich bist. Er will einen Beweis." Ja, das klang doch ganz nach meinem immer skeptischen Freund. Es gab ein paar Sachen, die sich wohl niemals ändern würden.

„Er hat geheult, als Elisabeth das erste Mal aufgetaucht ist", wählte ich spontan als Beweis. „Er will noch mehr", informierte mich mein Vermittler. „Also gut. Bei dem ersten geplanten Treffen mit Elisabeth war er so nervös gewesen, dass er mich sogar gefragt hat, was er anziehen soll", erinnerte ich mich an noch mehr, für ihn peinliche Momente zurück.

Wenn er mir nicht glauben wollte, war das meine kleine Strafe.

Kurz darauf sagte die grüne Seele amüsiert: „Immer noch nicht überzeugt." „Das eine Mal, als er humpelnd mit einer kaputten Schulter zu Laila gekommen ist, war das kein Schattenseelenangriff. Er wollte mir zeigen, wie man mit einem Morgenstern umgeht und ist dabei blöd auf einen Bogen, der auf dem Boden lag, getreten. Der ist ihm dann direkt zwischen die Beine hochgeschnellt und er hat sich selbst einen mit dem Morgenstern übergezogen. Ich hab ihn dann auf dem Weg zu Laila gestützt und mir sogar mein Lachen verkniffen", kramte ich die nächste Sternstunde des grimmigen Kämpfers hervor.

„Noch mehr!", verlangte mein Botschafter mit einem kleinen Kichern. War es ihm immer noch nicht peinlich genug?

Dann würde jetzt die Krönung kommen: „Einmal waren wir bei Boudica wegen Informationen über den Abgrund. Er war mitgekommen, weil ja Elisabeth im Abgrund ist und ihn deswegen alles darüber brennend interessierte. Und dann hatte Boudica ihn aufgestylt, das volle Programm. Blümchen in den Haaren, Kokosnuss-Bikini, Krawatte mit Herzmuster, pinker Reifrock, bunte Wollsocken, lackierte Fingernägel und

Schokoladencreme mit Stofffäden im Gesicht. Wirklich ein genialer Anblick!"

Kaum dass die Pflanzenseele genug Zeit gehabt hatte, um meinen neusten Beweis zu überbringen, wurde ich schon erbarmungslos niedergedrückt. „Hey!", beschwerte ich mich, auch wenn ich natürlich wusste, dass mich der Verantwortliche niemals hören konnte. „Er ist einfach auf uns draufgetreten!", rief ein anderer Grashalm empört.

„Eigentlich hat er schon nach der ersten Geschichte gesagt, dass es reicht. Aber ich fand es so lustig", gestand mein kleiner, frecher Dolmetscher und klang dabei fast schon ein wenig schuldbewusst. Aha. Deswegen also auch der Tritt. Nett war sein Verhalten trotzdem nicht. Allerdings war Nettigkeit ja noch nie Wilhelms hervorstechende Charaktereigenschaft gewesen.

„Deine anderen Freunde sagen auch, dass er den Fuß wegnehmen soll", ein gekränkter Unterton lag in dem hohen Stimmchen. „Könnte ihm bitte jemand ausrichten, dass auch ich mir das sehr wünschen würde und die kleine Geschichtsrunde nur ein Missverständnis war?", fragte ich in die Runde. Mein Vermittler war durch diesen Streich bei mir ein wenig in Ungnade gefallen. Diese verrückten Außenseiter hatten wirklich nichts als Unsinn im Kopf!

Scheinbar hatte irgendwer meinem eigenwilligen Freund Bescheid gesagt, denn schon verschwand der Fuß über mir. Langsam fing ich an mich wieder aufzurichten, doch dieses Mal war der Knick heftiger und es würde wohl noch eine Weile dauern, bis meine Pflanzenstruktur es wieder gerade gebogen hatte. Ich war voll und ganz den äußeren Einflüssen ausgeliefert. Schon blöd.

„Die, die so gut nach Pflanzen riecht, fragt, wie es möglich ist, dass du jetzt bei uns bist. Soll ich es ihr erklären?", informierte mich eine der Pflanzenseelen aufgedreht. „Ja, mach das ruhig", gab ich ihr bedenkenlos die Erlaubnis, ich hatte es ja selbst noch nicht so 100% verstanden, sollten die es gerne übernehmen.

Eine ganze Weile wartete ich darauf, immer noch mit einem Knick in der Optik, dass es endlich weiter ging. Es kam mir so vor, als bräuchte die Erklärung dieses Mal mindestens doppelt so lange wie bei mir. Doch das könnte auch einfach nur Einbildung sein, weil mir gerade so langweilig war. Und die Zeit zog sich dahin und dahin und dahin...

„Da ist wirklich viel los!", beendete ein kleiner Pflanzengeist endlich meine eintönige Wartezeit: „Da ist eine, die singt und tanzt ganz viel…" „Sie nennen sie immer Boudica", fiel ihm eine andere grüne Seele ins Wort. „Genau und die hat gesagt, dass sie leuchtende Freunde hat, die dir helfen können", nahm der Grashalm den Erzählstrang wieder auf: „Aber dafür will sie mit dir alleine sein und jetzt diskutieren sie, ob das richtig wäre."

„Sie sagen, dass das zu ernst ist, um auf irgendwelche Hirngespenster und Fantasiefreunde Rücksicht zu nehmen", fügte noch ein Stimmchen hinzu.

Ich konnte meine Freunde verstehen, aber ich glaubte nicht, dass das Orakel gerade eine seiner komplett verrückten Phasen hatte. Sie redete sicher von den Lichtseelen. Meinen Freunden hatte ich nie von ihnen erzählt.

„Könntest du ihnen bitte sagen, dass ich Boudica glaube?", bat ich niemanden bestimmten. Für einen Moment erwartete ich, dass wieder ein Streit losbrach, wer es denn sagen durfte. In der Luft lag eine gewisse Anspannung. Glücklicherweise ging dann doch alles ohne langes Hin und Her.

„Ähm… Die Schwache sagt… Dir ist der Grashalm wohl zu Kopf gestiegen und du tickst nicht mehr richtig", zitierte die grüne Seele wahrscheinlich wortwörtlich meine Freundin Meike.

„Sag ihr, dass ich sie auch mag, aber sie sich keine Sorgen machen muss. Wenn das alles vorbei ist und ich wie durch ein Wunder noch lebe, erkläre ich es ihr", richtete ich meinem neuen Dolmetscher aus, oder hatte sich doch der gleiche Scherzkeks wieder seine alte Position geschnappt?

„Sie schüttelt den Kopf", gab mein kleiner Vermittler einen Moment später durch.

„Ich weiß, dass es gemein ist, zuerst zu sterben, dann wieder zu kommen und dann mit unbestimmtem Schicksal zu verschwinden. Und es tut mir leid, dass sie das alles durchmachen müssen. Aber es bringt nichts das alles heraus zu zögern. Es gibt kein Zurück. Ich kann nur weiter nach vorne gehen und hoffen, dass sich das Ende lohnt", wurde ich ganz philosophisch.

„Sie sind immer noch nicht überzeugt", sagte die grüne Seele und dieses Mal war es sogar wahrscheinlich die Wahrheit. An ihrer Stelle hätte ich auch nicht anders gehandelt.

„Wissen sie das von Jolanda?", fragte ich erschöpft. Der Gedanke daran, dass sie jetzt im Abgrund war, raubte mir jedes Mal aufs Neue alle Energie. Prompt bekam ich die Antwort: „Ja." Dann wäre das ja schon mal geklärt.

„Sie sagen, dass wir jetzt aufpassen müssen, weil alles zerbrechlicher ist, als je zuvor. Es ist nicht klar, ob der Abgrund noch geschlossen ist, weil du dich seelisch noch hier hältst oder weil Theo Jolandas Energie hat", teilte mir die Pflanzenseele das mit, was ich eh schon wusste.

„Seit ich damals den Busunfall hatte und in der Geisterwelt aufgetaucht bin, ist alles schon zerbrechlicher als je zuvor! Einfach zu warten macht nichts besser! Also gebt mir endlich fünf Minuten mit Boudica!", tat ich, als würde ich direkt mit meinen Freunden reden.

Aber wie ich sie kannte, würde keine Moralpredigt der Welt etwas an ihrer Einstellung verändern. Immerhin waren es meine Freunde und wir waren allesamt Sturköpfe. Wir könnten eine Häkelgruppe aufmachen: Die Sturköpfe vom Dienst. Oder auch nicht. Als Grashalm schied ich dafür momentan ja ein bisschen aus.

Apropos Grashalm. Mein kleiner Dolmetscher brauchte dieses Mal ungewöhnlich lange für seinen Botengang. Was war denn da los? Diskutierten sie wieder? Oder war es doch etwas anderes? Irgendwie hatte ich ein ungutes Gefühl...

„Uiuiui!", rief eine der grünen Seelen, die offensichtlich mehr mitgekriegt hatte als ich, aber das traf ja auf so ziemlich jeden zu. „Was ist da los?", sprach ich meine Frage jetzt endlich bewusst aus, auch wenn sie in meinen Gedanken bestimmt schon so dringlich gewesen war, dass alle sie sicher längst mitbekommen hatten.

„Also... Diese Boudica hat gerufen: Tick-Tack-Tick-Tack Zeit ist knapp. Fünf Minuten. Müssen uns sputen. Tick-Tack-Tick-Tack gute Nacht", fing einer der Grashalme an und ich konnte mir die Szene richtig lebhaft vorstellen, immerhin hatte ich unser durchgedrehtes Orakel schon mehr als einmal in Höchstform erlebt.

„Dann hatte sie zwei Uhren in der Hand und hat damit die nach Pflanzen riechende und die Schwache bewusstlos geschlagen", fuhr eine andere Pflanzenseele fort und ich glaubte ich hörte nicht richtig. Boudica hatte WAS getan?!

„Und dann Peng! Die Fuchsseele hat eine Granate mit einem Betäubungsgas geworfen. Doch Boudica hat die beiden

Pappdeckel von ihrem Bikini geholt und damit alles auf sie zurück gefächelt und sie damit ausgeknockt!", erzählte der nächste Grashalm aufgeregt weiter. Sie hat die Pappdeckel von ihrem Bikini geholt?! Hieß das, sie stand jetzt oben ohne da?!

Von allen Outfits, die sie im Laufe der Zeit schon angehabt hatte, war das mit Abstand die schockierendste Vorstellung.

„Jetzt kämpfen sie und der Fiesling gegeneinander! Sie hat einen Speer! Er duckt sich! Weicht aus! Und… Auu!", mitten in dieser energiegeladenen Darstellung landete wieder ein Fuß schwungvoll auf meinem geschundenen Grashalm.

Wenn die so weiter machten, überlebte ich keinen Tag als Pflanze!

„Jetzt hat er ihren Speer! Er sticht nach ihr! Sie springt zurück! Sie wirf eine Handcremetube nach ihm! Er schlägt sie mit dem Speer weg! Oh nein! Sie läuft auf dem Boden aus! Da sind bestimmt Schadstoffe drin!", jetzt hatte Wilhelm ihren Zorn geweckt: „Was für ein Umweltsünder! Er hat keinen Respekt vor uns! Er hat eine Bestrafung verdient! Binden wir ihm die Schnürsenkel zusammen! ATTACKEEEEE!"

Einen Moment herrschte Stille und ich fühlte mich ganz alleine und ausgeschlossen, als wäre ich ein kleines Kind, das zur Strafe in die Ecke musste und nicht mit den anderen spielen durfte. Auch wenn der Vergleich für so eine ernste Situation vielleicht nicht ganz angemessen war.

Dann kehrten die Seelen der Grashalme von ihrer glorreichen Rächer-Mission zurück und ich konnte ihre kämpferische Zufriedenheit regelrecht spüren. „Wir haben ihn zu Fall gebracht und die starke Seele hat ihn ruhiggestellt", verkündete mir eine grüne Seele und hätte sie menschliche Gestalt, wäre ihre Brust bestimmt vor Stolz geschwollen.

„Ihr meint damit, dass er jetzt bewusstlos ist, oder? Sie hat ihn doch nicht aus Versehen getötet", bohrte ich sicherheitshalber nach. „Natürlich nicht! Sie würde so etwas nicht tun!", verteidigte eine Pflanzenseele unser verrücktes Orakel. Scheinbar war sie bei ihnen ja richtig beliebt. Ob das wohl daran lag, dass sie den Umweltsünder bestraft hatte oder einfach an ihrer sorglosen Art, die schon so ein bisschen an die von diesen grünen Kindsköpfen erinnerte?

Im Grunde war das ja auch vollkommen egal. Jetzt hatten wir unsere fünf Minuten unter uns, wenn man die Pflanzenseelen nicht mitzählte. Die Art und Weise wie Boudica dafür gesorgt hatte, war zwar nicht ganz optimal, aber mir wäre in diesem Fall tatsächlich auch keine bessere Lösung eingefallen. Diplomatie war ja gescheitert. Niemand konnte uns vorwerfen, wir hätten es nicht versucht.

Plötzlich wurde es extrem hell. Ich konnte es in jeder Zelle meines Seins spüren. Normales Licht mit so einer Konzentration hätte mich wahrscheinlich glatt gegrillt, doch dieses hier war besonders. Es war irgendwie sanft und... heilend. Keine Ahnung wie genau ich das beschreiben sollte. Einfach typisch Lichtseelen.

Und dann umgab mich das Licht auf einmal vollkommen und ich konnte es auch sehen, streng genommen konnte ich gar nichts anderes mehr sehen. Irgendwie war ich nicht länger in meinem Grashalm, aber tot fühlte ich mich zum Glück auch nicht.

„Auf Wiedersehen", verabschiedete ich mich von meinen gutherzigen... Gastgebern: „Und ich werde in Zukunft mehr aufpassen, wo ich hintrete. Kein Grashalm wird mehr platt gemacht, wenn es anders geht. Versprochen."

Kapitel 16 – Jolanda

Gedankenverloren stöberte ich in den Tiefen meines Spiegels. Da gab es so unglaublich viel! Was in den Handbüchern stand, klang total faszinierend, doch da waren auch ein paar Sachen, die ich nirgendwo finden konnte, Entwürfe die irgendwie eine Note von… mir hatten.

Fast schon andächtig strich ich über all die verschiedenen Gerätschaften. Mit manchen hatte ich sicher stundenlang gearbeitet, andere hatte ich selbst hergestellt. Das war ein schönes Gefühl, irgendwie vertraut, einfach ein Stück von mir.

Und als ich dann anfing wieder damit zu werken… einfach unbeschreiblich! Meine Hände machten alles wie von alleine! Ich war da richtig drin! Irgendwie verstand ich jedes Wort in den Anleitungen und es klappte so perfekt, als wäre es ganz natürlich, dass Steine in Formen geschliffen werden und Klopapierrollen sich zu Fesselgranaten entwickeln.

Nach einer Weile wurde ich experimentierfreudiger. Ich legte die Notizbücher beiseite und fing an, völlig frei etwas zu kreieren. Genau das hatte ich gebraucht: Eine Möglichkeit endlich abzuschalten und mich von dem ganzen Chaos zu erholen. Seitdem ich ohne jede Erinnerung in dieser feindlichen Welt aufgewacht war, war das der erste wirklich schöne Moment.

Dann war ich plötzlich fertig und tauchte blinzelnd wieder aus der Welt meiner Gedanken auf. Beim besten Willen könnte ich nicht sagen, wie lange ich an meinem Projekt gesessen hatte. Aber das Resultat war unglaublich.

Keine Ahnung wie ich eigentlich auf die Idee gekommen war, doch jetzt hatte ich eine Art Geister-Maschinen-Gewehr, das mit Tintenpatronen geladen wurde. Klingt im ersten Moment vielleicht seltsam, ist vielleicht auch seltsam. Doch ich hatte ein paar tolle Spezialeffekte eingebaut.

Zum Laden musste man die kleinen Pappschachteln mit den Tintenpatronen in die dafür vorgesehenen Schlitze stecken. Ich hatte einfach mal drei gemacht, weil in so einer Packung ja nicht viele Patronen drin waren.

Und dann kommen wir zum eigentlichen Meisterwerk: Man konnte einstellen, dass man die Tinte ähnlich wie bei einer Wasserpistole sprühen konnte. Dabei gab es auch verschiedene Stufen, von kleiner Strahl bis Wasserwerfer-Mini (in der

Theorie sollte man damit genug Wucht haben, um jemanden aus dem Gleichgewicht zu bringen).

Oder man wählte den Abschuss von den kleinen Kügelchen in den Patronen. Die hatten zwar wahrscheinlich nicht so viel Wucht wie die Munition bei normalen Gewehren, aber zur Selbstverteidigung sollten sie auf jeden Fall reichen. Außerdem wollte ich ja sowieso nicht unbedingt gleich jeden umbringen.

Und dann gab es noch eine ganz besondere Funktion, auf die ich richtig stolz war: Damit kein Material verschwendet wurde, wurden die leeren Plastikhülsen in einer Kammer im Inneren eingeschmolzen und das flüssige Plastik konnte man dann auch verschießen. Dank der Wirkung von ein paar netten Kristallen härtete es beim Verlassen des Gewehrs wieder ziemlich schnell aus, man konnte also rein theoretisch damit sogar Sachen oder Leute festkleben.

Eine echte Wunderwaffe! Allerdings war das Ding auch wirklich viel Arbeit gewesen und vor allen Dingen Feinarbeit. Manche Teile hatte ich mehrmals neu anfangen müssen, weil ich die filigranen Arbeiten nicht ganz perfekt hinbekommen hatte. Zum Glück hatte ich jedoch auch schon Elemente gehabt, die ich genauso hatte verbauen können. Ansonsten hätte ich da ewig dran gesessen, denn alles musste wirklich haargenau aufeinander abgestimmt sein, sonst funktionierte es am Ende nicht.

Jetzt wollte ich mein Jolanda-Spezial-Gewehr aber auch mal testen. Vorfreudig steckte ich in alle drei Schlitze eine Packung und stellte Tinte auf der niedrigsten Stufe ein. Dann hob ich es hoch und stützte es an meiner Schulter ab, das Ding war schon ordentlich schwer.

Und nun der spaßige Teil. Mit einem breiten Grinsen spritzte ich ein echt verkrüppeltes Herz auf die dunklen Felsen. Das klappte doch schon mal super!

Als nächstes der Schusstest. Wieder zielte ich auf die Mauer, drehte noch kurz an den passenden Rädchen, was ich unbedingt noch modifizieren musste, da blickte ja niemand mehr durch! Und Peng! Mein Tintengeschoss wurde mit einem lauten Knall, der in der Höhle nochmal verstärkt widerhallte, aus dem Lauf gefeuert, prallte an der Steinwand ab und verschwand durch den Tarnvorhang. Gefolgt von einem feuchten Platschen, als das ganze Wasser wieder den Gesetzen der Schwerkraft folgte.

Schnell bückte ich mich, um all die aufgeschlagenen Notizbücher vor der Wasserflut zu retten und sie sicher in meinem Handspiegel zu verstauen. Auch bei den Metallteilen beeilte ich mich, sie reinzupacken. Keine Ahnung ob Geistermetall nach der Bekanntschaft mit Wasser ebenfalls rostete. Ich wollte es lieber nicht drauf ankommen lassen.

Und weil ich damit eh schon am Aufräumen war, stopfte ich noch das ganze restliche Zeug, das teilweise leider schon feucht war, mit in meinen übernatürlichen Stauraum. Nur meine gleich zu Anfang gebastelte Lichtquelle ließ ich natürlich stehen, ich musste ja immer noch etwas sehen können.

Erst nachdem das erledigt war, widmete ich mich meinem Vorhang. Der Schaden war nicht groß. Das Plastikkügelchen hatte nur eine Perle weggeschossen, die jetzt auf dem Boden rollte. Maximal fünf Minuten und es sollte wieder repariert sein. Doch dazu kam es nicht mehr.

Plötzlich hörte ich schwere Schritte im Gang. Hatte der laute Schuss die Nebelseelen auf mich aufmerksam gemacht? Was sollte ich jetzt tun?! Ich konnte den Vorhang nicht reparieren und wieder bewässern bis sie da waren. So schnell war ich nicht!

Planlos ließ ich eine Fesselgranate in meine Hand fallen. Vielleicht war es ein bisschen radikal so eine gegen sie einzusetzen, aber ich hatte mir genau durchgelesen wie sie funktionierten und ich konnte sie mit hundertprozentiger Sicherheit entschärfen. Es wäre also halb so schlimm.

Dann traten sie in den Sichtkreis meiner kleinen Lampe. Oh Gott! Das waren nicht die Leute aus der Höhle! Das mussten Schattenseelen sein! Zumindest waren sie ganz in schwarz gekleidet und ihre Schatten zogen sich über die gesamte Höhlenwand, was nicht so ganz normal war.

Reflexartig entsicherte ich die Fesselgranate und warf sie nach ihnen. Bevor sie wussten was passierte, hatten sie meine Silberschnüre schon umschlungen und in ein ziemlich chaotisches Paket geschnürt.

Wütend schrie einer von ihnen auf und packte mit seiner noch freien Hand nach seiner gefährlich aussehenden Stichwaffe. Beschwichtigend hob ich die Hände und warnte sie: „Nicht die Fäden durchschneiden, dann wirbeln sie nur rum und es gibt Verletzte!"

Abwägend musterten mich diese Schattengestalten. Offensichtlich waren sie sich nicht sicher, ob sie meine Warnung ernstnehmen sollten. Wenn sie nicht auf mich hörten und sich dadurch ins Jenseits beförderten, war es nicht meine Schuld. Allerdings sollte ich für den Fall vielleicht etwas auf Abstand gehen, nicht dass mich dann auch ein Killerfaden erwischte. Das wäre natürlich eine extra blöde Art zu sterben. Vorsichtig bewegte ich mich in Richtung Ausgang, mein schönes Licht nahm ich mit. Der Hauptgang wurde zwar von diesen Energierissen schummrig erhellt, aber ein bisschen besser sehen zu können, schadete ja mal nicht.

„Bleib hier du kleines Miststück!", brüllte mich einer meiner Gefangenen an. Freundlichkeit war scheinbar keine ihrer Stärken, doch das hätte ich von einem schattenhaften Killerkommando auch nicht anders erwartet.

Auf einmal hörte ich einen Schrei durch die Tunnel schallen. Orientierungslos schaute ich nach links und rechts. Von wo war er gekommen?

Dreckig lachten die gefesselten Typen auf: „Du hast doch nicht gedacht, dass wir alleine gekommen sind!" „Guck mal wie ängstlich sie aussieht! Armes, kleines Ding", meinte eine andere hämisch. Doch ich ignorierte sie vollkommen.

Diese Fieslinge waren von rechts gekommen, also spekulierte ich auf links und lief auf gut Glück drauf los. Was genau ich tun würde, wusste ich noch nicht. Aber es war klar, dass ich etwas tun müsste. Ich konnte mich nicht einfach untätig in meiner Höhle verkriechen. Diese Menschen hatten mich da draußen gerettet, jetzt war es an mir sie zu retten oder es zumindest zu versuchen.

Während ich ziemlich kopflos einen Gang nach dem nächsten hinter mich brachte, zog ich den Träger, den ich für mein Gewehr gebastelt hatte, raus und befestigte ihn eilig, was nicht gerade leicht war, wenn man keuchend durch ein verwirrendes Tunnelsystem hetzte.

Nachdem ich es endlich geschafft hatte, hängte ich mir das Gewehr über die Schulter und rüstete mich ein wenig auf. Noch ein Schrei. Bildete ich es mir nur ein oder klang er näher? Da! Eindeutig Kampfgeräusche, Stöhnen, Klirren, dumpfe Aufpralle.

Mein Instinkt war jetzt doch nicht mehr so begeistert von meinem Heldenmoment und wollte lieber zurück in meine kleine Höhle, in der ich alles unter Kontrolle hatte. Aber ich würde nicht umkehren.

Und dann, wie aus dem Nichts stand ich vor dem Eingang der großen Haupthöhle. Keine Ahnung wie ich es geschafft hatte den richtigen Weg zu finden. Vielleicht war es ja auch Schicksal gewesen, wenn ich in Prophezeiungen so eine große Rolle spielte.

Auf jeden Fall stand ich jetzt hier und wusste im ersten Moment nicht so recht was mit mir anzufangen. Zu meiner Verteidigung: Das Chaos das mich erwartete, war wirklich überwältigend und zwar nicht im positiven Sinne.

Überall wurde gekämpft, mit Klingen, mit Fäusten, mit allem Möglichen. Bei diesem brutalen Durcheinander wusste ich gar nicht, wo ich hinsehen sollte und noch viel weniger, was ich unternehmen könnte.

Plötzlich entdeckte mich eine der Angreiferinnen. Sie hatte Schlagringe an jeder Hand und die sahen ziemlich blutig aus. Mörderisch grinsend lief sie auf mich zu. Panisch richtete ich mein Gewehr auf sie und verschoss alles an Tintenpatronenkügelchen, was ich geladen hatte.

Mit mehr Glück als Können traf ich sie dabei im Auge. Schmerzhaft schrie sie auf und hatte mich für einen Wimpernschlag total vergessen. Vor Hektik zitterten meine Finger richtig, als ich den Tintenstrahl auf die höchste Stufe einstellte und feuerte.

Tatsächlich reichte es, um die finstere Schlägerin zu Boden zu befördern. Eine Gruppe von drei schattenhaften Personen hatte sich formiert und lief auf Silberstreif zu, die mit ihrem glühenden Nebel in der Menge gut zu erkennen war.

Spontan warf ich eine meiner Fesselgranaten mit so viel Kraft wie ich hatte. Ganz die angepeilte Weite schaffte ich nicht, aber die Explosion erwischte sie trotzdem. Genau wie bei meinen ungebetenen Gästen in der Werkstatt-Höhle sorgte das für einiges an wütendem Geschrei. Und dummerweise auch für Aufmerksamkeit.

Sofort stürzten von allen Seiten grimmige Kämpfer auf mich zu. Schnell lud ich mein Gewehr wieder auf und alles um mich herum verwandelte sich in ein Meer aus Plastikkügelchen, blauer Tinte, silbernen Schnüren und klebrigen Plastikpfützen.

Mein Gewehr diente dabei eher dazu alle auf Abstand zu halten, der eigentliche Kracher waren die Fesselgranaten. Ich war so unglaublich dankbar, dass mein altes Ich so übertrieben viele gebaut hatte.

Mit meinen technischen Hilfsmitteln bekamen wir die düsteren Angreifer ziemlich schnell in den Griff. Trotzdem fühlte es sich an, als würde sich das Gefecht ewig dahinziehen und am Ende war ich mental und physisch ziemlich platt. Erschöpft ließ ich mein Gewehr einfach über meiner Schulter hängen und verschaffte mir mit den anderen Höhlenbewohnern einen Überblick.

Für den Moment schien es ihnen egal zu sein, dass ich irgend so ein Abgrund-Schlüssel war.

In meinen Netzen hatte ich aus Versehen auch ein paar von unseren Leuten eingesponnen. Die mussten jetzt wieder entwirrt werden. Zum Glück war ich hier nicht die einzige Seele, die etwas von Technik verstand.

Besonders ein Mann mit zahlreichen Tätowierungen half gut mit. Auf den ersten Blick hätte ich ihn eher für einen steinharten Krieger gehalten, der null Fingerspitzengefühl hatte, aber mit seiner improvisierten Häkelnadel ging er wirklich sehr geschickt um.

Gleichzeitig versorgten die Heilkundigen mit ziemlich dürftigen Mitteln die Verwundeten. Zweimal checkte ich in meinem Spiegel, ob es da nicht irgendwelche magischen Tränke oder Kräuter oder so was gab, doch er war wohl nur auf Technikzubehör ausgelegt. Es tat mir richtig leid, dass ich nichts für sie tun konnte.

Und leider gab es auch einige, für die jede Hilfe zu spät kam. Wir zählten genau vier Tote und weitere drei würden wohl an ihren Verletzungen sterben, darunter auch Awan. Obwohl mir der Schamane echt Angst gemacht hatte, hatte ich jetzt Mitleid mit ihm.

Zitternd hielt er etwas in seinen blau-roten Fingern (das Blau kam von meiner Tinten-Flut, das Rot von seinen stark blutenden Wunden), es sah aus wie ein Stück Papier... Meine Karte! Er hatte meine Karte!

„Die Antwort", keuchte er kraftlos: „Du wirst die Antwort haben. Du wirst es verstehen. Du bist..." Weiter kam er nicht. Schlaff sackten seine Hände auf seinen Körper und genau in dem Moment erlosch einer der glühenden Punkte auf der Karte.

Sie zeigte die Seelen an! So hatten uns die Typen auch gefunden! Warum war ich da nicht schon früher drauf gekommen?

Nur einen Wimpernschlag später löste sich das ehemalige Orakel auf, als wäre es nie da gewesen. Das Einzige was übrig blieb, war die Karte. Doch bevor ich nach ihr greifen konnte war sie schon in das Gemisch aus Blut und Tinte gesegelt.

Und dann passierte etwas Seltsames: Die Buchstabenspirale verschmolz zu einem feurigen Kreis, der an einer Stelle durch einen kleinen Strich durchbrochen wurde... Sah aus wie dieses An-Aus-Computer-Zeichen.

„So blau die Flut, so rot das Blut, letztes Leben, hier gegeben", murmelte ich gedankenverloren die Worte, die sich in mein Gedächtnis gebrannt hatten, genauso wie jetzt das Symbol ins Papier.

Awan hatte sein letztes Leben gegeben, genauso wie viele andere Seelen, rotes Blut gab es hier reichlich und die Tinte könnte man schon eine blaue Flut nennen, alles traf zu...

„Was hast du da gerade gesagt?", fragte mich Elisabeth und riss mich damit aus meiner Überlegung. „Was?", verwirrt blinzelte ich. In meinem Kopf lagen die Gedanken wie lose Puzzleteile. Alles was ich brauchte war da, ich musste es nur noch zusammensetzen. Aber wie?

„Das, was du gesagt hast... Kannst du es wiederholen?", bat mich meine alte Bekannte, die mir immer noch nicht bekannt war. Wie sollte ich ein Rätsel aus meiner Vergangenheit lösen, wenn ich nicht mehr wusste, was da passiert war?!

Vielleicht half es ja sie einzuweihen, vielleicht wusste sie mehr als ich, also verriet ich ihr die geheimnisvolle Botschaft: „So blau die Flut, so rot das Blut, letztes Leben, hier gegeben." „Ich kenne diesen Spruch. Deine Großmutter hat ihn mir gesagt, er war auf dem Stein, der die Öffnung des Abgrunds ins Rollen gebracht hat. Das war der Start...", jetzt färbte meine verwirrte Nachdenkstimmung auch auf sie ab.

Start... An... Aus...

Plötzlich machte es Klick. „Neustart!", rief ich und packte Elisabeth an den Schultern: „Neustart!" Mit einem großen Fragezeichen im Gesicht schaute sie mich an. „Das ist die Lösung! Das ist die Antwort, von der Awan geredet hat! Hier ist die Antwort!", ganz aus dem Häuschen hob ich die Karte aus der blau-roten Brühe.

Elisabeth konnte mir immer noch nicht ganz folgen, aber ich redete wahrscheinlich auch ziemlich wirr. Doch gerade war ich einfach viel zu aufgedreht für sachliche Erklärungen.

Trotzdem versuchte ich es: „Der Abgrund! Wie bei einem Computer! Einmal runter und hoch! Dann ist der Fehler wieder weg! Ein Neustart! Ein neuer Abgrund nach dem Ende, ein neuer Anfang! Ein Neustart!"

„Aber, wenn der Abgrund doch weg ist, selbst wenn er danach wieder da ist... Was ist dann mit allen die jetzt hier sind? Wenn alle zurückkommen, könnte das schon zu viel sein für die Geisterwelt", gab Elisabeth skeptisch zu bedenken.

„Nein! Der Neustart ist DIE Lösung!", beharrte ich auf meinem Geistesblitz: „Ein Neustart braucht Energie. Seelen liefern Energie. Daraus wird ein neuer Abgrund. Wir müssen nur den Neustart machen! Nur den Neustart! Dann ist alles wieder wie vorher!"

Wie oft hatte ich jetzt in den letzten Sekunden schon Neustart gesagt? In meinem Kopf war gefühlt nichts anders mehr. Vielleicht brauchte mein Hirn auch mal einen Neustart.

Streng genommen war alles, was ich da redete nämlich ziemlich spontan zusammengereimt. Es gab keine wissenschaftlichen Studien über den Neustart von Geisterwelten.

Ich hatte absolut keine Ahnung, wie das alles gehen sollte. Rein logisch betrachtet war meine extreme Freude also etwas verfrüht, aber tief im Inneren wusste ich, dass ich Recht hatte. Vielleicht nicht mit den kleinen Details der Umsetzung, doch das war die Lösung. Es würde mit den gleichen Worten enden, wie es angefangen hatte und das Leben würde sich weiterdrehen.

War doch eigentlich ganz logisch. Und das Wie würde sich auch noch ergeben, davon war ich überzeugt. Jetzt hatten wir einen Anhaltspunkt, damit konnten wir arbeiten und dabei galt es keine Zeit zu verlieren, denn an den Rändern der Karte sammelten sich erschreckend viele schwarze Punkte an...

Kapitel 17 – Ilka

Zuerst war da nur Licht und alles war so extrem von Licht durchdrungen, dass ich für einen Moment gar nichts anderes mehr wahrnahm, als diese geballte Helligkeit. Aber genau wie damals, als mich Pummelchen auf diese Art mitgenommen hatte, war es ein schönes Gefühl voller Wärme und Güte.

Wahrscheinlich war es das, was sich die Menschen unter dem grellen Licht nach dem Tod vorstellten. Der typische Übergang in den Himmel.

Langsam ließ das Licht wieder nach, aber es war trotzdem immer noch ziemlich hell. Neugierig sah ich mich um, auch wenn das als körperloses Irgendwas ein bisschen komisch war, also von den Bewegungen und allem.

Ergänzend zum See der Nebelseelen auf ihrer Lichtung, der Flamme der Schattenseelen auf ihrem Gruselberg und dem Paradies-Tal des Rates gab es jetzt, Trommelwirbel: Eine Art Meeresgrund oder Wüste oder... halt ein übernatürlicher Ort mit weißem Sand, glühenden, hin und her wiegenden Riesenblumen (die Bewegung könnte von einer unsichtbaren Strömung oder Wind ausgelöst sein, oder einfach nur Geisterzauber) und einem Typ, der auf einer Flöte spielte und dabei so tiefenentspannt aussah, als hätte er ein paar krasse Drogen geraucht. War das womöglich sogar Jesus?

Da fehlte ja eigentlich nur noch eine Eislandschaft und etwas in Richtung tropischer Regenwald und so ziemlich alle Klimazonen der Erde wären auch in den magischen Orten der Geisterwelt vertreten. Oder nein... da gab es ja noch dieses Steppen-Zeug... Ich hatte in Erdkunde nicht ganz so gut aufgepasst und es war auch schon eine ganze Weile her. Allerdings war Titus Erdkundelehrer und daher sollte ich es vielleicht doch wissen.

Titus...

Meine Gedanken wanderten in die Zeit, als er in seinem Geographie Studium seine große Exkursion in Skandinavien gehabt hatte. Jeden Abend hatte er bei mir angerufen, ja, das war schon ein klein wenig kitschig gewesen und hatte etwas von einem Kontrollfreak gehabt, aber seit wir uns wirklich gefunden hatten, hatten wir uns nie gerne lange aus den Augen verloren.

Auf jeden Fall war der Anruf an einem Abend ausgeblieben und ich hatte mir schon Sorgen gemacht. Und vielleicht war es ein wenig übertrieben gewesen, aber ich hatte eine Nebelreise zu ihm gemacht. Es hatte mir einfach keine Ruhe gelassen.

Unter einem Felsvorsprung in einer Schlucht fand ich ihn gemeinsam mit den restlichen 14 Leuten seiner Gruppe inklusive Professor an einem kleinen Feuer. Was machten sie alle mitten in der Nacht so weit draußen?

Einige der Mädchen waren total aufgelöst und es wurden eine Tüte Rosinen und eine große Flasche Cola rund gereicht. Sah nicht gerade nach einem geplanten Ausflug aus.

Weil ich dringend eine Erklärung haben wollte, beugte ich mich ganz dicht zu Titus herab und flüsterte ihm leise ins Ohr: „Hier ist Ilka." Sofort schaute er auf und sein Blick ging nur ein paar Zentimeter an mir vorbei.

„Ähm... Ich muss mal... für kleine Jungs", mit diesen Worten stand er auf und entfernte sich einige Schritte von den anderen. Dann wagte er es gedämpft zu fragen: „Ilka?" „Ja", hauchte ich von der Geisterebene aus. Sich für Lebende bemerkbar zu machen, war anstrengend, daher fasste ich mich möglichst kurz: „Erklärung bitte."

Mit belegter Stimme fing er an zu erzählen: „Wir sind an dieser Schutthalde vorbeigekommen und die wollten wir uns noch ansehen, bevor wir unsere Zelte aufschlagen. Da war es etwa vier Uhr. Unser Professor meinte, wir bräuchten keine Wanderschuhe oder sonstiges, weil es maximal eine Stunde dauern würde. Auf dem Hügel war die Sicht auch zuerst echt super, doch dann ist das Wetter umgeschlagen. Echt, innerhalb von fünf Minuten war alles zugenebelt, wir hatten kaum zehn Meter Sicht und du siehst ja, Schutthalden haben nicht gerade viele Orientierungspunkte. Beim Hochgehen hatten wir eine Telegrafenleitung gesehen und die versuchten wir noch mit einer Menschenkette zu erreichen, doch es klappte nicht und wir konnten uns ja schlecht aufteilen und verlaufen. Das hätte es nur schlimmer gemacht. Also haben wir uns so einen kleinen Windschutz aus Steinen aufgeschichtet, so einen ringförmigen, kleinen Wall. Aber das Wetter wurde nicht besser. Um etwa sechs haben wir uns dann auf den Weg zum Fluss gemacht, weil der fließt ja definitiv zum Meer und dann hätten wir einen Anhaltspunkt. Na ja, jetzt sitzen wir hier. Die Rosinen und die Cola sind unsere einzigen Reserven und Matze, du weißt schon, der Raucher, hat aus Rentierflechten und Stöcken unser Feuer gemacht. Schon verrückt, dass sich ausgerechnet wir als Geografen verlaufen. Und dann auch noch mit einem Professor, der schon einmal mit einem Kanu durch Kanada gereist ist."

Titus schloss seinen Bericht mit einem kleinen trostlosen Lachen ab. „Der Nebel hat doch nichts mit euch zu tun, oder?", kam ihm ein neuer Gedanke und er durchbohrte die gräuliche Dunkelheit anklagend mit seinen Blicken, allerdings Meter entfernt von der Stelle, wo ich stand.

„Nein. Manchmal ist Nebel auch natürlich", erinnerte ich ihn mit einem kleinen Lächeln. Mein liebster, kleiner Chaot. Doch ich hatte für ihn eine wirklich nahliegende Lösung parat: „Ich könnte euch führen. Gib mir fünf Minuten und ich gucke, wo die nächste Siedlung ist."

„Du bist ein Schatz", liebenswürdig grinste er ins Nichts. Kurz genoss ich es noch, ihn einfach wie ein verrückter Stalker ungesehen anzustarren und schon flog ich auf Erkundungsmission.

Lange brauchte ich nicht, um eine Siedlung ausfindig zu machen. Allerdings hatte ich die Zeit jetzt nicht gestoppt, wie genau ich mich an meine fünf Minuten gehalten hatte, konnte ich also nicht sagen. Auf jeden Fall hatte Titus in der Zeit schon mal die Weichen für ein Zivilisations-Such-Team gestellt.

Gemeinsam mit einem Kerl, der wohl beim Militär gewesen war, zog Titus los. Unauffällig verwirbelte ich den Nebel direkt vor ihnen immer zu einer dunstigen Spur. So führte ich sie zuverlässig zu einer kleinen Häuseransammlung und als sie anklopften öffnete ein betrunkener Mann. Da hatte wohl jemand die Nacht durchgemacht...

Dumm nur, dass er kein Englisch sprach und keiner der tollen Sucher verstand, was dieser Same (so hießen wohl die Ureinwohner Skandinaviens) sprach. Also mussten wir nochmal zurück und einen Sprachkundigen aus der Gruppe als Übersetzer mitschleifen.

Nach einigem Hin und Her fuhr der betrunkene Typ sie dann in seinem Geländewagen zurück zu den Bussen, mit denen sie gekommen waren. Ich hätte bei seiner Alkoholfahne ja nicht mehr so ein Vertrauen in seine Fahrtüchtigkeit gehabt, doch glücklicherweise klappte alles ohne weitere Zwischenfälle.

Insgesamt hatten die talentierten Geografen auf ihrer kleinen Irrfahrt 30 Kilometer nach Norden zurückgelegt. Und weil das so ein denkwürdiger Ausflug gewesen war, hatten wir ein völlig unspektakuläres Bild von der nebligen Schutthalde in unserem Wohnzimmer hängen. Immer wieder sagte Titus, dass er im Leben noch nichts erlebt hatte, außer das und dass ich sein kleiner Engel war. Jedes Mal korrigierte ich ihn, dass ich wohl eher ein kleiner Poltergeist war.

Verwirrt blinzelte ich. Es war für mich ja normal ein wenig zerstreut zu sein, aber nicht so. Ich hatte mich vollkommen in dieser Erinnerung verloren und nicht im Geringsten mitbekommen, wohin mich die Lichtseelen gebracht hatten.

Statt dieser speziellen Kombi aus Sand und Leuchtblumen umgaben mich weiße glatte Wände, die zu perfekt waren, um aus einem normalen Gestein zu bestehen. Erst auf den zweiten Blick sah ich die sich bewegenden Muster. Sie zeigten Geschichten, so eine Art Geister-Höhlenmalerei, nur deutlich filigraner.

Auch ansonsten war dieser Ort sehr schlicht und hell eingerichtet. Scheinbar handelte es sich hierbei um den Konferenzraum. Zumindest sah ich vor mir auf dem Boden verschiedene Tiere auf weißen Kissen sitzen und unter mir konnte ich ein überdimensionales, aufgeschlagenes Buch ausmachen, das wohl eine Tischplatte darstellen sollte. Als Lichtquelle dienten die gleichen strahlenden Blümchen, nur dass sie jetzt an der Decke wucherten und alles irgendwie urzeitlich aussehen ließen.

Jetzt war ich wohl als einzige Seele schon in den Konferenzräumen von allen drei Fraktionen gewesen. Wie einzigartig. Wenn ich so darüber nachdachte, war es doch schon ziemlich ironisch, dass die „Hölle" auf einem Berg war und der „Himmel" auf einem Meeresgrund, also quasi genau umgekehrt, wie man es sich vorstellen würde. Vorausgesetzt das hier sollte wirklich einen Meeresgrund darstellen.

Wie reisten die Lichtseelen da überhaupt? Gab es eine Treibsandstelle, wo sie sich versinken ließen? Die Vorstellung war echt seltsam. Aber ich hatte nichts gesehen, was irgendwie als Reisedurchgang dienen könnte und bei den Schatten- und Nebelseelen waren die Portale ja nicht gerade leicht zu übersehen gewesen.

„Deine Seele will nicht sterben", stellte eine der wenigen, anwesenden Menschen fest. Es war eine sehr alte Frau, deutlich faltiger als ich in meinem lebenden Körper und auch sie strahlte eine Ruhe aus, die gut zu jemandem auf Morphium gepasst hätte.

„Welche Seele will schon sterben?", entgegnete ich, auch wenn es wahrscheinlich nicht ganz die angebrachte Reaktion war, blöde Sprüche abzugeben.

Diese Heiligen schien es nicht zu stören. Mit dem gleichen inneren Frieden sprach nun ein Eichhörnchen: „Die Verbindung zwischen deinem Körper und deiner Seele ist besonders. Er ist immer noch am Leben. Wir könnten dich stärken, aber wir haben nicht die Macht dich vollständig zu heilen, du bist schon zu weit auf der anderen Seite, die Verbindung ist zu schwach."

„Und es ist ungewiss was geschieht, wenn die Zeit für deinen Körper gekommen ist. Vielleicht kannst du dem Abgrund dann nicht mehr entkommen, selbst wenn wir helfen", ergänzte eine Echse, die ich nicht genau bestimmen konnte.

Das waren ja sonnige Neuigkeiten, allerdings nichts, was ich nicht schon erwartet hätte. Im Grunde war mir doch schon klar gewesen, dass es für mich kein Zurück in mein normales Leben als Oma Ilka gab. Trotzdem war es hart das zu hören. Jetzt gab es offiziell keine Hoffnung mehr für mich.

„Es ist wichtig, dass wir den Abgrund erhalten. Alles muss im Gleichgewicht bleiben. Wir werden dafür sorgen", wiederholte ein Hase das, was ich schon bestimmt hundertmal gehört hatte. Immer ging es ums Gleichgewicht, Ausgewogenheit, Balance… In einem anderen Kontext könnte man das auch in einer Gesundheitszeitschrift finden.

„Und was genau bedeutet das für mich? Wie wollt ihr mich stärken? Darf ich für die nächsten paar Jahre den passiven Beobachter spielen?", obwohl ich eigentlich vorgehabt hatte ganz sachlich zu bleiben, hatte sich doch eine gewisse Bitterkeit in meine Worte geschlichen.

„Du hast fast deine gesamte Energie verloren. Das Einzige, was dich in dieser Welt verankert, sind deine Erinnerungen, Gedanken und Gefühle", setzte das Eichhörnchen an und wurde fließend von der Morphium-Oma abgelöst: „Dein Körper ermöglicht dir einen gewissen Halt, doch auch das würde nicht genügen, um dich aus eigener Kraft festzuhalten. Genau wie dich die Pflanzenseelen in ihrem Netzwerk verwurzelt haben, werden wir es mit unserer Gemeinschaft tun. Ein Teil der Energie von jedem von uns wird durch dich fließen und vereint wird deine Seele stark genug sein, um weiterzuleben. Es wäre sogar gut möglich, dass deine Seele mit genug Energie wieder eine körperliche Form annimmt. Du wärst kein passiver Beobachter, du wärst ein Mitglied unserer Gemeinschaft. Du hättest alle Freiheit, nur diesen Ort darfst du nicht verlassen, das wäre nicht sicher."

Ich wäre also kein passiver Beobachter, wenn ich Mitglied einer Gemeinschaft von passiven Beobachtern werde? Die hatten doch die letzten Jahrtausende nur bei den Konflikten der Geisterwelt zugesehen und absolut nichts gemacht!

Allerdings behielt ich diesen aufgebrachten Gedanken lieber für mich. Immerhin lag mein Leben in ihren Händen und wenn ich es mir recht überlegte, war das hier zwar nicht die Lösung, die ich mir wünschte, aber dennoch eine deutliche Verbesserung zu dem Leben als Grashalm. Man musste nehmen, was man kriegen konnte.

„Ich bin bereit", willigte ich ein winziges bisschen resigniert ein. Was wäre schon die andere Option? Sterben?

„Dann sei es so!", verkündete ein Frosch schicksalhaft und mit einem Schlag wurde es wieder so hell, dass ich nichts mehr sehen konnte außer kräftiges, weißes Licht. Hier musste man echt aufpassen, dass man nicht erblindete!

Eine ganze Weile wurde ich einfach nur von ihnen bestrahlt. So in etwa stellte ich mir ein Solarium vor. Stumm rumliegen und sich von konzentriertem Licht brutzeln lassen. Die grünen Seelen hätten dabei bestimmt tierischen Spaß gehabt, ich fand es eher langweilig und von Minute zu Minute wurde es langweiliger. Wie lange wollten die das noch machen?!

Endlich drehten sie das Licht wieder runter. Blinzelnd öffnete ich meine Augen wieder. „Und was hat das jetzt gebracht? Ich spüre keine Veränderung", zweifelte ich ein wenig an ihren Methoden.

„Sieh selbst", meinte die alte Frau mit einem herzlichen Lächeln. Was sollte ich bitte schön sehen? Von ihrer Lichtüberdosis hatte ich immer noch tanzende Punkte vor den Augen. Mit einem Bein im Grab zu stehen, konnte wirklich nervenraubend sein.

Erschöpft fasste ich mir mit der Hand an die Stirn. Ich war müde und irgendwie ging mir diese Weltfrieden-Einstellung dieser Lichtseelen gerade gehörig auf den Wecker. Meine Welt sah nämlich deutlich anders aus!

Moment mal! Gerade eben war ich doch noch gar nicht körperlich gewesen! So eine Geste sollte ich eigentlich gar nicht machen können!

Fassungslos schaute ich auf meine Hände. Sie waren zwar ein wenig durchscheinend, aber eindeutig da. Begeistert drehte ich sie und bewegte meine Finger. Alles war wie früher! Ich hatte meinen Körper wieder! Immer noch ganz aus dem Häuschen versuchte ich aufzustehen. Auch das klappte einwandfrei!

Dass ich jetzt wie der letzte Depp auf einem seltsamen Buch-Tisch vor einer Gruppe Lichtseelen stand, war mir gerade echt egal. Es war einfach nur ein unbeschreibliches Gefühl endlich wieder Herr über seine Handlungen zu sein! Endlich war ich wieder selbstbestimmt! Wie mir das gefehlt hatte!

„Der Zweck unserer Zusammenkunft ist erfüllt", verkündete ein Hund zufrieden und richtete sich auf. Seinem Beispiel folgten auch alle anderen. Für Außenstehende, wenn es denn welche gegeben hätte, hätte das jetzt bestimmt so ausgesehen, als würde ich gleich eine prophetische Rede halten.

„Soll ich dir alles zeigen?", bot mir ein weißes Häschen an. Unwillkürlich musste ich dabei sofort an Alice im Wunderland denken, der war es nicht so optimal bekommen einem weißen Hasen zu folgen. Oder Matrix, da hatten die das ja auch aufgegriffen.

Kam es mir nur so vor, oder waren meine Gedanken irgendwie... zerstreuter?

„Mach dir nicht so viele Sorgen. Das ist normal. Dein mentales Sein ist jetzt stark gebündelt", erklärte mir der Mümmler unbekümmert. Scheinbar gelang es mir nach all den Jahren immer noch nicht, ein vernünftiges Pokerface aufzusetzen.

„Machen wir jetzt eine kleine Runde?", fragte es mich mit einem kleinen, freudigen Hoppeln. „Wie heißt du eigentlich?", versuchte ich, auch auf einer persönlichen Ebene Kontakt zu knüpfen, wenn ich schon ihre Energie zum Überleben nutzte.

„Ich hatte eigentlich nie einen richtigen Namen, aber du kannst mich gerne Löffel nennen", meinte das kleine Kerlchen vergnügt: „Willst du auch einen schönen Seelennamen? Ich könnte dich Doppelmoppel nennen."

„Doppelmoppel?", wiederholte ich mit hochgezogenen Augenbrauen. Diese Namensgebung war ja genauso schräg wie Boudica mit ihrem Lord Voldemort für Pummelchen. „Na, du hast doch ein Doppelleben, wegen deinem Körper und deiner Seele und allem. Du lebst doppelt gemoppelt!", erklärte mir das Häschen stolz.

Langsam nickte ich und versuchte so freundlich wie möglich abzulehnen: „Die Idee ist wirklich… süß. Aber ich mag meinen Namen sehr, ich würde gerne Ilka bleiben." „Alles karotti!", rief Löffel und machte wieder einen euphorischen Hopser.

Irgendwie sah ich bei ihm keine Spur von dieser Ruhe, die die anderen Lichtseelen ausstrahlten, das Karnickel wirkte eher wie eine Pflanzenseele 2.0. Wer weiß, vielleicht war es ja genau wie Flora von den Pflanzenseelen zu einer anderen Fraktion gewechselt.

„Dann sehen wir uns mal mein neues zu Hause an", mit diesen Worten stieg ich auch mal vom Tisch und folgte dem aufgedrehten Hasen durch die Wand. Das war ja nichts Neues, doch was dahinter kam schon.

Für einen Wimpernschlag sah ich die Sonne, wie sie golden über dem Meer aufging und alles eine Spiegelung ihres lebendigen Lichts war. Eine salzige Brise wehte durch mich hindurch und schlagartig fand ich mich im Auge eines tosenden Sturms wieder.

Die Luft wirbelte so schnell um mich, dass sie schon weißlich aussah und mir Tränen in die Augen trieb. Woher kam dieser Tornado auf einmal?!

„Das ist unsere Art zu reisen, wie der See der Nebelseelen oder die Flamme der Schattenseelen. Du musst dich von allem frei machen und dein Ziel vor Augen haben, dann leitet dich der Wind von selbst", erzählte mir das Häschen, jetzt auch in diesem Zen-Modus: „Halt dich ruhig an mir fest. Ich zeige dir den Weg."

Das ließ ich mir nicht zweimal sagen. Fest umklammerte ich mit meiner Hand die Hasenpfote. Hoffentlich funktionierte sie auch am lebenden Tier als Glücksbringer.

Von einer heftigen Böe wurden wir erwischt und in die kreisenden Luftmassen gehoben. Alles drehte sich und ich hatte Angst von meinem hoppelnden Führer getrennt zu werden, während der Wind an mir riss und mich jeglicher Kontrolle beraubte. Nicht gerade ein schönes Gefühl. Da war mir der ruhige See doch deutlich lieber.

Dann plötzlich ebbte der brausende Wind wieder ab und schon standen wir wieder auf dieser Meeresgrund-

Sandfläche mit den glühenden Blumendingern. Scheinbar war das hier wirklich an einer Unterwasserwelt angelehnt, denn alles war leicht schwerelos, so als würde man schwimmen.

Hinter uns sah ich einen großen, hellen Sturmtrichter, der langsam weiterzog. Interessant. Bei den anderen war das Reiseportal immer an einem festgelegten Ort gewesen.

„Unsere Seelen sind frei. Uns hält keine Reue oder Verbitterung fest. Wir leben ohne Ketten", hatte Löffel mir meine Frage erneut an der Nasenspitze angesehen. „Die Geisterwelt hat so viele Probleme, vor denen ihr einfach nur die Augen verschließt! Ihr könntet helfen!", entgegnete ich aufgebracht.

„Ich verstehe dich, aber wir sind nicht da, um zu bestrafen oder mit Gewalt für das zu kämpfen, was wir als richtig sehen. Wir gedenken und bewahren. Wo wir können, heilen wir auch. Doch wir werden die Balance nicht gefährden. Unsere Priorität ist die Gemeinschaft, nicht die Vernichtung oder Unterwerfung. Hier herrschen Frieden und Freiheit", kehrte das weiße Häschen ganz den Pazifisten raus.

Ich sah ein, dass eine Diskussion hier nichts bringen würde. Sie hatten ihre Prinzipien und ich hatte meine, da gab es nichts zu rütteln.

„Komm! Ich will dir noch etwas zeigen! Vielleicht siehst du es dann besser", meinte Löffel wieder auf seine fröhliche Art und wackelte vielsagend mit der Pfote, die ich immer noch festhielt. „'Tschuldigung", sagte ich schnell und ließ ihn wieder los.

Vergnügt hoppelte der Hase durch die für mich doch etwas ungewohnte Atmosphäre. Schwach konnte ich irgendwo Musik hören. Ob die von diesem seltsamen Flötenspieler kam, den ich eben gesehen hatte? Oder war es hier üblich, sich musikalisch auszuleben? Vielleicht gab es ja noch ein paar Harfenspieler und Trompeter, dann wäre das Klischee vom Himmel doch perfekt.

Wir schwammen / schwebten / gingen (so genau konnte ich das gar nicht beschreiben) weit über die Ebene, bis sich schließlich etwas änderte. Die Schwerkraft kam zurück und der sandige Untergrund wurde mehr und mehr von Gras bewachsen. Ein bisschen erinnerte mich das an den Garten der brauenden Seelen beim Spiegelsee oder diese unheimliche Folter-Schutthalde bei den Schattenseelen.

So vom Grundaufbau waren wohl alle „Hauptquartiere"
gleich.

Hier erwartete mich ein Feld voller Statuen. Alle bestanden
aus dem gleichen weißen Gestein wie auch die Wände des
Verhandlungsraums und ein geheimnisvoller Schimmer zog
über die glatten Oberflächen, sodass sie fast schon lebendig
wirkten.

Fasziniert sah ich mich um. Viele normale Tiere waren vertreten wie Schildkröten, Vögel, Rehe, sogar ein kleiner, weißer Hase. Auch Menschen fanden sich hier wieder, von jedem Geschlecht und jedem Alter. Daneben standen allerdings auch einige Fabelwesen wie Einhörner oder Drachen,
die bei einem Denkmal ein wenig fehl am Platz wirkten, sich
in einem alten Garten als Deko jedoch gut gemacht hätten.

„An diesem Ort erinnern wir uns an die, die gewesen sind
und die, die sein werden. Wir erinnern uns an unsere
Träume. Jeder kann mit den Figuren sprechen und die Worte
bleiben in ihnen erhalten. Es ist unsere Art zu beten und Erinnerungen zu bewahren", ganz andächtig blickte Löffel die
Statuen an: „Manche können durch sie sogar die Gebete und
Träume von Lebenden hören."

Ja, das passte zu diesen ruhigen, philosophischen Geistern.
Aber ich war im Herzen einfach eine Nebelseele, mit allen
guten und schlechten Seiten. Ich wollte für meine Freunde
da sein, für meine Familie. Sie alle fehlten mir schrecklich.

„Berühre eine der Figuren", ermutigend nickte mir das
Häschen zu. Obwohl ich nicht wusste, was das bringen
sollte, machte ich einen Schritt nach vorne und griff nach der
Hand eines kleinen Kindes, als wollte ich mich dem Stein vorstellen.

Auf einmal fing die Statue an, sich zu verändern. Die Gesichtszüge verformten sich, bis sie genauso aussahen wie
meine Tochter, als sie noch ganz klein gewesen war. Ganz
klar konnte ich ihr kindliche Stimme hören: „Bitte lieber Gott,
ich will das große Schaukelpferd zu Weihnachten haben.
Amen."

Verwirrt ließ ich die steinerne Hand wieder los. „Siehst du?
Wir verschließen die Augen nicht vor der Welt, wir bewahren
sie", schloss das Häschen zufrieden und fuhr fort: „Aber jetzt
solltest du ein bisschen schlafen. Deine Seele hat schon viel
durchgemacht."

168

„Ich…", bevor ich meinen Widerspruch überhaupt vollständig über die Lippen bekam, wurden meine Augenlieder so unendlich schwer und das letzte was ich mitbekam war, wie ich in Zeitlupe zu Boden kippte. Da ging es doch nicht mit rechten Dingen zu!

Kapitel 18 – Jolanda

„Also? Wie soll dieser Neustart funktionieren?", fragte mich Elisabeth mit auffordernd hochgezogenen Augenbrauen. Sie hätte ruhig ein bisschen euphorischer sein können. Immerhin hatte ich gerade die Lösung für alles entdeckt!

„Es muss eine Verbindung zu der Geisterwelt haben. Irgendetwas Besonderes, sodass sich quasi ein Kreis schließt", überlegte ich spontan, so wie ich es streng genommen schon die ganze Zeit machte: „Ich hab meine Erinnerungen verloren. Ich weiß nicht, was es da für Parallelen geben könnte."

„Sieh nicht mich an! Ich war nie auf der Geisterebene. Mich hat's gleich hierhin gezogen", abwehrend hob Elisabeth die Arme. „Ihr wollt den Abgrund neustarten?", schaltete sich jetzt auch eine andere Seele ein. Es war der Typ im Achselshirt. Wie hieß er nochmal? Irgendwas mit A... Albert? Alfred? Achselshirt-Heini?

„Ein Versuch ist es doch wert", verteidigte Elisabeth etwas halbherzig meine Idee. „Das würde uns alle umbringen!", jetzt wurde der Kerl richtig aufbrausend. „Und was würde das groß ändern? Raphael! Sieh dich doch mal um! Früher oder später wird hier alles zusammenbrechen und dann reißen wir alle mit in den Tod! Und du kannst mir nicht erzählen, dass das Leben hier besonders schön oder erstrebenswert wäre!", reagierte auch meine vergessene Bekannte ziemlich hitzig.

Raphael... Also doch kein A. Na ja. Auch nicht so wichtig. Wichtiger war eher, dass die Ablehnung von ihm kein Einzelfall war. Es sah eigentlich niemand sonderlich begeistert aus.

„Ist das die Karte, von der du erzählt hattest?", wollte Silberstreif ruhig wissen und betrachtete das magische Stück Papier. „Ähm, ja", antwortete ich ihr im ersten Moment ein bisschen überfordert, immerhin war der Neustart jetzt doch das eigentlich Wichtige.

„Sind diese Punkte Seelen?", erkundigte sie sich weiter. „Ich denke schon", meinte ich mit einem kleinen Schulterzucken. Gedanklich war ich immer noch eher beim Schicksal des Abgrunds.

„Sicher haben sie uns damit gefunden und unser Standort ist kein Geheimnis mehr. Das sieht ganz nach einer groß angelegten Offensive aus", zählte Silberstreif eins und eins zusammen. „Wie viele sind es?", sorgenvoll und auch eine Spur panisch kam eine Kinderseele auf uns zu. War sie so jung gestorben?

„Zu viele. Wenn sie uns hier in den Höhlen stellen, haben wir keine Chance. Und wenn wir nach oben gehen, erwarten sie uns bestimmt und unser Ende kommt genauso schnell", beurteilte die ehemalige Lichtseele unsere ziemlich ausweglose Situation.

„Wir müssen den Abgrund vorher einfach neustarten. Es wäre zwar auch ein Ende, aber wenigstens eins mit einem Sinn", kam ich wieder mit DER Lösung. Und auch dieses Mal stieß ich damit nicht gerade auf Begeisterung. „Das Leben hier ist zwar nicht toll, aber es ist wenigstens ein Leben! Das gebe ich nicht einfach auf!", beharrte Raphael unbeirrt.

Ähnliche Kommentare kamen auch von vielen anderen Seelen. Allerdings gab es ebenfalls die Gegenstimmen, die die Sache wie Elisabeth sahen: Lieber ein wenig vor der Zeit sterben und den Rest der Geisterwelt retten, als alles zu zerstören. Wahrscheinlich hatten sie genau wie Elisabeth geliebte Seelen auf der anderen Seite, die sie um nichts in der Welt gefährden wollten.

Und dann waren da noch ein paar, die die Öffnung des Abgrundes als erstrebenswert sahen, weil sie überzeugt waren, dass sie dadurch zurück ins Leben kommen würden. Die machten mir am meisten Sorgen, denn Silberstreif und Elisabeth hatten mich ja gewarnt, dass sie mich unter Umständen für ihr Ziel töten würden.

Ziemlich problematisch war, dass jeder auf seiner Meinung beharrte und eine Einigung wäre wahrscheinlich noch nicht mal in hundert Jahren möglich, geschweige denn in wenigen Minuten.

Jederzeit könnten die Schattenseelen angreifen und dann standen wir blöd da! Wir mussten handeln und damit durften wir nicht länger warten!

Vielleicht hatte Silberstreif ja recht. Auch wenn wir uns nicht einigen konnten, war der Angriff der Schattenseelen etwas, was uns alle anging und wogegen wir etwas unternehmen mussten. Ich stand immer noch voll und ganz hinter dem Neustart, doch solange wir noch keine Idee hatten, wie man es umsetzen könnte, brauchten wir einfach Zeit. Es war nötig die Schattenseelen so lange wie möglich aufzuhalten.

Also versuchte ich es statt dem ewigen Diskutieren mal mit ein wenig Kooperation: „Ich habe noch Material in meinem

Spiegel. Wir könnten noch mehr Fesselgranaten bauen. Vielleicht sogar ein paar Fallen in den Gängen aufstellen. Oder noch mehr solcher Gewehre. In einer Höhle habe ich noch einen Tarnvorhang hängen, den könnten wir für Angriffe aus dem Hinterhalt nutzen. Aber es wird nichts Tödliches hergestellt. Es ist mein Material und ich will nicht, dass damit Leben genommen werden."

Meine Klausel mit dem nicht Töten war nicht so sehr, weil ich Mitleid mit diesen Mördern hatte, ich wollte viel mehr ihre Energie im Abgrund halten, denn für den Neustart einer ganzen Welt würde jede Seele zählen. Doch diesen Beweggrund verschwieg ich lieber, ansonsten würden die anderen noch anfangen alle abzuschlachten, nur um einen Neustart auf jeden Fall zu verhindern.

Es war so anstrengend gegen die anderen arbeiten zu müssen! Gemeinsam würde es viel leichter gehen! Und es war sowieso der einzige Weg! Warum sahen sie das nicht ein?!

„So eine Waffe habe ich noch nie gesehen. Weißt du, wer die entwickelt hat?", jetzt da sich das allgemeine Durcheinander ein wenig gelegt hatte, begutachtete der tätowierte Mann mein Tintenpatronen-Gewehr. „Ähm… Das war ich", antwortete ich ihm mit einer Mischung aus Stolz und Unsicherheit. „Du gehörst zu den Schaffenden?", sein Blick war etwas zwischen verwundert und ehrfürchtig. Verständnislos schaute ich ihn an. Dann schien ihm wieder einzufallen, dass ich ja der Amnesie-Fall war und er lieferte mir netterweise eine Erklärung: „Nicht viele werkende Seelen haben die Fähigkeit neue Sachen zu entwerfen. Abwandlungen und Verbesserungen sind natürlich möglich, aber freie Erfindungen zu kreieren ist kein allzu häufiges Talent."

Noch eine Besonderheit an mir. Ob ich mich darüber freuen sollte, wusste ich nicht so recht. Für meinen Geschmack könnte ich ruhig ein bisschen normaler sein, dann wäre ich vielleicht auch kein Kandidat für einen Mord.

Wie war ich wohl früher so gewesen? Bei diesen ganzen magischen Extras war mein Leben bestimmt alles andere als normal verlaufen. Und es war wohl auch ein bisschen kurz gewesen. Nur wie war ich gestorben? Hatte mich jemand getötet, um den Abgrund zu öffnen? Nach allem was ich wusste, wäre das gar nicht mal so unwahrscheinlich.

„Ich würde vorschlagen wir bilden drei Teams. Eins hält Wache, das zweite wird aus allen gebildet, die sich mit Technik auskennen und bereitet das ganze Zeug vor und das dritte sammelt Energie, damit ich in Ilkas Traum kann. Vielleicht weiß sie mehr über den aktuellen Zustand des Abgrundes auf der anderen Seite", riss mich Elisabeth mit ihrer Planung aus meinen Gedanken. Sie war wirklich sehr zielstrebig.

„In Ilkas Traum? Du willst doch nur zu deinem dämlichen Liebhaber!", beschuldigte sie wieder die Frau mit dem Kleid aus den 1920ern. Auf dem roten Stoff fiel das Blut gar nicht mal so stark auf.

„Ich war schon früher ihre Kontaktperson! Wenn wir jetzt jemand anderen einsetzen, das wäre dämlich! Mit Wilhelm hat das nichts zu tun! Hier geht es nur darum Klarheit zu bekommen und mit jeder Minute, die wir uns streiten, vergeuden wir nur wertvolle Zeit!", verteidigte sich die Nebelseele feurig.

„Ich denke sie hat recht. Sich aufzuteilen ist logisch. Gemeinsam können wir mehr schaffen", stellte sich Silberstreif auf ihre Seite. Entweder war diesen Geistern jetzt ein Hirn gewachsen oder die Meinung der Ex-Lichtseele wog mehr, auf jeden Fall kam kein Widerspruch mehr.

Schnell hatten sich alle in Gruppen zusammengefunden und wir legten los. Wie ich es versprochen hatte, stellte ich das gesamte Material aus meinem Spiegel zur Verfügung und zusammen erschufen wir zahlreiche Geister-Gewehre, Fesselgranaten, Fallen und noch allerlei mehr. Es lief richtig gut.

Von dem Mann mit den vielen Tattoos bekam ich sogar noch ein paar Tricks und Kniffe gezeigt. Im Gegenzug brachte ich neue Ideen ein und wir entwickelten gemeinsam noch eine ganz besondere Maschine, die allerdings eher eine Resteverwertung war. Zumindest hatte ich keine Idee, wie man sie im Kampf einsetzen könnte.

Wir nannten unsere neue Kreation die Wusch-Maschine. In erster Linie konnte sie Nebel erzeugen, was weder besonders spektakulär, noch besonders wichtig war. Mit einer Trank-Basis könnte sie bestimmt auch betäubende Gase von sich geben, aber Tränke hatten wir ja keine, also war es nur Nebel.

Als Hauptmaterial hatten wir Müllsäcke benutzt, für die wir sonst absolut keine Verwendung gefunden hatten. Die Technik im Inneren war aus kleinen Drahtresten, Kristallsplittern und lauter solchen Abfallprodukten zusammengebastelt.

Das Endprodukt hatte dann fast so ausgesehen wie ein dicker Fisch, der sein Maul ganz weit aufriss. Um diesen

Eindruck zu verstärken, hatte ich ihm ein paar kleine Flossen und zwei süße Augen verpasst.

Meine Lieblingsfunktion war, dass unsere Nebelmaschine auch Ringe machen konnte. Dafür musste man die dicke Mülltüten-Konstruktion nur ein bisschen zusammendrücken und schon ploppte ein Nebel-Ring raus.

An dieser Stelle hatte ich vielleicht ein bisschen mein Inneres Kind raushängen lassen und trotz der ernsten Lage jedes Mal „Wusch!" gerufen, wenn ich einen Nebel-Ring gemacht hatte. So war unsere Erfindung nämlich zu ihrem Namen gekommen.

Während wir weiter bauten, fiel natürlich auch wieder neues Material an. Daraus fertigte ich dann noch ein paar kleine Propeller an und eine Fernsteuerung schraubte ich auch noch zusammen. Tada! Jetzt hatten wir einen fliegenden, großen Mülltüten-Fisch, aus dessen Maul Nebel sickerte. Immer noch nicht wirklich nützlich, aber lustig und süß.

Und in so tragischen alles-geht-zu-Grunde-Momenten war es doch wichtig, nicht zu verzweifeln und noch ein bisschen Spaß zu haben. Zumindest sah ich das so. Ein paar von denen, die Elisabeth halfen mit meiner Oma Kontakt aufzunehmen, wirkten eher gestört und genervt.

„Halli, hallo meine Lieben! Willkommen zu Boudicas Beautypalace!", kündigte sich das verrückte Orakel wieder an. Sofort unterbrachen alle aus meiner Gruppe ihre Arbeit und sahen sich verwirrt um, auch von der Kontakt-Gruppe ernteten wir einige irritierte Blicke.

„Das ist das aktuelle Orakel der Nebelseelen. Sie nutzt den Handspiegel für die Übertragung ihrer Schminktipps", klärte ich die anderen schnell auf und fischte mein magisches Allzweckwerkzeug aus dem Technikchaos.

Auch dieses Mal hatte sich meine Kontaktperson wieder selbst übertroffen. Am auffälligsten war wohl die Klarinette, die auf ihrer Stirn klebte und so ein bisschen einhornmäßig wirkte, allerdings auf eine sehr merkwürdige Art.

Sie hatte einen anderen Winkel gewählt, sodass man jetzt auch ihre Kleidung sehen konnte: Ein weißer Bademantel und grüne Wanderschuhe. An sich war das zwar eine nicht gerade übliche Kombi, aber für Boudicas Geschmack scheinbar immer noch zu normal. Deswegen hatte sie als Ergänzung noch einen Gürtel aus diesen scheußlichen gelben Reclam-Heften, die Deutschlehrer mit Vorliebe für ihren

Unterricht benutzen. Das i-Tüpfelchen bildete eine Kurzhantel, die sie mit einer dicken Metallkette um ihren Hals gehängt hatte.

Ich hätte davon ja schon nach wenigen Sekunden üble Nackenschmerzen bekommen, aber bei der Aktion mit den heißen Kirschbonbons auf ihren Lippen hatte ich ja schon gemerkt, dass sie bei so Sachen sehr schmerzfrei war. Ganz nach dem Motto: Wer schön sein will, muss leiden.

„Heute zeige ich euch, wie ihr zu jedem Outfit die passenden Accessoires findet!", verkündete Boudica euphorisch.

Bis jetzt hatte es hinter ihrer durchgeknallten Art immer einen Grund für ihre Einmischungen gegeben. Beim ersten Mal hatte sie mich auf meinen Spiegel aufmerksam gemacht, beim zweiten Mal hatte sie mich geweckt und auf ihre Art quasi einen Tipp zum Neustart gegeben. Was war es nun?

„Willst du mir vielleicht irgendetwas sagen?", fragte ich sie ganz direkt, auch wenn ich im Grunde schon wusste, dass sie mir nicht so einfach eine Antwort geben würde. Das wäre ja auch nicht geheimnisvoll und rätselhaft genug. Sie war immerhin ein Orakel und kein Lexikon. Leider. Ich hätte gerne einfach gewusst, was ich tun sollte.

„Natürlich Schätzchen! Sonst würde ich doch gar nicht senden!", Boudica lächelte mich an, als wäre ich ein kleines Kind, dem man etwas völlig Selbstverständliches erklären musste. „Und was wäre das?", stocherte ich weiter in ihren mehr als vagen Andeutungen.

„Man muss immer passend gekleidet sein, denn jeden Moment könnte ein überraschender Besuch kommen", enthüllte sie mir mit einem verschwörerischen Zwinkern. Sofort machte es Klick. „Die Schattenseelen", meine Erkenntnis war nicht mehr als ein Wispern.

Entgeistert schaute ich auf und blickte auf sehr viele fragend, hochgezogene Augenbrauen. „Die Schattenseelen!", wiederholte ich, dieses Mal mit deutlich mehr Nachdruck: „Hängt den Tarnvorhang auf und bewässert ihn!"

Obwohl mein Befehl ziemlich aus dem Nichts gekommen war und ohne triftige Beweise, folgten sie ihm augenblicklich. Zum Glück hatten wir ihn schon aus meiner ehemaligen Werkstatthöhle geholt und repariert gehabt.

Einer meiner Technik-Kumpel bewaffnete sich mit einem Geister-Gewehr und einer Fesselgranate und stieß dabei laut scheppernd gegen den Krimskrams-Haufen.

„Seid still!", ermahnte ich die anderen und lauschte angespannt auf die Geräusche außerhalb der Höhle. Alles war ruhig und ich spürte die zweifelnden Seitenblicke der anderen auf mir.

Flüsternd richtete sich der tätowierte Mann an mich: „Hör mal. Wir sollten vielleicht lieber weiter bauen, solange wir noch können. Das hier ist doch Zeitverschwen..."

Genau in dem Moment tauchte die erste Schattenseele im Höhleneingang auf. Mit zusammengekniffenen Augen musterte der Mann uns und ich wagte es nicht einmal zu atmen. Hinter ihm tauchten noch weitere Leute auf, alle eindeutig Krieger.

Ich konnte mir nicht erklären, woher sie die ganzen Waffen hatten, wenn wir uns alles selbst zusammenbasteln mussten. Das war doch nicht gerecht!

Viel beunruhigender war jedoch das noch feuchte Blut, auf ihren Klingen, das im dämmrigen Licht der Energierisse unwirklich glänzte. Sie waren sicher auf die Wachen gestoßen. Silberstreif und die anderen beiden, die mich hergebracht hatten, waren bei ihnen gewesen. Waren sie jetzt...

Der bloße Gedanke schnürte mir die Kehle zu. Aber sie hatten doch die Karte gehabt! Damit hätten sie doch sehen müssen, dass die Schattenseelen kommen! Es ergab keinen Sinn! Das konnte einfach nicht passieren! Sie hätten uns doch gewarnt!

„Was ist? Die Höhle ist leer, worauf wartest du?", fragte ihn eine Frau, die ganz ungeduldig an ihrem Schwertknauf spielte. „Ich weiß nicht, irgendwas stimmt hier nicht", entgegnete der unheimliche Typ und da hatte er auch Recht. „Sie haben nach dem ersten Angriff bestimmt die Flucht ergriffen und nach einem strategisch besseren Punkt gesucht. Komm, wir sollten weiter", meinte ein anderer Mann und packte ihn am Arm. „Genau. Hören wir auf, Löcher in die Luft zu starren", zischte die Frau und ihr irrer Gesichtsausdruck verpasste mir einen eiskalten Schauer.

Ja, hör auf sie und geh einfach weiter. Fieberhaft starrte ich ihn an. Mein Herz schlug so unfassbar laut. Wir waren noch lange nicht bereit für einen Angriff. Wenn sie uns jetzt entdeckten, wäre es aus. Kein Neustart, nur das Ende.

Und alles hing von einem Schritt ab. Ein Schritt und der Vorhang würde fallen...

Kapitel 19 – Ilka

Ich war mit meinen alten Klassenkollegen in einem Einkaufs-
zentrum und wollte Frau Zerezki auferwecken. Dafür brauchten wir eine Schüssel mit festgelegten Maßen, eine schillernde Flüssigkeit und anderen Krimskrams, wobei ich absolut keine Ahnung hatte, woher wir diese seltsamen Zutaten
wussten. Allerdings war das gerade auch nicht wichtig.

Während wir noch die Regale durchkämmten, kamen plötzlich ganz in schwarz gekleidete Männer, die uns aufhalten
wollten. Weil ich gerade jede Menge Plastiklöffel und Plastik-
kellen neben mir im Regal hatte, fing ich sofort an, meine Angreifer damit zu bewerfen. Dann schnappte ich mir eine der
Schüsseln für die Erweckung und verdünnisierte mich
schnellstmöglich.

Bis zum Hauptausgang war es zu weit, also lief ich zu den
Toiletten. Auf der Tür war ein ganz komischer Aufdruck, es
war keins der gängigen Symbole, sondern sah eher aus wie
ein spielendes Kind.

Plötzlich war Rita da, als Kindergartenkind und öffnete die
Tür. Hastig schlüpfte ich rein und fing ohne zu zögern an,
mich durch die Gitterstäbe vorm Fenster zu quetschen. Der
Spalt war sehr eng und logisch oder physikalisch betrachtet
wäre es unmöglich gewesen da durch zu kommen, aber in
Träumen sahen die Dinge ein wenig anders aus.

Nachdem ich mich unter größten Anstrengungen durchge-
zwängt hatte, kam ich auf der Wiese vor Widanbach raus.
Noch so eine Sache, die eigentlich keinen Sinn ergab, wenn
man darüber nachdachte.

„Ilka", sagte eine vertraute, geisterhafte Stimme hinter mir
und schlagartig wurde mir wirklich bewusst, dass das hier nur
ein Traum war. „Elisabeth", antwortete ich und drehte mich
zu ihr um. Selbst auf ihrem unbewegtem Toten-Gesicht
konnte ich ihre Sorge erkennen.

„Was ist los?", fragte ich sie alarmiert: „Geht es um Jolanda?
Ist sie bei euch?"

„Ja, Jolanda ist bei uns. Aber deswegen bin ich nicht hier,
zumindest nicht direkt. Sie hatte eine Karte bei sich, auf der
dieselben Wörter standen, die du damals auf dem Mühlstein
gelesen hattest. Jolanda ist überzeugt, dass ein Neustart die
einzige Möglichkeit ist, einen Kollaps der Welten zu verhindern. Nur weiß niemand wie das funktionieren soll",

schilderte sie mir die Lage: „Außerdem wollte ich dich fragen, was genau auf dieser Seite des Abgrunds passiert ist und wie Jolanda... gestorben ist."

Ein Neustart? Ob das klappen konnte? Und was würde dann mit den Seelen dort unten geschehen? Was würde mit Jolanda geschehen?

Aber eins nach dem anderen. Zuerst die Fragen, auf die ich die Antworten hatte: „Bei einem Kampf mit dem Interficientis habe ich den Großteil meiner Energie verloren, dennoch habe ich es geschafft zu überleben. Die Details sind unwichtig, momentan bin ich bei den Lichtseelen. Jolanda hat ihre Energie auf Theo übertragen und ist scheinbar freiwillig in den Abgrund gegangen, ich weiß auch nicht, was sie dazu getrieben hat. Wahrscheinlich hat er nur noch Bestand, weil wir beide nicht vollständig tot sind. Ihre Energie ist noch hier und meine Persönlichkeit. Mehr weiß ich dazu jedoch auch nicht."

Bedächtig nickte Elisabeth und für einen Augenblick schwiegen wir beide.

„Wir vermuten, dass der Neustart an etwas Besonderes gekoppelt sein könnte, irgendetwas, das alles symbolisiert", fing die Abgrundseele das Gespräch wieder an. Angestrengt dachte ich nach. Was könnte das Ritual eines Neustarts sein?

In meinem Kopf streifte ich durch all die Orte der Geisterwelt, wo ich schon gewesen war und mir fiel der Vergleich von heute wieder ein: Jeder magische Seelenstützpunkt hatte etwas zum Reisen, etwas Besonderes im Randbereich, ein Verhandlungsraum und noch ein Spezialplatz. Vier Bestandteile... Vier...

Genau wie der Rat der Seelen! Vier Vertreter für die Gesamtheit der Geister! Nur grüne Seelen gab es im Abgrund nicht, die wurden ja immer in ihrem eigenen Kreislauf kompostiert, aber dafür gab es da unten Wanderseelen! Damit hätten wir doch vier!

„Ilka?", bohrend musterte mich Elisabeth: „Was denkst du gerade?" „Man könnte den Rat der Seelen imitieren. Eine Nebelseele, eine Lichtseele, eine Schattenseele und eine Wanderseele angeordnet in einem kreisartigen Viereck", für den letzten Teil würde mich wahrscheinlich jeder Mathelehrer an den Ohren aufhängen.

„Ja, das würde Sinn ergeben. Aber denkst du, das alleine reicht schon für so ein großes Ereignis aus?", überlegte Wilhelms Freundin verbissen. Sie hatte recht, so einfach konnte es nicht sein. Vielleicht ein paar Worte, wie ein Zauberspruch? Nur welche? Es gab so viele Abgrund-Prophezeiungen und vom Wortlaut kriegte ich die wenigsten noch zusammen.

„Was wäre, wenn wir alles rückwärts machen, was zu diesem Moment geführt hat?", schlug ich vor und führte den Gedanken laut fort: „Zuerst die Prophezeiung auf dem versteinerten See, dann die auf der Scheibe im Mühlstein und zum Schluss die auf dem Mühlstein selbst. Das wären die in Stein gemeißelten Eckpunkte. Von Boudica gab es ja auch noch eine ganze Reihe Prophezeiungen, aber die waren ja eher informativ und nicht... magisch, oder was denkst du?"

„Du hast eine Sache vergessen", fiel es Elisabeth gedankenverloren auf: „Den Auslöser." Verwirrt zog ich die Augenbrauen zusammen. Hatte es vor diesem Steinrad schon eine Prophezeiung gegeben? Warum wusste ich davon nichts?

„Als du in die Geisterwelt gekommen bist, hat das die Grenzen verschoben. Wenn wir wirklich alles rückwärts machen, müsstest du am Ende wieder in deinen Körper und zwar für ein Leben lang", brachte sie meinen Gedankengang zu Ende.

Für ein Leben lang? Keine Geisterfreunde mehr, keine Magie, keine Poltergeist-Streiche, kein Kaffeekränzchen mit Boudica. Ich würde diese Welt vermissen. All die Abenteuer, all die komisch-verrückten Momente, all die Möglichkeiten. Aber um diese Welt zu retten, war es ein geringes Opfer, Elisabeth war im Begriff ein viel Größeres auf sich zu nehmen.

„Wenn der Abgrund in sich zusammenfällt, nur um sich gleich darauf wieder aufzubauen... Ich glaube nicht, dass die Seelen dort das überleben werden", sprach ich es direkt aus. „Ich glaube es auch nicht. Man sollte meinen, beim zweiten Mal fällt einem das Sterben leichter", in ihrer Stimme hörte ich ein trauriges Lächeln, auch wenn ihr Gesicht keine Spur davon zeigte.

„Jolanda wird auch sterben. Ich hätte sie gerne ein letztes Mal wiedergesehen", ließ auch ich mich einen Moment von meiner Trauer hinreißen und starrte ins Leere.

Doch schon in der nächsten Sekunde war ich wieder da: „Allerdings ist das vielleicht noch ein bisschen verfrüht. Noch ist nichts neugestartet worden. Die Lichtseelen haben hier so eine Art Statuengarten, mit dem man gesagte Dinge abrufen kann. Damit besorge ich uns die genauen Texte. Da ständig in den Prophezeiungen von Jolanda und mir als den ausschlaggebenden Generationen die Rede ist, würde ich sagen, sollte sie die ganzen Sprüche zitieren und dafür vielleicht in der Mitte der Vier Seelen stehen. Keine Ahnung ob das als Ritual so funktioniert, aber einen Versuch wäre es wert."

„Die Worte musst du nicht nachsehen, viele von uns haben die letzten Jahre die Entwicklungen des Abgrunds studiert. Wir führen das Ritual so schnell wie möglich durch und wenn ihr hier eine Veränderung registriert, verbindest du dich mit deinem Körper, um die Sache hoffentlich abzuschließen", an Elisabeth bemerkte ich die gleiche Mischung aus Aufregung, Anspannung und Unsicherheit, wie auch ich sie hatte.

War es überhaupt möglich, sich ein Ritual selbst auszudenken? Konnte das so funktionieren, wie wir es uns vorstellten und wünschten?

Gerne hätte ich mit dem Rat der Seelen darüber Rücksprache gehalten. Obwohl sie nur in Ausnahmefällen zu etwas klar Stellung bezogen, war es doch irgendwie beruhigend mit einer allwissenden Macht zu sprechen.

„Vielleicht sollten wir das nicht so überstürzen. Ich glaube zwar kaum, dass es, wenn es schief geht, irgendeine Katastrophe gibt, aber wir wissen es eben nicht. Und der Teil mit mir und meinem Körper könnte schwer werden. Um das vorzubereiten brauche ich Zeit und selbst mit aller Zeit der Welt kann ich nicht garantieren, dass es geht", nahm ich diesen wilden Ritualplänen ein wenig die Dringlichkeit.

Doch Elisabeth sah die Sache ein wenig anders: „Die Situation hier ist… instabil. Ich weiß nicht wie viel Zeit uns noch bleibt. Lange können wir nicht mehr warten. Entweder ein Neustart oder ein Totalabsturz!"

„Das Ganze ist nichts als raten", gab ich zu bedenken. Große Hoffnungen mussten wir uns nicht machen. Ich hatte das Gefühl mit dem Rücken zur Wand zu stehen.

„Juhu! Hallöchen! Bitte nicht böse sein!", hallte die Stimme des weißen Hasen durch meinen Traum und ich konnte spüren, wie ich langsam aufwachte. „Sag Jolanda, dass ich sie sehr lieb habe und dass es mir leid tut, sie in das alles reingezogen zu haben", bat ich Elisabeth und bei dem Gedanken *meine Enkelin endgültig zu verlieren, brannten Tränen in meinen Augen.*

„Und sag du Wilhelm, wenn das alles vorbei ist, dass ich es nie bereut habe, für ihn zu sterben und es noch tausendmal tun würde", ihre Stimme klang wie von ganz weit her. „Versprochen", ich war mir nicht sicher, ob sie es noch hören konnte.

„Und? Wie fühlst du dich? Geht es dir schon besser? Es tut mir leid, dass ich dich einfach so schlafen geschickt habe. Aber es war eine liebevolle Strenge, glaub mir. Deine Seele hat es gebraucht", plapperte Löffel vor sich hin und obwohl ich konsequent die Augen geschlossen hielt, konnte ich ihn einfach nicht ausblenden.

„Hattest du schöne Träume? Ich hab letztens davon geträumt, eine Flöte aus einer Karotte zu schnitzen. Auf der Flöte sollte ich nämlich ein richtig großes Konzert geben, doch dann hat ein Fuchs sie einfach gegessen und ich musste stattdessen singen und ich kann gar nicht singen…", redete der geistige Nager unbeirrt weiter.

Vielleicht war es ja seine Strategie mich so lange vollzutexten, bis ich freiwillig aufstand oder es war einfach nur seine Art. Auf jeden Fall hatte er damit Erfolg. Mit einem Seufzen öffnete ich jetzt doch meine Augen und stütze mich auf meine Unterarme.

„Guten Tag!", begrüßte mich das Häschen ganz euphorisch: „Es freut mich so, dass du wach bist! Ich liebe die Ruhe hier zwar, aber manchmal kann das schon ein bisschen langweilig sein. Dein Besuch hier ist so aufregend! Seit ich eine Lichtseele bin, war noch nie eine fremde Seele bei uns!"

„Ich muss bald aber wieder weg", teilte ich ihm das Ergebnis meiner Traumbegegnung etwas zusammenhanglos mit.

„Was? Aber warum?! Du bist doch gerade erst gekommen! Und du bist noch viel zu schwach, um wegzugehen! Wo willst du überhaupt hin?", mit ganz großen, traurigen Augen schaute mich Löffel an und ließ seine großen Ohren hängen. Jetzt lieferte ich ihm doch eine ausführlichere Erklärung: „Eine Abgrundseele kam im Traum zu mir und hat mich über die Lage dort aufgeklärt. Sie sehen einen Neustart als die einzige verbleibende Lösung, um einem radikalen Zusammenbruch entgegenzuwirken. Da für ein solches Unterfangen kein Wissen vorliegt, haben wir uns selbst ein mögliches

Ritual überlegt und dafür müsste ich am Ende mit meinem Körper verbunden werden, damit alles rückgängig gemacht wurde, das zur Öffnung geführt hat."

Das war doch mal eine richtig sachliche und fachliche Zusammenfassung. Die Lichtseele konnte ich damit trotzdem nicht überzeugen. Löffel hatte seinen kleinen flauschigen Kopf so elanvoll schief gelegt, dass sogar eins seiner Ohren quer über seinen Kopf hing.

„Daaaaas muss ich erst einmal mit den anderen abklären. Aber vorher will ich dir noch etwas mega Tolles zeigen! Komm mit!", unbekümmert hoppelte das Häschen los.

Hatte er mir nicht zugehört?! Es ging um unsere Welt und er wollte mir zuerst noch eine kleine Führung geben?! Was waren das denn für Prioritäten?!

Bevor ich dem Bürschchen in bester Omamanier die Leviten lesen konnte, war er schon meterweit weg und ich musste mich beeilen ihm überhaupt folgen zu können. Eifrig hakenschlagend bahnte er sich seinen Weg durch den Statuengarten. Jedoch hatte ich das Gefühl, dass wir uns dabei von der Sandfläche entfernten.

Wäre es nicht einfacher den Weg zurückzugehen, den wir auch gekommen waren? Zu warten bis wir von der Seite wieder auf das Zentrum trafen, war doch nur ein unnötiger Umweg!

Oder vielleicht auch nicht. Statt wieder am Ausgangspunkt zu landen, wie bei den Nebelseelen, landeten wir an einem sehr abstrakten Ort. Wirkliche Wände gab es nicht, es war eher eine helle Leere. Der Boden erinnerte mich ein wenig an den Nebel auf der Lichtung beim Spiegelsee, doch es waren Wolken. Als Nebelseele kannte man da den Unterschied.

„Was ist das?", wollte ich skeptisch von meinem hasenfüßigen Führer wissen. Und was sollte daran so toll sein? Wir hatten für so einen Quatsch wirklich keine Zeit!

„Mein Lieblingsort. Wir nennen es die Gedanken-Sphäre. Hier kannst du dir jeden Ort und jedes Lebewesen vorstellen. Man kann einfach ganz kreativ sein", verträumt blickte Löffel sich um und augenblicklich tauchte eine weite Wiese auf. Ein frischer Geruch lag in der Luft, wie nach einem Regenschauer.

„Jetzt sollte ich aber gehen. Wegen dieser ganzen Abgrundsache. Bleib du ruhig hier. Wir sagen dir schon Bescheid, wenn es etwas Neues gibt", und schon war das weiße Häschen einfach verschwunden und mit ihm die nette Wiese. Ich hasste es bevormundet zu werden und in letzter Zeit schien das mein Normalzustand zu sein!

„Hallo?!", rief ich in den leeren Raum und ließ ratlos meine Arme hängen. Hier würde ich wohl noch eine Weile festsitzen. Mal sehen was diese Gedanken-Sphäre so drauf hatte...

Ganz genau stellte ich mir meinen Garten vor: Den alten Birnenbaum, die wild wuchernde Wiese, die Erdbeeren, die immer von den ausbüchsenden Hühnern unserer Nachbarn rausgescharrt wurden und ganz hinten der Komposthaufen, auf den ich aus Versehen mal einen lebenden Fisch geworfen und dann wieder gerettet hatte.

Bereitwillig formte sich mein Zuhause vor mir. Fasziniert machte ich einen Schritt nach vorne und legte meine Hand auf die raue Rinde des Baumes. Ich konnte es spüren! Es war als wäre ich wirklich dort!

Am Rande meines Sichtfeldes nahm ich eine Bewegung wahr. War Löffel schon zurück? Nein, es war ein Huhn, das sich gackernd an unseren Erdbeeren zu schaffen machte. Hatten meine Erinnerungen auch den Fisch zurückgeholt? Oh nein! Der Arme!

Schnell hastete ich zum Kompost und da zappelte tatsächlich der Antennenwels. Ohne nachzudenken packte ich in die ekligen Essensabfälle und ließ ihn in den orangenen Eimer fallen, mit dem ich die extrem gewucherten Algen aus meinem Aquarium rausgebracht hatte. Eilig stürmte ich ins Haus und von dort sofort in ein Badezimmer, um dem Fisch Wasser in den Eimer zu füllen.

Das war ja gerade noch mal gut gegangen! Zum Glück waren diese Tiere hart im Nehmen. Noch ein wenig durch den Wind von dieser unerwarteten Aufregung schaute ich in den Spiegel. Zuerst lächelte ich, froh, den armen Fisch gerettet zu haben, doch dann verblasste mein Lächeln und die Erkenntnis kam zurück.

Was machte ich hier eigentlich? Das hier war nicht real. Alles hier hatte keinen Sinn. Es war nichts weiter als eine Illusion, ein Produkt meiner Fantasie. Sich etwas vorzumachen führte zu nichts.

Schon verschwand der Eimer in meinen Händen und auch die Konturen des Badezimmers fingen an zu verschwimmen.

Und schlagartig wurde mir klar, dass ich noch nicht weg wollte. Auch wenn es sinnlos und unecht war, es war doch mein Zuhause, irgendwie. Und was blieb mir hier schon außer meinen Erinnerungen und meiner Fantasie?

Das Badezimmer nahm wieder deutlicher seine Gestalt an und hinter mir im Spiegel erschien eine so vertraute Gestalt.

„Titus!", rief ich überglücklich, drehte mich um und schloss meinen Ehemann in meine Arme.

Wie von selbst war meine Seele auf die Erscheinungsform meines Körpers gealtert. Titus war für mich einfach das Symbol für mein Leben vor dem Tod. Immerhin war er es ja auch gewesen, der mich beim ersten Mal wieder zurückgeholt hatte.

Liebevoll erwiderte er meine Umarmung. Verträumt schloss ich die Augen und konzentrierte mich ganz auf seine Nähe. Sein Geruch, sein Atmen, seine Wärme. Es war so unglaublich schön bei ihm zu sein, selbst wenn es nicht real war.

„Du weißt, dass ich nur in deinem Kopf bin", musste er es laut aussprechen. „Hast du das jetzt nur gesagt, weil ich es gerade gedacht habe, oder weil du selbst als Traum-Titus noch den Realisten spielen musst?", fragte ich ihn schmunzelnd und drückte mich weiter an ihn. Am liebsten wollte ich ihn nie wieder loslassen.

„Ich glaube, es ist eine Mischung aus beidem", ich hörte das weiche Lächeln in seiner Stimme. „Vielleicht komme ich bald zurück", sagte ich ihm gedankenverloren, auch wenn er es ja sowieso schon wusste, weil wir hier in meiner Fantasie waren. Diese Situation war schon merkwürdig. Im Grunde war es nur eine völlig verdrehte Form eines Selbstgesprächs...

„Glaubst du wirklich, dass es so einfach geht? Immerhin geht es hier um den Abgrund", Titus ließ mich los und schob mich ein Stück von sich, um mich ernst anzusehen: „Du weißt, dass manchmal Opfer gebracht werden müssen."

„Jolanda ist im Abgrund! Ist das nicht als Opfer schon groß genug?! Sie hatte ihr ganzes Leben doch noch vor sich!", erwiderte ich meinem Mann, doch tief im Inneren wusste ich, dass er Recht hatte. Wenn es so einfach wäre in meinen Körper zurückzukehren, hätten die Lichtseelen nicht darauf bestanden, mich hier zu behalten.

„Nach allem was wir schon durchgemacht haben, kann es da nicht einfach ein Happy End geben?", Tränen der Verzweiflung stiegen mir in die Augen. Eigentlich sollte ich jetzt stark sein, mein Schicksal akzeptieren und alles noch bis zum Ende durchziehen. Das taten doch die Auserwählten in den Prophezeiungen. Und als Teenagerin hatte ich es ja auch schon geschafft meinen Teil zu erfüllen, sollte ich es da als gestandene Frau nicht erst recht können?

Verständnisvoll nahm mich Titus wieder in den Arm und flüsterte die drei magischen Worte: „Schon in Ordnung." So gerne hätte ich ihm geglaubt, doch wir wussten beide, dass es eine Lüge war. Nichts war in Ordnung und vielleicht würde es das auch nie wieder sein...

Kapitel 20 – Jolanda

„Ich hab die Informationen!", verkündete Elisabeth zufrieden.
Oh nein! Das konnte doch nicht wahr sein! Nicht jetzt! Wie
konnte das Timing nur so mies sein?!
Ein fieses Grinsen breitete sich auf dem Gesicht der vorders-
ten Schattenseele aus und er machte den vernichtenden
Schritt nach vorne. Augenblicklich klatschte das Wasser auf
den Boden und schwappte bis zu meinen Füßen.
Für einen Herzschlag standen wir uns alle wie Wachsfiguren
gegenüber. Ich konnte einfach nicht glauben, dass sie uns
entdeckt hatten und das nur wegen so einer blöden Kleinigkeit! Was hatten wir getan, um das zu verdienen?!
Plötzlich brachen die Schattenseelen in Kampfgeschrei aus
und stürmten auf uns zu. Sofort erwachte ich aus meiner
Starre. Irgendwie musste ich mich wehren! Ohne groß nachzudenken hechtete ich zu unserem Krimskrams-Haufen. Alles war so durcheinander. Wie sollte ich da etwas finden?!
Mir fiel nur die Fernsteuerung der Wusch-Maschine in die
Hand.
In der Hoffnung unsere Gegner damit vielleicht wenigstens
ein wenig abzulenken, startete ich den eher scherzhaften Ap-
parat. Ruhig erhob er sich in die Luft und stieg immer weiter
auf, während Nebel in sanften Wogen aus der Öffnung sickerte.
Gerade wirkte diese spielerische Gelassenheit vollkommen
fehl am Platz.
Einige andere Seelen hatten die gleiche Idee gehabt wie ich
und bedienten sich auch an unserem Werkhaufen, allerdings
warfen die irgendwie mit jeder Menge Fesselgranaten um
sich. Wieso hatte ich keine finden können?! Was war hier nur
los?!
Wir hatten doch erst eben kämpfen müssen! Ich kam da nicht
mehr mit! Das war zu viel!
In all dem Chaos sah ich meinen noch aufgeklappten Handspiegel liegen. Den durften diese Schattenmörder unter keinen Umständen in die Finger bekommen! Er war zwar leergeräumt aber immer noch mein größter Schatz. Schnell
steckte ich ihn in meine Hosentasche.
Uns waren die Fesselgranaten ziemlich ausgegangen. Um
unsere Angreifer irgendwie auf Abstand zu halten, hatten

einige angefangen wahllos Zeug zu werfen. Mit meinen miserablen Wurfkünsten konnte ich das gleich vergessen.

Die Frau im roten Kleid, griff nach einem der Notizbücher, die im Spiegel gewesen waren, um es zu werfen. Sofort hielt ich ihre Hand zurück. Irritiert schaute sie mich an. „Die nicht", sagte ich schlicht und nahm das Buch. Jetzt hatte ich auch eine sinnvolle, wenn auch wenig kriegerische Beschäftigung. Wie eine Besessene wühlte ich in dem Schrott nach allen Büchern und verstaute sie wieder im Spiegel. Es sah schlecht für uns aus. Wir hatten nicht genug Zeit gehabt, um uns wirklich vorzubereiten und mir war klar, dass wir diesen Kampf wahrscheinlich nicht gewinnen würden. Und wenn es tatsächlich so kam, sollte den Schattenseelen nicht noch das technische Wissen aus diesen Büchern in den Schoß fallen. Ich wollte mir gar nicht vorstellen, was sie alles damit machen könnten.

Hinter mir gab es einen lauten Knall, der mich total zusammenfahren ließ und ein stechendes Piepen in meinen Ohren hinterließ. Verzweifelt konzentrierte ich mich weiter auf die Bücher. Am liebsten wollte ich gar nicht wissen, was das gewesen war, am liebsten wollte ich gar nichts davon wissen.

Durch diesen schrillen Ton, der in meinem Schädel brutal hallte, hörte ich kaum noch den Kampf um mich herum. Alles verschmolz zu einem dumpfen, seelenlosen Brei. Und ich kniete in einem Haufen Material und wühlte nach Notizbüchern!

Das alles hier konnte nicht wahr sein! Dieser ganze Ort war doch verrückt! Es musste ein Traum sein! Ein langer, verworrener Traum, der sich wahnsinnig real anfühlte…

Plötzlich wurde ich auf den Boden geschleudert. Heiser vermischte sich mein Schrei mit dem kreischenden Scheppern des Metalls, als ich voll in den Werkhaufen stürzte. Jemand drückte mich runter!

Panisch versuchte ich mich frei zu kämpfen. Einige scharfkantige Metallstücke schnitten mir in die Haut, doch der Schmerz kam gar nicht richtig bei mir an. Jeden Moment würde ich sterben und auch wenn ich mir mit aller Macht wünschte, dass es nur ein übler Alptraum war, wusste ich tief im Inneren, dass ich nicht aufwachen würde, dass ich nie wieder aufwachen würde.

Atemlos schaffte ich es frei zu kommen. Wie gelähmt starrte ich auf die Seele vor mir. Es war der tätowierte Mann, mit dem ich die ganze Zeit gearbeitet hatte. Er fing schon an sich aufzulösen. Fassungslos starrte ich ihn an und schon war er einfach so verschwunden.

Ich hatte ihn zwar noch nicht lange gekannt, aber er war eine gute Seele gewesen und es war schön gewesen mit ihm zu werken... Dass er jetzt tot war, kam mir so falsch vor. Eben war doch noch alles friedlich und gut gewesen...

Auf einmal packte mich jemand fest an der Schulter. Ohne nachzudenken hob ich ein längliches Metallstück auf und stach damit nach meinem Angreifer. Doch seine Reflexe waren zu schnell und er wich mir aus.

Stattdessen traf ich mit meiner improvisierten Waffe die Felswand und zwar mitten auf einem dünnen, schwach glühenden Energieriss! Sofort krampfte sich meine Hand zusammen und heiße Energie jagte durch meinen Körper.

Jemand riss meinen Arm runter und unterbrach damit meine Verbindung zu dieser fiesen Stromquelle. Als ich wie vom Blitz getroffen nach hinten kippte, fing mich dieser Jemand auf und schrie mich an: „Jolanda! Ich bin's!"

Meine Finger zuckten immer noch und alles kribbelte abartig. Jetzt verstand ich die Warnung, die Finger von den leuchtenden Spalten zu lassen, richtig. Die hatten es echt in sich.

Mit zusammengekniffenen Augen musterte ich den mysteriösen Jemand. Mir ging das alles hier immer noch entschieden zu schnell und ich war sehr weit davon entfernt den Durchblick zu haben.

„Silberstreif?!", fragte ich sie verständnislos. Aber sie war doch bei dem Wachtrupp dabei gewesen... Waren sie doch nicht erwischt worden? „Komm mit!", befahl sie, ohne mir eine Erklärung zu liefern. Allerdings war momentan wahrscheinlich auch nicht ganz der richtige Zeitpunkt für lockere Gespräche.

Stolpernd ließ ich mich von ihr durch die Kämpfenden ziehen. Manchmal stieß sie jemanden weg, manchmal stieß jemand gegen uns. So oder so schaffte ich es kaum gerade zu gehen. Wo wollte Silberstreif mit mir hin? Wir würden hier beide sterben! Oh Gott! Das war mein Ende!

Und dann gab es plötzlich wieder einen Knall, so laut, dass ich das Gefühl hatte, er würde mein Trommelfell zerreißen. Vor grenzenlosem Schreck zuckte ich zusammen und landete endgültig auf dem Boden. Aua! Ich hatte mein Knie aufgeschlagen. Mist! Aber besser als tot zu sein. Was war das überhaupt gewesen?!

In meinen Ohren surrte und piepte es immer noch. Mühsam stemmte ich mich hoch. Jemand stolperte über mich. Der Tritt in den Magen ließ mich laut Aufstöhnen und ich rollte mich instinktiv zusammen, um mich so zu schützen, was natürlich gar nichts brachte.

Konnte dieser Alptraum nicht einfach vorbeigehen?!

„Jolanda! Steh auf!", schrie mich Silberstreif an und ich spürte wie jemand an mir zerrte. „Nein!", wehrte ich mich nur völlig hinüber. Ich wusste zwar nicht mehr wer ich war, aber eine Kämpferin ganz bestimmt nicht! Es sollte einfach nur aufhören!

„Jolanda!", wiederholte die ehemalige Lichtseele eindringlich und dieses Mal zog sie mich einfach so auf die Beine. Fast hatte ich vergessen, dass sie ja übermenschliche Kraft hatte. Wieso hatte ich sowas nicht?! Oder warum verwandelte sie sich nicht einfach wieder in einen Zentauren und preschte durch die Menge?!

„Komm! Wir sind fast da!", brüllte sie mich an. Vielleicht hätte ich ihr eher geglaubt, wenn in ihrem Gesicht nicht dieser gehetzte Ausdruck gelegen hätte, oder wenn es in diesem erbarmungslosen Chaos einen Ort gäbe, an den man gehen konnte.

Silberstreif war das egal. Eisern zog sie mich weiter durch das Getümmel. Ich war wie betäubt, alles rauschte einfach nur an mir vorbei. Und dann standen wir plötzlich vor der Felswand.

Wollte sie hier Stellung beziehen, weil keine Feinde von hinten kommen konnten? Warum waren wir da nicht hinten auf der anderen Seite geblieben? Was war ihr Plan? Und wieso verdammt noch mal, hetzte sie mich nur von A nach B ohne mich in irgendwas einzuweihen?!

„Hier!", rief sie und ich verstand nur Bahnhof. Was war denn hier?! Was?! Natürlich bekam ich keine Antwort. Silberstreif zerrte mich einfach nur zu Boden. Zuerst sollte ich aufstehen, jetzt sollte ich mich hinsetzen, konnte sie sich mal entscheiden?!

Dann sah ich es. Eine Spalte! Zwischen den Schatten des zerklüfteten Felsens fiel sie gar nicht auf! Dort könnten wir uns verstecken! Ja! Jetzt ergab es einen Sinn!

Auffordernd legte mir Silberstreif die Hand auf den Rücken und drückte mich ein bisschen in Richtung Spalte. Ohne mich länger störrisch zu stellen, krabbelte ich rein.

Das letzte was ich von den Kämpfenden mitbekam, war wie eine Schattenseele einen Speer auf Silberstreif rammte, die jedoch spielend auswich und ihm bestimmt ordentlich in den Arsch trat. Den genauen Ausgang bekam ich nicht mehr mit, ich sah zu, dass ich mich schnell verdrückte. Und kurz danach erhellte mir Silberstreifs Leuchtnebel einen felsigen, engen Gang vor mir, sie musste also gewonnen haben. Kein Grund sich Sorgen zu machen.

Ich weiß, dass das das Verhalten eines Feiglings war und ich wollte eigentlich keiner sein, aber ich war so unglaublich froh endlich von diesem Alptraum weg zu sein und nichts und niemand konnte mich dorthin zurückbringen.

Schwerfällig quetschte ich mich durch den Gang. Immer wenn ich hängen blieb, hatte ich die Panik nie wieder raus zu kommen, doch selbst das wäre besser als jetzt raus zu müssen. Dieses beengte Gefühl war schrecklich. Man hatte das Gefühl kaum noch Luft zum Atmen zu haben.

Seltsam hohl klangen die Geräusche der Schlacht in die Spalte und ich fühlte mich schuldig, die anderen im Stich gelassen zu haben. Aber was hätte ich schon tun können?

Endlich weitete sich der felsige Tunnel und ich kroch in eine kleine Höhle. Hier war sehr wenig Platz, besonders weil schon drei andere Personen hier waren. Etwas schwerfällig richtete ich mich auf, damit ich nicht wie bei einer Hinrichtung vor ihnen kniete. Außerdem taten mir meine Knie vom ganzen Krabbeln tierisch weh.

Ich konnte Elisabeth erkennen, bei den anderen beiden war ich mir nicht sicher.

Der eine trug eine rote Regenjacke und Jeans, was ja dafür sprach, dass er noch nicht so lange tot war, der andere hingegen sah aus wie eine wandelnde Jagdtrophäe. Überall Tierpelze und Zähne und ausgestopfte Tierköpfe und so ein Zeug. Entweder stammte er aus einer Zeit, als es noch nichts anderes als Felle zum Anziehen gab, oder er war wirklich ein extremer Jäger. So oder so war er mir irgendwie unheimlich.

„Tobi ist eine Wanderseele und Spezialist für den Abgrund. Richard ist eine übergelaufene Schattenseele. Mit mir als Nebelseele und Silberstreif als Lichtseele sollten wir alles für dieses Ritual haben. Also ziehen wir es durch, bevor wir keine Zeit mehr haben", klärte mich Elisabeth mit eiserner Entschlossenheit auf und ein weiterer Knall untermalte ihre dramatischen Worte.

Ein paar Steinchen rieselten von der Decke herab. Dass wir nicht mehr viel Zeit hatten, war überdeutlich.

„Also. Wir stellen uns in einen Kreis und du in die Mitte", ging die Nebelseele sofort zur Durchführung über. Beklommen nahm ich meinen Platz in unserer winzigen Höhle ein. Klammheimlich das Ende aller Seelen hier herbeizuführen, während nur einen Katzensprung entfernt eine Schlacht tobte... Das alles kam mir so unwirklich vor.

„Ich diktiere dir alles und du sprichst es mir nach. Oder sollen wir es im Chor sprechen?", fragend schaute Tobi zu Elisabeth. „Ich würde sagen im Chor, es ist besser, wenn es zu viele sagen, als zu wenige", antwortete ihm meine vergessene Bekannte. Scheinbar hatte sie selbst auch keinen wirklichen Durchblick. Nicht gerade beruhigend.

„Also, der Spruch auf dem See lautet:

Das Schicksal besiegelt
der Abgrund entriegelt
ein letztes Opfer wird erbracht
und es tobt die vernichtende Schlacht.

Dann in dem Mühlstein:

Es braucht drei Opfer, für drei Orte
zwei Generationen zum Öffnen der Pforte
ein See erstarrt zu Stein
durch Seelen jung und rein
nur die Wanderer können es wagen
im Herzen sie den Schlüssel tragen
doch sind sie es nicht, die den Zauber sprechen
und die Bande der Welt mit Liebe zerbrechen.

Und auf dem Mühlstein hatten wir ja schon, das ist der kleine Spruch: So blau die Flut, so rot das Blut, letztes Leben, hier gegeben. Sind alle bereit? Ich sage es noch einmal, damit ihr es euch besser merken könnt", aus der einmaligen Wiederholung wurden am Ende fünf bis ich endlich das Gefühl hatte, die Worte richtig im Kopf zu haben.

Für die Schule hatte ich schon deutlich längere Gedichte auswendig lernen müssen und an sich waren die paar Zeilen auch nicht schwer, doch der Druck und alles verwandelte die Worte in einen klebrigen Brei.

„Ich zähle bis drei. Dann beginnen wir", legte Silberstreif mit einer angespannten Gefasstheit fest: „Eins... Zwei..." Ich hatte das Gefühl gleich ohnmächtig zu werden oder einen Herzinfarkt zu bekommen. Meine Brust schnürte sich zusammen, mein Atem ging flach, Lampenfieber war gar nichts dagegen!

„Drei", und schon fingen wir an. Konzentriert sprach ich mit den anderen die magischen Prophezeiungen und hatte dabei solche Angst mich zu versprechen, dass mir meine Zunge kaum noch gehorchte.

Dann kamen wir zum letzten Spruch, der auch auf der Karte gestanden hatte. Zwölf Wörter, dann war es zu Ende. Aber es wäre kein schönes Ende. Ja, sich für die Weltrettung zu opfern war besser, als wie ein unwichtiger Niemand im Kampf abgemetzelt zu werden, doch es war immer noch der Tod.

Zum ersten Mal kamen mir wirklich Zweifel. Dabei konnte ich doch sowieso nichts ändern! Egal was ich tat, ich konnte nicht leben! Da konnte ich mir doch wenigstens den besseren Tod aussuchen!

Als Elisabeth merkte, dass ich aufgehört hatte, starrte sie mich verwirrt an und auch die Blicke der anderen waren eine Mischung aus Vorwurf, Wachsamkeit und Angespanntheit. Schnell beeilte ich mich die Worte runter zu rattern und zu den anderen aufzuschließen.

„Letztes Leben, hier gegeben", schlossen wir schicksalshaft ab.

Plötzlich gab es einen grellen Lichtblitz, der mit seiner Helligkeit für einen Wimpernschlag alles auslöschte. Das war es also, das Ende.

Kapitel 21 – Ilka

Verzweifelt schloss ich meine Augen und fiel plötzlich nach vorne. Verwirrt schaute ich mich um. Titus war weg, genauso mein Zuhause. Ich war wieder in diesem abstrakten Gestaltungsraum der Lichtseelen und obwohl ich es die ganze Zeit gewusst hatte, traf mich die Erkenntnis, dass alles nur eine Illusion gewesen war, hart.

Es war alles so schön vertraut gewesen, so richtig.

Verloren blieb ich sitzen. Noch einmal in eine Fantasiebegegnung abzutauchen kam mir dämlich vor, als würde ich mich nur selbst belügen und die Augen vor der kalten Wahrheit verschließen. Aber wenn ich nichts tat und einfach nur wartete, würde ich sicher durchdrehen.

Warum musste alles nur so schrecklich falsch laufen?! Warum musste Jolanda im Abgrund sein und ich hier?! Ich hatte es angefangen, es war meine Schuld, ich sollte es auch beenden!

Um mich herum wurde es dunkler und bevor mir überhaupt wirklich bewusst war, wohin mich meine Gedanken brachten, bildete sich um mich herum der Kerker der Schattenseelen. Dort hatte ich nicht vor, meine verbleibende Zeit als Geist zu verbringen.

Doch als ich meine Augen schloss um mir den leeren Raum vorzustellen, hörte ich plötzlich eine bekannte Stimme: „Ilka." Alles war nur in meinem Kopf, ich könnte ihn kinderleicht ignorieren. Trotzdem öffnete ich meine Augen wieder und jenseits der Gitterstäbe sah ich ihn in der Halbdunkelheit stehen.

„Gustav", antwortete ich anklagend. „Es tut mir leid, dass es so weit gekommen ist", sagte er mit einer Gefasstheit, die mich nur noch wütender machte. „Das Einzige, das dir leid tut, ist doch, dass du jetzt in Boudicas Kerker sitzt!", entgegnete ich voller Zorn: „Ich hätte dich nie von den Schattenseelen befreien sollen!"

Genau das Gespräch hatten wir schon einmal geführt, als ich ihn das erste und einzige Mal in seiner Gefangenschaft besucht hatte. Eigentlich hatte ich mit ihm reden wollen, ihn nach dem Grund fragen, versuchen zu verstehen, wie er von meinem Fels in der Brandung zu einem Verräter hatte werden können. Doch schon allein sein Anblick hatte mich so unglaublich wütend gemacht und ich war wieder gegangen, bevor er wirklich zu Wort kommen konnte.

Dieses Mal war es anders. Ich war in meiner alten Zelle eingesperrt. Selbst wenn ich wollte, könnte ich nicht weg.

„Ilka, das was du vorhast wird nicht funktionieren. Das weißt du selbst. Du hast zu wenig Energie. Wenn die Lichtseelen es schaffen, dich mit deinem Körper zu verankern, wirst du mit ihm sterben und niemand weiß dann, was mit deiner Seele passiert. Vielleicht bist du für immer zwischen Leben und Tod gefangen, alleine, verloren", sprach Gustav das aus, woran ich nicht denken wollte.

„Und was schlägst du vor?! Soll ich etwa einfach hierbleiben und alles zerbrechen lassen?!", entgegnete ich und fing an, aufgebracht auf und ab zu schreiten. Ich fühlte mich so ruhelos wie schon lange nicht mehr, was vielleicht auch damit zusammenhing, dass ich nichts tun konnte, außer Selbstgespräche mit projektzierten Personen zu führen, die ich nicht einmal leiden konnte! Es war zum Verrücktwerden!

„Wende dich an die Wanderseelen. Als Jolanda ihre Energie aufgegeben hatte, konnte sie durch die Verbindung mit Theo weiterleben. Das Gleiche könnten sie mit dir und Titus machen. Durch die grünen Seelen und die Lichtseelen wurdest du schon gestärkt, es könnte funktionieren. Eine Energieteilung wäre deine beste Chance", erklärte die verräterische Nebelseele vollkommen nüchtern.

Überrascht von dieser Idee blieb ich für einen Moment stehen. Die Wanderseelen? Sie hatten doch erst dafür gesorgt, dass es soweit kommen konnte! Man konnte ihnen nicht trauen! Genauso wenig wie Gustav! Wie kam er überhaupt darauf, dass ich ihm glauben würde?!

Nach allem was er getan hatte...

„Vergebung ist der einzige Weg, um zu überleben. Nur gemeinsam kann alles ein gutes Ende finden", spielte der Gefangene den weisen Ratgeber. „Das musst du gerade sagen!", freudlos lachte ich auf: „Wo war dein Gemeinschaftsgefühl, als du uns an die Wanderseelen verkauft hast?"

„Das hat damit gar nichts zu tun. Hier geht es um mehr. Willst du, dass die Welt an deiner Verbohrtheit zugrunde geht?", redete er mir mit herausfordernd hochgezogenen Augenbrauen ins Gewissen.

Ich hasste es, dass er Recht hatte!

„Nimm es dir nicht so zu Herzen. Ich bin nur hier, um dir die Gedanken aufzuzeigen, die du nicht sehen willst. Manche Wahrheit ist schwer zuzulassen. Das ist in Ordnung. Auch deine Wut ist in Ordnung. Aber du musst es schaffen das zu überwinden, um deiner selbst Willen und möglicherweise auch für die gesamte Existenz. Ohne die Magie der Wanderseelen kannst du vielleicht nicht den letzten Schritt gehen. Dann war alles umsonst", Gustav schenkte mir sein liebes, ungebrochenes Lächeln, mit dem er mich damals im Kerker vor der Verzweiflung gerettet hatte.

In diesem Moment fühlte ich mich wieder genauso klein und hilflos wie damals. Es war schrecklich.

„Ich werde immer für dich da sein", versprach mir Titus und streckte seine Hand durch die Gitterstäbe. Dankbar griff ich sie und schlagartig löste sich alles auf.

Genau wie letztes Mal, als ich aus meiner Illusion gefallen war, brauchte ich einen Moment um wieder anzukommen. Diesen Raum zu formen, war ein bisschen wie träumen, man verlor sich nur allzu leicht in der irrealen Welt.

„Der Ort wo du warst, war ja gar nicht schön", kommentierte Löffel und schüttelte sein strahlend weißes Fell. „Manchmal ist das Leben nicht schön", erwiderte ich, immer noch ein wenig in Gedanken. „Nicht so düster denken", meinte das Häschen und tätschelte mir tröstend den Fuß.

„Und was kam bei eurem Treffen raus? Könnt ihr mich zurück in meinen Körper schicken?", hielt ich mich nicht länger mit Träumereien auf. „Wir könnten es versuchen, aber das würde mit hoher Wahrscheinlichkeit dafür sorgen, dass dein Körper kollabiert und wir könnten nichts mehr für dich tun. Und wenn du dich auflöst, könnte das den Abgrund endgültig entriegeln, das ist ein zu großes Risiko", enthüllte mir Löffel die schlechten Nachrichten, mit denen ich im Grunde schon gerechnet hatte.

Kurz zögerte ich und dachte an mein Gespräch mit dem Phantom-Gustav zurück. Es könnte wirklich ein Ausweg sein...

Den Blick ins Leere gerichtet, sprach ich es aus: „Was ist mit den Wanderseelen? Das Ritual zur Seelenverbindung, wäre das vielleicht eine Lösung?" Für einen Moment dachte Löffel angestrengt nach und man konnte ihm regelrecht ansehen, wie es in seinem Köpfchen arbeitete.

„Die Wanderseelen sind dafür bekannt, den Abgrund öffnen zu wollen. Denkst du wirklich, sie würden uns bei diesem „Neustart" helfen?", meinte das Häschen schließlich überlegt. „Dafür dass ihr die heilige Fraktion der Nächstenliebe seid, habt ihr sehr wenig Vertrauen in andere Seelen", drückte ich mich vor einer direkten Antwort.

„Du verwechselst Gutherzigkeit mit Gutgläubigkeit. Wir halten uns vielleicht aus den Angelegenheiten der anderen Seelen größtenteils raus, aber das heißt nicht, dass wir die Dinge nicht sehen wie sie sind", spielte der aufgedrehte Nager ein bisschen die weise Lichtseele.

„Dann seht ihr ja auch, dass der Abgrund im Begriff ist auseinander zu brechen. Mit einem Neustart könnten wir alles wieder stabilisieren bevor die Situation vollkommen unkontrollierbar wird", redete ich auf meinen sprunghaften Begleiter ein.

„Du bist sehr impulsiv. Aber hier geht es um zu viel, als das wir uns voreilige Entscheidungen erlauben dürften", irgendwie war mir der verrückte Hase lieber gewesen, als dieser inder-Ruhe-liegt-die-Kraft-Guru. „Akute Situationen brauchen aber manchmal schnelle Entscheidungen und hierbei handelt es sich um so eine tickende Zeitbombe! Wenn wir zu lange warten, könnte es schon zu spät sein!", widersprach ich Löffel aufgebracht.

„Wir werden uns darüber beraten", mit diesen bedächtigen Worten wollte er schon wieder weghoppeln. „Oh nein! Du lässt mich hier nicht nochmal einfach so stehen und entscheidest über meinen Kopf als wäre ich ein Kleinkind! Hier geht es um mein Leben und die Gefahr, die ich verursacht habe! Ich werde mitkommen!", stellte ich eisern klar.

„Deiner Seele tut es nicht gut diesen Ort zu verlassen. Du solltest lieber hierbleiben. Umso schwächer du bist, desto unwahrscheinlicher wird es, dass eine Seelenverschmelzung funktioniert. Es wäre besser dich so lange zu schonen", argumentierte der kleine Klugscheißer nervig plausibel.

Wieso mussten neuerdings immer alle in Diskussionen mit mir recht haben?!

„Was hältst du davon mit auf die Ebene zu kommen? Dann wärst du nicht mehr so alleine und könntest mit anderen Seelen reden?", schlug mir Löffel freundlich einen Kompromiss vor. Toll, noch mehr Heilige, die in allem recht haben konnten. Aber wenn ich hier noch länger in meinem eigenen Kopf blieb, würde ich noch wahnsinnig werden.

„Also gut", nahm ich sein Angebot mit einem Seufzen an. Mein Leben war wirklich schon mal besser und vor allem selbstbestimmter gewesen.

Geschlagen trottete ich hinter meinem energiegeladenen Führer hinterher und bald schon wurde die helle Leere des Gedankenraums vom Statuengarten abgelöst. Und noch ein gutes Stück weiter breitete sich wieder der Meeresgrund-sonst-noch-was aus.

„Wir werden uns beeilen", versprach mir die kleine Lichtseele noch und war schon wie der Blitz weg gehüpft. Da wäre ich also nun und wusste mal wieder nichts mit mir anzufangen. Mit meinem Fuß kickte ich gegen den Sand und eine kleine Wolke stob schwerelos auf.

Unwillkürlich musste ich daran denken, wie ich jedes Mal, wenn wir in der Schule auf dem Sand Volleyball gespielt hatten, dort mit meinen Füßen sinnlos kleine Häufchen zusammengescharrt hatte, bis der Ball mal in meine Richtung geflogen war und ich ihn entweder voll verfehlt oder total in die falsche Richtung geschlagen hatte. Das war schon eine Zeit gewesen…

Eine leise Melodie wehte zu mir rüber. War das immer noch dieser Jesus-Flötenspieler? Auf jeden Fall schadete es ja nicht, mal vorbeizugucken. Und ihn vielleicht zu fragen, ob er wirklich Jesus war. Den Begründer des Christentums zu treffen, wäre wirklich interessant. Ich würde gerne mal seine Meinung zur Kirche hören.

Vielleicht gab es hier ja auch noch andere berühmte Personen. Wie zum Beispiel Martin Luther King oder Gandhi. Wäre doch ein toller Zeitvertreib mit denen eine nette Gesprächsrunde zu machen. Wenn ich schon im Treffpunkt der Pazifisten war, konnte ich das doch ruhig ausnutzen.

Aber eins nach dem anderen. Zuerst würde ich der Musik folgen und sehen wohin sie mich brachte.

Wie ein Astronaut auf dem Mond machte ich ganz seltsam schwebende Sprung-Schritte. Obwohl alles im Moment so ernst war oder vielleicht auch gerade deswegen, konnte ich mir bei dieser Vorstellung ein kleines Grinsen nicht verkneifen.

Kosmisch bewegte ich mich über die Ebene und versuchte zur Quelle der Musik zu kommen, was sich wirklich leichter anhörte, als es war. Die Musik schien von überall zu kommen! Waren es vielleicht mehrere Musiker oder lag es einfach nur an einer Art überirdischen Akustik?

Aufgrund dieser widrigen Bedingungen folgte ich nicht gezielt der sanften Melodie, sondern irrte viel mehr in eine x-beliebige Richtung. Nirgendwo war ein Lebenszeichen zu sehen. Wo trieben sich denn die ganzen Lichtseelen rum? Sie waren doch die ganze Zeit nur an ihren magischen Orten! Hier müsste es eigentlich vor Geistern nur so wimmeln! Außerdem hatte mich Löffel doch extra hierher gebracht, damit ich eben nicht mehr alleine war! Was für eine Lüge!

Schließlich wurde mir meine mysteriöse Suche zu blöd. Ich hatte das Gefühl im Kreis zu gehen und es war einfach frustrierend, dass es nicht voran ging!

„Hallo?!", rief ich laut in die harmonische Ruhe. Keine Antwort. „HAAALLOOOO!!", wiederholte ich mit deutlich mehr Nachdruck. Als ich auf meine Antwort lauschte, fiel mir auf, dass die Musik verstummt war. War das jetzt ein gutes Zeichen? Sollte ich noch einmal versuchen, mich bemerkbar zu machen?

„Ilka", begrüßte mich eine ruhige Stimme aus dem Nirgendwo. Verwirrt sah ich mich um. Mit einem glockenhellen Lachen kam eine geflügelte Frau von oben herabgeschwebt. Ich hatte ganz vergessen, hochzusehen. Hätte ich vielleicht mal früher dran denken sollen. Dort oben hockte nämlich ein kleines, wild gemischtes Orchester.

Weil man für die meisten Instrumente ja einen Mund oder zumindest Hände brauchte, waren die meisten teilweise menschlich, abgesehen von einem Kraken, der vor einer Harfe saß und einem Affen vor dem Glockenspiel. Ansonsten hatten fast alle noch Tierattribute in ihrer Erscheinung, wie diese Vogelfrau, die man durchaus für einen Engel halten könnte, wenn man das hier als Himmel interpretierte.

„Willst du mit uns spielen?", bot mir die geflügelte Lichtseele an. Ich fragte mich welcher Vogel sie zu Lebzeiten wohl gewesen war. Ein waschechter Ornithologe hätte das wahrscheinlich kinderleicht allein an ihren Flügeln erkannt, nur war ich nun mal nicht vom Fach.

Aber bevor ich anfing Fragen zu stellen, sollte ich lieber erst einmal auf ihre antworten: „Ich fürchte ich bin nicht besonders musikalisch." „Das macht nichts", versicherte mir die Vogeldame mit einem warmen Lächeln. Wenn ich es schon so angeboten bekam, konnte ich ja schlecht nein sagen, also entschied ich mich für ein: „Ich kann's ja mal versuchen."

Auffordernd hielt mir die tierische Frau ihre Hand hin. Hier würde mir niemand etwas antun, also griff ich ohne zu zögern zu. Sofort schlug sie kräftig mit ihren eindrucksvollen Flügeln und hob mit mir im Schlepptau ab.

Physikalisch war das mal wieder unmöglich. Mit dieser Flügelgröße könnte man nie und nimmer zwei Personen tragen, aber das war ein übernatürlicher Ort und die Schwerkraft zählte hier sowieso nicht wirklich.

Eigentlich hatte ich doch schon an meinem allerersten Tag in der Geisterwelt gemerkt, dass hier die Dinge anders lagen als im Leben. Diese Vergleiche waren überflüssig. Warum verfiel ich seit Neustem immer wieder in alte Muster?! Das ging mir langsam echt auf den Keks! Ich wollte nicht ständig in meinen Erinnerungen festhängen!

„Gräme dich nicht. Die Gedanken sind ein wundervoller, freier Ort. Zeit dort zu verbringen ist keine Schande sondern ein Geschenk", philosophierte das menschliche Vögelchen. Ich ließ es einfach unkommentiert.

Für einen Moment überlegte ich die Chance zu nutzen und jetzt nach den friedliebenden Berühmtheiten zu fragen, doch die tiefsinnigen Gespräche, die ich mit ihnen führen könnte, würden wahrscheinlich genauso verlaufen wie diese Motivationssprüche und wenn ich ehrlich war, hatte ich darauf überhaupt keine Lust. Dann doch lieber ein bisschen auf irgendeinem Instrument klimpern.

„Macht ihr euch eigentlich keine Sorgen um den Abgrund und alles?", fragte ich ein wenig verwirrt von ihrer unbeschwerten Einstellung. Irgendwie kam mir das alles falsch vor, unpassend. Und ich saß voll zwischen den Stühlen.

„Du kennst die Antwort auf diese Frage bereits. Wir sehen das Gute und halten nicht am Schlechten fest", bekam ich wieder eine schwammige Pseudo-Erklärung. Na gut, lassen wir es einfach so stehen.

Mittlerweile waren wir auf einer Höhe mit den anderen Musikern. Hier würde ich mir die Zeit schon irgendwie vertreiben.

„Welches Instrument hättest du gerne?", erkundigte sich ein pelziger Mann freundlich. „Eine Trommel vielleicht?", schlug ich aus dem Bauch heraus vor, das konnte ja nicht so schwer sein.

Sofort tauchte aus dem Nichts eine kleine Trommel auf.

„Danke", sagte ich und war jetzt doch ein bisschen ratlos.

„Spiel einfach mit deinem Herzen", riet mir der Oktopus und zupfte mit sechs Armen gleichzeitig an den Seiten der Harfe.

Allerdings schaffte er es irgendwie, dass es nicht chaotisch sondern verträumt klang.

Etwas zaghaft schlug ich mit der flachen Hand auf die Trommel. Aufmunternd nickte mir die Vogelfrau zu und stimmte einen leisen, hohen Gesang an, der ein wenig an Vogelzwitschern erinnerte.

Immer noch ohne jedes Rhythmusgefühl klopfte ich auf meiner Trommel rum, während die anderen ziemlich professionell musizierten. Hieß es nicht Musik hätte etwas Befreiendes an sich? Davon spürte ich reichlich wenig. Es fühlte sich eher so an, als wäre ich Teil eines Witzes, den ich nicht richtig verstand.

Träge wiegten die Leuchtblumen unter uns in der geisterhaften Strömung und genauso träge verstrich die Zeit. Ständig schweiften meine Gedanken zu Jolanda. Hoffentlich ging es ihr gut... so gut wie es jemandem gehen konnte, wenn er im Begriff war für das Allgemeinwohl zu sterben.

Plötzlich tauchte etwas Dunkles in all dem Weiß auf, doch bevor ich es richtig erkennen konnte, war es wieder weg. Scheinbar hatten auch die anderen Musiker es bemerkt, denn sie verstummten alle. Was war das gewesen?

Ein Schrei zerfetzte die Ruhe. Beunruhigt schaute ich zu den Lichtseelen, aber auf ihren Gesichtern sah ich dieselbe Ratlosigkeit wie bei mir. Wachsam wandte ich meinen Blick wieder auf die Ebene.

Flimmernde Gestalten tauchten auf und verschwanden, undeutliche Geräusche erfüllten die Luft. Das kam nicht von hier... Der Abgrund. Es hatte begonnen.

Kapitel 22 – Jolanda

Krachend riss die Felswand auf und eine regelrechte Steinchenlawine regnete auf uns herab. Vom feinen Staub musste ich husten.

Irgendwie hatte ich mir den Neustart etwas… radikaler und vor allen Dingen schneller vorgestellt. Das hier kam mir nicht richtig vor. Etwas stimmte nicht. Es fühlte sich falsch an. Als hätte sich gar nichts verändert…

„Wir müssen hier raus! Alles stürzt zusammen", schrie Tobi panisch und stürzte auf den engen Höhlenausgang zu. Grob riss der Tierfelljäger ihn zurück, um sich selbst als erstes in Sicherheit zu bringen. Mit einem erschrockenen Aufschrei fiel die Wanderseele gegen Elisabeth und warf sie mit um. Beschützend griff Silberstreif nach meinem Arm.

Plötzlich zerbrach der Boden unter uns und wir stürzten alle in die Dunkelheit.

Grummelnd blinzelte ich. Mein Kopf fühlte sich ganz wattig an. Verschwommen hörte ich Stimmen. Es klang panisch und aggressiv und… Aua! Hinter meiner linken Schläfe pochte es gewaltig! Immer noch ziemlich benommen drückte ich meine Hand dagegen, was nicht wirklich half.

„Es hat nicht funktioniert", hörte ich Tobis ernüchterte Stimme ganz in der Nähe. In meinem Kopf gab es eine kleine Zeitverzögerung, bevor seine Worte wirklich angekommen waren und ich sie richtig verstand.

Der Neustart war fehlgeschlagen. Hatte es an meinem Zögern gelegen? Oder war es von Anfang an zum Scheitern verurteilt gewesen?

Eigentlich hatte ich es doch schon gleich gewusst. So konnte es nicht gehen. Wir brauchten eine bessere Verbindung zum Abgrund und der Energie, die wir nutzen wollten. Genauso wie ich, als ich aus Versehen mit dem Energieriss in Berührung gekommen war. Und wir brauchten reine Seelen. Eine echte Schattenseele und eine echte Lichtseele.

Vielleicht hatten wir dann eine Chance. Vielleicht war es aber auch einfach das Schicksal des Abgrundes, zu zerbrechen und alles mit sich zu reißen…

„Na wen haben wir denn da?", hörte ich eine raubtierhafte Stimme, viel zu nah hinter mir. Erschrocken fuhr ich herum. Keinen Schritt von uns entfernt stand eine Frau, im typischen Schwarz der Schattenseelen mit tierischen, gelblichen

Augen. Doch da war noch mehr, sie hatte so eine Ausstrahlung… Die Kälte kroch mir bis in die Knochen. Als wäre ich erfroren, starrte ich sie einfach nur an.

„Lanio", keuchte Elisabeth voller Entsetzen. „Oh! Schlaues Kind!", spöttisch applaudierte die gelbäugige Frau und ließ ihren tödlichen Blick über uns schweifen.

„Darf ich raten? Also, du bist eine Nebelseele, du auch, du hast dieses kleine, freche Leuchten. Lichtseele. Du bist eine Wanderseele und das erbärmliche Häufchen dahinten war wohl mal einer von uns. Was für eine bunte Zusammenkunft!", der Reihe nach zeigte sie mit ihren klauenartigen Fingern auf uns und schlug am Ende mit diesem falschen Raubtierlächeln die Hände zusammen.

Was hatte sie mit uns vor? Würde sie uns töten? Warum dann dieses Spielchen?

„Habt ihr gedacht ihr könntet euch verstecken?", fragte sie uns, immer noch mit diesem sadistischen Funkeln in den Augen, doch dann blieb ihr Blick an mir hängen und ihr Ausdruck veränderte sich.

Erkenntnis breitete sich auf ihren Gesichtszügen aus und das war noch viel schlimmer. Wenn sie wusste wer ich war… Weiter konnte ich nicht denken.

„Du bist deiner Oma wie aus dem Gesicht geschnitten", bestätigte sie meine Befürchtung und legte lauernd ihren Kopf schief: „Wie schön dich hier zu treffen." Scheiße! Sie gehörte bestimmt zu denen, die den Abgrund öffnen wollten und das hieß für mich… Letzte Chance vorbei.

In ihrer Hand bildete sich ein schwarzer, flackernder Schatten, wie dunkle Flammen. Konnten die Schattenseelen schwarzes Feuer hervorrufen?! Oder war das einfach nur ein besonders geformter Schatten? Würde der Kontakt damit mich verbrennen? Sollte ich so sterben?

„Bye, Bye", mörderisch grinsend wackelte Lanio mit den Fingern ihrer nicht brennenden Hand. Dann richtete sie das schwarze Feuer direkt auf mich! Plötzlich flammte direkt vor mir eine leuchtende Mauer auf. „Lauf Jolanda! LAUF!", schrie mich Silberstreif an.

Panisch lief ich los. Unter meinen Füßen rutschten die Felstrümmer und meine Fußgelenke bekamen Saures, doch ich blieb nicht stehen. Hinter mir hörte ich einen markerschütternden Schrei. Silberstreif? Meine Gedanken waren wie betäubt.

Mit der Fußspitze blieb ich an einem der Steinbrocken hängen. NEEIIIN! Haltlos glitten meine Finger durch die Luft. Bei dem Versuch mich noch irgendwie abzufangen, riss ich mir beide Handflächen auf. Verdammt tat das weh! Doch das war gerade echt nicht mein größtes Problem.

Angsterfüllt schaute ich zurück. Lanios Raubtierblick lag auf mir, aber sie bewegte sich keinen Zentimeter. Worauf wartete sie? Oh Gott! Direkt vor ihren Füßen löste sich Silberstreif auf… Sie war gestorben… Für mich…

Auf einmal hörte ich über mir ein Pfeifen. Mit einem ganz, ganz miesen Gefühl schaute ich hoch. Oh oh! Hinter mir stand ein Mann in Schattenseelenschwarz und schaute auf mich herab! Alles war umsonst gewesen!

Grob packte mich der düstere Mann und zerrte mich zurück auf die Beine. Vor Angst erstarrt glotze ich ihn einfach nur an. Ich…

Plötzlich gab es wieder so einen Lichtblitz, wie auch kurz vorm Einsturz. Wieder konnte ich für einen Wimpernschlag nichts mehr sehen und alles flimmerte. Dann hockte da völlig selbstverständlich eine fette Katze auf dem Felsen, der mich zu Fall gebracht hatte!

Häh?! Was war denn jetzt hier los?!

Grinsend zwinkerte mir die schwarz-weiße Katze zu. Das war doch ein schlechter Witz! Ich musste halluzinieren!

„Lichtseelen?", hörte ich Tobi atemlos. Warte. Kannte er diese Geister nicht? Aber ich dachte diese Gruppe wäre die einzige gewesen! Waren uns diese Seelen als letzter Lichtblick zur Hilfe gekommen? Gab es immer noch Hoffnung?

Ganz langsam blinzelte mich diese schräge Katze an. Was wollte die von mir?

Schlagartig setzte wieder das extreme Leuchten ein und es fiel mir wie Schuppen von den Augen: Sie hatte mir zeigen wollen, dass ich meine Augen schließen sollte. Schnell holte ich das nach. Es war so hell, dass ich das Rot meiner Augenlider sehen konnte. Selbst mit geschlossenen Augen wurde ich geblendet!

Jemand zog an meinem Arm, aber nicht so brutal, wie ich es von den Schattenseelen erwartete, also entschied ich mich, diesem Jemand blind zu vertrauen. Holprig wurde ich über die ganzen Felsen geführt. Ohne etwas sehen zu können, war es noch schwerer nicht zu stürzen, doch wie durch ein

Wunder schaffte ich es durch dieses Trümmerfeld ohne mir das Genick zu brechen.

Vage konnte ich eine leise Unterhaltung hören und jemand jaulte wütend. War das Lanio? Regte es sie auf, dass wir ihr so einfach entkommen waren? Irgendwie kam mir das sogar fast schon zu einfach vor. Nur mit ein bisschen Flutlicht eine mörderische Schattenseele austricksen, klang doch eher wie ein Witz.

Schließlich erlosch das Licht erneut. Vorsichtig blinzelte ich. Um mich herum war alles ganz pechschwarz. Ein kleines Beben ließ den Boden zittern und jetzt, da ich doch eigentlich den schwierigsten Teil schon geschafft hatte, fiel ich um wie ein gefällter Baum.

Reflexartig stützte ich mich mit meinen Händen ab. Verwirrt runzelte ich die Stirn. Eben hatte ich sie mir doch wund geschürft... Ungläubig tippte ich mit meinen Fingern gegen meine Handflächen. Alles war verheilt...

„Das ist Lichtseelenmagie. Kann ganz nützlich sein", kam es von einer ungewöhnlichen Stimme ganz in der Nähe. Unsicher schaute ich mich um, wenig erfolgreich, für mich war nach wie vor alles nachtschwarz.

„Wie habt ihr uns gefunden?", war das Tobi? Ich glaube schon. Er hatte es also auch geschafft! „Wir haben nach euch gesucht. Dennoch war es eher ein Zufall, dass wir auf euch aufmerksam geworden sind. Über dem Eingang zu diesem Tunnelabschnitt ist ein leuchtender Fisch geflogen", antwortete diese merkwürdige Stimme fast schon amüsiert.

Ein leuchtender Fisch? Konnte es sein, dass unsere Wusch-Maschine den Lichtseelen den Weg gezeigt hatte?! Die unnötige, scherzhafte Bastelei hatte uns gerettet! Ich glaub's nicht!

Na ja, vielleicht war es noch ein wenig früh von einer Rettung zu reden. Wenn ich so darüber nachdachte, war Rettung insgesamt nicht so das passende Wort. Immerhin waren wir nur vor dieser gelbäugigen Mörderin geflohen, um alles selbst zu beenden. Diese Gewissheit verpasste meiner Erleichterung einen gehörigen Dämpfer.

„Aber Lanio! Sie ist doch eine der stärksten Schattenseelen überhaupt! Sie war die gefürchtete Jaguar-Anführerin! Wie...?", setzte die Wanderseele an und schon lieferte unsere mysteriöse Helferin eine Erklärung: „Ein paar andere Lichtseelen haben mit ihr eine seelische Gemeinschaft gebildet, sodass ihr Geist ein wenig abstrakt geworden ist, um es einfach auszudrücken."

„Genug geplaudert. Ziehen wir es endlich durch, bevor eure tolle Abstraktion nicht mehr wirkt!", das war Elisabeth! Sie war auch noch da! Nur Silberstreif hatte es nicht geschafft... Schleichend konnte ich in der Dunkelheit schemenhafte Gestalten erkennen. Hier waren auch Energierisse in den Wänden, wegen der Lichtüberdosis hatte ich sie zuerst gar nicht bemerkt. Nach so einer krassen Helligkeit kam einem einfach alles andere richtig dunkel vor.

„Habt ihr Metall?", fragte ich in die Runde und ich war selbst überrascht, wie gefasst ich dabei war. „Zwischen dem Fels liegen einige Schwerter und andere metallische Waffen vom Teileinsturz der Haupthöhle. Hilft dir das?", antwortete die Stimme und etwas Warmes strich mir aufmunternd um die Beine. Redete etwa die ganze Zeit die Katze?

Obwohl, bei Zentauren und allem sollte mich das eigentlich nicht so verwundern. An diesem Ort war doch alles möglich.

„Ja, Waffen sollten dafür auch reichen, Hauptsache aus Metall. Wir müssen damit einen Kreis legen und achtete darauf, dass sich die Metallstücke immer berühren", wies ich die anderen an. Das würde mein netter kleiner Energiekreis werden.

Von allen Seiten hörte ich Metall klirren und ich wollte auch helfen. Allerdings kamen meine Mitstreiter wohl etwas besser mit der Dunkelheit zurecht als ich. Wenig hilfreich tastete ich den Boden ab und meine Ausbeute bestand aus dem Holzstiel einer Axt oder so, nur ohne die Klinge, die wir eigentlich gebraucht hätten. Echt klasse!

Dafür waren die anderen deutlich erfolgreicher. Bald schon hatten wir einen Kreis aus verbogenen Schwertern, abgebrochenen Klingen und sonstigem Schrott zusammen, der von der Form her jedoch etwas mehr einem Ei ähnelte. Trotzdem sollte es seinen Zweck erfüllen.

Mittlerweile konnte ich in der schummrigen Finsternis sogar die Silhouetten der anderen ausmachen. Warte... Da waren die Katze und eins, zwei, drei Menschen?! Wer war außer Tobi und Elisabeth noch hier?!

„Du musst mich nicht so anstarren Kleine. Wenn ich euch etwas tun wollte, hätte ich das schon längst getan", entgegnete eindeutig eine männliche Stimme, doch ich konnte sie nicht im Entferntesten zuordnen. Allerdings hatte ich so das

Gefühl, dass er nicht zu den anderen aus der Haupthöhle oder den Lichtseelen gehörte...

„Ja. Ich bin eine Schattenseele, aber das habe ich alles schon mit Lady Misstrauisch abgeklärt. Ich bin vielleicht kein Engel, aber ich bin auch kein Idiot. Es ist logisch, dass wenn der Abgrund zerbricht, er durch den Energieüberschuss einen tödlichen Dominoeffekt auslöst. Alle Schattenseelen da draußen würden mit einem Schlag ausgelöscht werden. So viel Solidarität habe ich noch. Außerdem, wer kann schon widerstehen, wenn einem der Heldentod winkt?", erklärte mir der Unbekannte und auch wenn seine Argumente durchaus schlüssig waren, traute ich ihm noch nicht so richtig. Immerhin war er eine Schattenseele, das sagte eigentlich schon alles.

„Sei lieber froh, dass ich mit euch gekommen bin, sonst würde euch ein Vertreter meines Volkes fehlen und nicht viele denken so selbstlos wie ich", fuhr die Schattenseele ziemlich selbstverliebt fort. Aber es stimmte schon, wir brauchten ihn.

„Wofür ist der Metallkreis?", erkundigte sich Elisabeth ein wenig verspätet. Normalerweise wäre so eine Frage ja vor der ganzen Arbeit angebracht gewesen, doch sie hatten wohl alle darauf vertraut, dass ich wusste was ich tat. Leider war das so nicht ganz richtig, ich improvisierte mir hier nur irgendwas zurecht.

Na ja, eine Erklärung war ich ihnen dennoch schuldig: „Ich will ihn als elektrischen Leiter für die Energie im Abgrund nutzen. Wir machen es quasi genau wie letztes Mal, nur dass wir dieses Mal nach dem Aufsagen der ganzen Reime da auf den Energiekreis treten."

„Das wird uns grillen!", mit einem Mal klang die ach so selbstlose Schattenseele gar nicht mehr angetan von unserem Vorhaben. „Ich dachte du stehst auf Schmerzen", konterte Elisabeth und verschränkte die Arme vor der Brust.

„Wenn das nicht funktioniert, haben wir keine weitere Chance. Die Energie wird uns umbringen. Bist du dir wirklich sicher Jolanda?", ernsthaft schaute mich Tobi an, oder zumindest glaubte ich das, genau erkennen konnte ich es bei den Lichtverhältnissen nämlich nicht.

„Nein, ich bin mir nicht sicher", antwortete ich ehrlich: „Aber ich halte es für unsere beste Chance."

Wie zur dramatischen Untermalung gab es wieder ein Beben, dieses Mal heftiger.

Nicht weit entfernt donnerten Steine runter, bei uns waren es zum Glück nur maximal kieselsteingroße Stückchen. Breite Risse taten sich im Fels auf und in manchen leuchtete die Energie.

Nah an der Wand wurde ein noch voll intaktes Langschwert beschienen. Entschieden ging ich darauf zu. Zumindest sollte mein Gang entschieden aussehen, durch die wackligen Steine, über die ich staksen musste, wurde er jedoch eher zittrig und inkompetent.

Direkt vor dem Langschwert blieb ich stehen, allerdings wurde diese Bezeichnung der Waffe bei Weitem nicht gerecht. Dieses Schwert war nicht nur lang, es war gigantisch! Wie kämpfte man mit so einem Teil?! Das war doch voll unhandlich!

Egal. Hierfür war es perfekt.

„Uns bleibt sowieso nicht viel Zeit", mit diesen dramatischen Worten hievte ich das Schwert hoch. Es war nicht so schwer, wie es aussah, aber immer noch ein ordentlicher Brocken. Einen Moment stand ich einfach so mit dem Schwert in beiden Händen da, dann überlegte ich es mir doch anders und legte es wieder hin.

Ohne auf die verwirrten Blicke der anderen zu achten, und die schauten mich ganz bestimmt an wie eine Irre, schlüpfte ich aus meinen Schuhen und zog sie stattdessen auf meine Hände. Unter meinen Füßen spürte ich rau den Felsen und all die kleinen Steinchen zwickten in meiner Fußsohle.

Etwas umständlich hob ich das Schwert erneut auf, wobei die Schuhe nicht gerade hilfreich waren. Dafür zahlten sie sich beim zweiten Schritt aus.

Behutsam legte ich das Langschwert so, dass es den Metallkreis quasi zerteilte und somit für die Neustart-Zeichen-Optik sorgte. Nachdem das geklappt hatte, schob ich es vorsichtig mit der Spitze direkt in einen Energiespalt.

Sofort sprang der Funke über und ich bekam trotz Schuh-Schutz noch ordentlich was ab. Scharf zog ich die Luft ein und plumpste auf mein Hinterteil.

„Jolanda!", besorgt lief Elisabeth zu mir rüber. „Mir geht es gut", winkte ich lässig mit meiner Schuh-Hand ab. Trotzdem war ich dankbar, dass mir die Nebelseele wieder auf die Füße half.

Erwartungsvoll betrachtete ich meinen elektrischen Leiter. Und wurde ziemlich enttäuscht. Durch das Erdbeben eben hatten sich die Metallstücke offensichtlich ein wenig verschoben, denn die zuckenden, kleinen Energieblitze erreichten einen großen Teil unserer improvisierten Metallform nicht.

„Tobi? Könntest du vielleicht mit dem Fuß…", statt meine Bitte zu Ende zu formulieren, wackelte ich seltsam mit meinen Händen rum. Auf jeden Fall verstand mich die Wanderseele und stupste wenig begeistert mit der Fußspitze die verrutschten Metallstücke an. Bei seiner zögerlichen Art war nicht schwer zu erkennen, dass er nicht scharf auf einen Stromschlag war.

Dann stand die Verbindung und der etwas ovale Kreis erstrahlte in glühender Energie. Sah schon krass aus. Nur die Vorstellung da draufzutreten war nicht so verlockend.

„Also? Seid ihr dabei oder nicht?", richtete ich mich an die Runde. Im zuckenden Licht konnte ich bleich die Gesichter der anderen erkennen. Keiner von ihnen sah begeistert aus, durch die flackernden Blitze wirkten sie eher so wie Totenköpfe…

„Bringen wir es hinter uns", meinte die Schattenseele mit einem Stöhnen inklusive Augenrollen. Ich traute diesem Kerl ja immer noch nicht. Irgendwie erwartete ich, dass er jeden Moment eine Waffe hervorzog und uns alle tötete.

Mit einem großen Schritt nahm ich meinen Platz im Energiekreis ein, dabei bekam ich zwar keinen Stromschlag, aber sämtliche meiner Haare stellten sich von der elektrischen Ladung auf und meine Hose knisterte. Der direkte Kontakt versprach spaßig zu werden.

„Tobi? Kannst du nochmal die Sprüche aufsagen?", bat ich unser Abgrund-Lexikon. Eigentlich sollte ich mich von eben noch daran erinnern, die Betonung lag auf eigentlich, jetzt war kaum noch was da. Vielleicht war mein Gedächtnis ja noch nie so prickelnd gewesen, vielleicht lag es aber auch nur daran, dass in den letzten paar Minuten so unglaublich viel passiert war. Egal. Es änderte nichts.

Nachdem uns die Wanderseele wieder zigmal die Zeilen vorgesagt hatte, zitierten wir es genau wie eben. Dann zögerten wir einen Herzschlag. Niemand von uns war wirklich bereit diesen letzten Schritt zu gehen. Ein letztes Mal schaute ich jedem von ihnen ins Gesicht, selbst von der Schattenseele verabschiedete ich mich stumm.

Irgendwie hatte dieser Moment etwas Feierliches an sich, auf eine kalte, leere Art und Weise. Tief holte ich Luft und nickte den anderen zu. Steif hob ich mein Bein. Alles in mir schrie danach es nicht zu tun, zu leben. Noch könnte ich einen Rückzieher machen…

Schrill maunzte die Katze und auch Elisabeth schrie gequält. Sie hatten den Kreis betreten. Ich musste es zu Ende bringen, ein für alle Mal.

Entschieden stellte ich meinen immer noch schuhlosen Fuß auf den harten Schwertknauf. Sofort spürte ich wie die Energie durch meinen Körper zuckte. Alles in mir krampfte sich zusammen und ich hatte das Gefühl zu verbrennen. Heiser schrie ich auf oder war es vielleicht doch der Schrei eines anderen? Ich konnte es nicht sagen. Der Schmerz verzehrte alles und dieser letzte Herzschlag fühlte sich an wie eine Ewigkeit.

Kapitel 23 – Ilka

Durch dieses geisterhafte Chaos kam ein kleines, weißes Irgendetwas auf uns zu gerast. Löffel. Er hatte es so eilig, dass er vom Schwung gegen die Trommel krachte, was einen volleren Klang ergab, als alles was ich fabriziert hatte.

„Wir haben uns mit Boudica in Kontakt gesetzt und sie ist bereit die Wanderseelen frei zu lassen, falls sie dich mit deinem Körper verbinden. Ihre Freiheit dafür, dass sie ihr großes Ziel aufgeben. Es ist riskant aber...", der weiße Hase warf einen vielsagenden Blick über die Schulter: „Wir können nicht länger warten, es wird nur schlimmer."

Wer hatte denn jetzt Recht?! Ja! Genau! ICH! Genau das hatte ich doch von Anfang an gesagt! Aber nein, die Lichtseelen mussten ja unbedingt bis auf den letzten Drücker eine ruhige Kugel schieben. Wenigstens waren sie jetzt endlich bereit zu handeln. Hatte ja auch lange genug gedauert.

„Wann geht es los?", erkundigte ich mich vollkommen nüchtern. Irgendwie war es fast schon eine Erleichterung, dass endlich etwas passierte, auch wenn das in diesem Fall den potenziellen Weltuntergang bedeutete. Und unpassenderweise fühlte ich dabei so eine klare Ruhe. Ich war vollkommen konzentriert und fokussiert.

„Wir werden deine Seele weiter verdichten. Du hast dann quasi die Erscheinung eines kleinen Lichtes. Auf diese Art sollte es möglich sein, deine Energie auch außerhalb unseres Ortes aufrecht zu erhalten. Sobald das geschehen ist, bringen wir dich zum letzten versteinerten See. Dorthin wird auch Boudica mit den Wanderseelen und Titus kommen", erklärte mir Löffel den Plan.

Gefasst nickte ich. Das klang doch ganz handfest. Ob es wirklich die Lösung für alle Probleme war, wenn ich an meinen Körper gebunden wurde, war eine andere Sache...

„Hat mich gefreut euch kennengelernt zu haben", verabschiedete ich mich sachlich von den tierischen Musikern. „Lass dein Licht immer weiter leuchten!", fest umarmte mich die Vogelfrau. „Ihr auch", meinte ich, auch wenn es bestimmt eine gängige Lichtseelenerwiderung für diesen Abschiedsgruß gab und tätschelte ihren gefiederten Rücken.

Tja, ich war nun mal keine Lichtseele.

Mit eiserner Entschlossenheit wandte ich mich wieder vom bunten Orchester ab: „Ich bin bereit." Zielsicher führte mich

Löffel über die Ebene, direkt zu ihrem außergewöhnlichen Sturmportal. In Zugrichtung stellten wir uns vor den wirbelnden Trichter und ließen uns von ihm aufsaugen.

So im Wind herumgewirbelt zu werden, fand ich immer noch nicht lustig. Genau wie letztes Mal klammerte ich mich fest an Löffels flauschiges Pfötchen. Im Tornado verloren zu gehen war das Letzte, was ich jetzt gebrauchen konnte.

Als sich die peitschenden, weißen Luftmassen wieder auflösten, sah ich für einen Wimpernschlag den weißen Fels einer Klippe. Frisch hörte ich das Rauschen der Wellen. Und dann waren mein pelziger Kumpane und ich erneut im Verhandlungsraum der Lichtseelen.

Um den Buch-Tisch hatten schon die gleichen Verdächtigen wie letztes Mal Platz genommen. „Soll ich wieder auf den Tisch?", irgendwie schaffte ich es sogar diese alberne Frage seriös klingen zu lassen. Ernst nickten die Versammelten.

Na gut, dann mal los. Mit einem großen Satz sprang ich auf den speziellen Tisch und thronte quasi über allen. Damit ich nicht ganz so seltsam von oben herabschaute, setzte ich mich in den Schneidersitz. So fühlte ich mich auch gleich viel ernsthafter und einfach der Situation entsprechend.

Nur einen Wimpernschlag später wurde alles wieder in dieses gleißend, weiße Licht getaucht. Ein kleinwenig ungeduldig wippte ich mit dem Fuß. Vielleicht sollte ich versuchen zu meditieren, das wäre doch ein gebührender Abschied von diesem Leben. Ein Augenblick der Marke ich-bin-eins-mit-dem-Universum.

Umgeben von Licht versuchte ich all meine Gedanken und Gefühle loszulassen, um mich voll und ganz auf diesen Moment einlassen zu können. Das hier waren der perfekte Ort und auch der perfekte Zeitpunkt für sowas.

Trotzdem funktionierte es nicht. Aufgewühlt zogen meine Gedanken hin und her. Ich musste an all meine schönen Erinnerungen als Geist denken und daran, dass ich all meine Freunde hier für Jahre nicht sehen können würde.

Und dann war da natürlich noch die altbekannte Angst, ob die Verschmelzung mit Titus klappen würde. Dieses Ritual hatte keine besonders umwerfende Erfolgsquote. Was, wenn unsere Seelen es nicht zuließen? Oder schlimmer, wenn Titus nicht genug Energie für uns beide hatte und ich ihn umbrachte? Und der Abgrund. War das wirklich die Lösung?

Würde er trotzdem zerbrechen? War unsere Zeit vielleicht einfach vorbei?

Unterm Strich hatte sich meine eiserne Ruhe von vorhin in unruhige Rastlosigkeit verwandelt. Was für ein gebührender Abschied...

Schließlich verglühte das Speziallicht und erst jetzt wurde mir bewusst, dass ich nicht mehr im Schneidersitz saß. Irgendwann im Laufe meiner chaotischen Gedanken hatte ich mich wieder in einen glühenden Ball verwandelt.

Damit könnte ich als Irrlicht auftreten oder bei Partys die Beleuchtung spielen. Ich vermisste meine Hände und Beine, einfach meinen ganzen Körper jetzt schon! Aber es war ja so oder so nicht für lange...

„Löffel und ich werden dich begleiten", verkündete die alte Frau und erhob sich. Nur zwei Lichtseelen? Die Grenzen des Abgrundes waren so labil wie nie zuvor! Es wäre gut möglich, dass die Seelen dort auch Einfluss auf die Geschehnisse hier nehmen konnten. Zu dritt konnten wir uns nicht verteidigen, besonders ich als kleiner Energieklumpen nicht!

„Du weißt, dass wir eine friedliche Gemeinschaft sind", entgegnete die Friede-Freude-Eierkuchen-Oma. „Pummelchen hat mich einmal vor meiner wahnsinnigen Freundin gerettet, als sie mich gerade erstechen wollte", warf ich als gestaltloses Irgendwas ein: „Außerdem stehen die Chancen doch nicht einmal schlecht, dass die Welt bald untergeht. Was habt ihr schon zu verlieren?"

„Man sollte nicht immer vom Schlimmsten ausgehen, damit verpasst man so viele wunderschöne Möglichkeiten", bekam ich wieder mal einen Motivationsspruch zu hören, dieses Mal von einer Echse: „Wir schützen uns bis zum Schluss."

„Ich weiß, dass du gerne diskutierst, aber wir haben jetzt keine Zeit dafür, wir müssen los", holte mich Löffel zurück ins Hier und Jetzt. Er hatte Recht, ich durfte mich nicht in solchen Debatten verlieren, während der Abgrund im Begriff war die ganze Welt in den Tod zu reißen. Dafür war gerade wirklich keine Zeit.

Ohne uns länger mit Diskussionen aufzuhalten, die im Endeffekt sowieso zu nichts führen würden, schwebten wir als Weltretter-Trio durch die Wand und von dort beim kleinsten Lufthauch direkt in den Reisesturm. Als hätte es eine Lichtreise nicht auch getan.

Während uns die hellen Luftmassen umwirbelten, hatte ich das enorme Bedürfnis mich an einer der Lichtseelen festzuhalten, doch als Leuchtkugel ging das schlecht. Irgendwie fühlte ich mich ein bisschen ausgeliefert.

Endlich löste sich der Sturm auf und ich erkannte die Aschelandschaft inklusive zerfallener Villa und versteinertem See. Wirklich ein trauriger Anblick der Zerstörung. Doch etwas war anders als beim letzten Mal: Ein Netz feiner Risse überzog den See und dünner Rauch stieg auf.

Manchmal konnte man in den zarten, grauen Schwaden schemenhafte Gesichter erkennen und ein klagendes Flüstern lag in der Luft. Kein besonders gutes Zeichen. Zwar gab es hier nicht diese flackernden Geister, aber eine heile Welt sah definitiv anders aus.

Wo waren Boudica und die Wanderseelen? Hatte es Schwierigkeiten gegeben? Wir waren doch weiß Gott nicht schnell hier aufgetaucht. Wofür brauchten sie so lange?

Auch meine stoisch positiven Begleiter wirkten unruhig. Wir wussten alle was auf dem Spiel stand. Bei dieser Kulisse wäre es ja auch schwer zu übersehen.

Auf einmal verstärkte sich der Nebel am steinigen Seeufer. Erleichtert atmete ich auf, zumindest tat ich es geistig. Sie kamen endlich! Oder auch nicht. Vor uns bildete sich nicht Boudicas Gestalt im Nebel sondern Meike! Und neben ihr tauchten Wilhelm und Laila auf! Fuchszahn! Meine engsten Freunde hatten sich versammelt!

Vorsichtig wichen die beiden Lichtseelen ein Stück zurück.

„Ilka?", fragte Meike unsicher und schaute auf mich herab. Zur Bestätigung versuchte ich ein wenig heller zu leuchten oder zumindest einmal auf und ab zu hüpfen als Nachahmung eines Nickens, doch nichts wollte wirklich funktionieren.

Zum Glück fand Löffel seine Sprache wieder und sagte schlicht: „Ja."

„Ich kann's kaum glauben!", fast sprachlos ging meine beste Freundin vor mir in die Knie. „Bei uns, bei den Schattenseelen, bei den grünen Seelen und jetzt auch noch bei den Lichtseelen, du hast wirklich die Bezeichnung Weltenbummler verdient", mit einem ungläubigen Lächeln schüttelte Laila den Kopf: „Wenn ich an deinen ersten Tag denke: Eine völlig überforderte Jungseele und jetzt… Jetzt geht es für dich zurück."

„Weißt du noch bei unserem ersten Treffen?", schwelgte auch Fuchszahn in Erinnerungen: „Ich hab dir geholfen diesen Katzenspion zu machen... Damit habe ich wohl ganz das richtige Tier getroffen. Du musst auch mindestens sieben Leben haben, so oft wie du dem Tod schon von der Schippe gesprungen bist... unglaublich!"

Natürlich musste auch Wilhelm etwas sagen, allerdings tat er es sehr... auf seine Weise: „Ich wünsche dir ja keinen frühen Tod als Mensch, aber irgendwie ja doch." Ein einfaches: „Ich werde dich vermissen", wäre für ihn wohl viel zu nett gewesen.

Gerne hätte ich ihnen auch ein paar liebe Worte geschenkt, aber kein Wort der Welt konnte das, was hier gerade los war, wirklich fassen. Mal abgesehen davon, dass ich sowieso mal wieder nicht sprechen konnte.

„Huhuu!", flötete eine altvertraute Stimme hinter uns, unverkennbar Boudica. Doch bevor sie wieder eine ihrer verrückten Shows abziehen konnte, richtete sich Meike erneut beruhigend an mich: „Wir werden gleich alle gemeinsam zu Titus aufbrechen. Ich habe ihn mit dem Klassiker Tastaturen-Nachricht-aus-dem-Jenseits kontaktiert. Er ist auf dem Weg zu dir ins Krankenhaus."

Ich war ihr so dankbar, dass sie für mich da war, dass sie alle für mich da waren.

„Ähm... Ilka ist ein... Licht", stellte Liam fest. Bei dieser schönen Zusammenkunft hatte ich fast vergessen, dass sie ja auch mit im Boot waren. „Stellt das ein Problem dar?", sonst hörte man diese Worte ja immer auf ziemlich aggressive Art und Weise, doch Löffel schaffte es dabei so unschuldig und ruhig wie sonst niemand zu klingen.

Auch wenn ich meine Freunde am liebsten noch eine Ewigkeit angestarrt hätte, wandte ich meinen Blick jetzt auch auf die Wanderseelen. Liam, Uwe und Gabi standen dort in Handschellen, na ja, es waren Gänseblümchen-Kränze, die um ihre Handgelenke gewickelt waren. Hoffentlich hatte Boudica sie mit irgendeinem Zauber oder einem versteckten Mechanismus verstärkt. Im Ernstfall würden uns ein paar Blümchen ganz sicher nicht schützen.

Neben ihnen stand noch Theo, natürlich ohne irgendwelche blumigen Sicherheitsmaßnahmen. Sein Gesichtsausdruck war ganz leer. Jolandas Opfer machte ihm immer noch zu schaffen. Verständlich.

„Normalerweise wird bei dem Ritual eine Blutverbindung durch die Hände hergestellt… Das könnte hier etwas schwerer werden", überlegte Liam unsicher. „Aber ihr Mann ist doch auch in Menschengestalt. Da könnten wir doch die Blutverbindung herstellen", dachte Gabi weiter. „Bis jetzt wurde das Ritual noch nie auf diese Weise durchgeführt", gab Uwe skeptisch zu bedenken.

„Wir werden es versuchen!", stellte Meike eisern klar. „Wollt ihr wirklich alles mit Füßen treten, was wir erreicht haben?!", versuchte Uwe die anderen gegen uns aufzuhetzen. „Robin hat uns für die Schattenseelen ausgenutzt. Wie gut kann die Öffnung des Abgrundes da schon sein?", entgegnete Gabi verletzt.

Bevor der hasserfüllte alte Mann weiter gegen uns angehen konnte, hatte Boudica ihm schon einen Strauß Blumen in den Mund gesteckt. Auch eine Lösung.

Insgesamt trat unser Orakel heute auf wie das blühende Leben. In ihrem grünen Haarturm hatte sie gleich drei Vogelnester inklusive zwitschernder Vögel. Als Oberteil war sie ziemlich freizügig nur mit einem Bikini aus grünen Blättern unterwegs. Dafür hatte sie ein weißes Hermelin über ihren Schultern liegen und zwar ein lebendes. Ihr Rock bestand aus allen möglichen bunten Blumensorten und hatte als „Gürtel" eine Schlange, die demonstrativ mit ihrer gespaltenen Zunge züngelte. Sehr stylisch. Und weil natürlich auch das Schuhwerk passen musste, hatte sie sich für zwei Blumentöpfe entschieden, obwohl das beim Gehen ganz bestimmt nicht angenehm war. Aber wer schön sein will muss leiden.

Selbst ihre ulkig abgedrehten Outfits würden mir fehlen. Boudica war wirklich ein Schatz, auf ihre Art. Sie schaffte es immer wieder einen zu überraschen und sogar nach all der Zeit brachten mich ihre verrückten Einfälle immer wieder zum Schmunzeln.

Irgendwie fiel es mir mit jeder Minute, die verstrich, schwerer loszulassen.

Dichter Nebel bildete sich um uns und das geborgene Gefühl einer Nebelreise setzte ein. Hatte Meike sich schon genug erholt, um uns alle gleichzeitig zu transportieren? „Ich bleibe hier und halte ein Auge auf den Abgrund. Viel Glück Ilka", hörte ich Wilhelms Stimme, die mit dem Rest der Welt verblasste. Viel Glück mein Freund.

Vielleicht würde Elisabeth ja in den Schwaden über dem Abgrund auftauchen. Vielleicht hätte sie dieses Mal mehr Zeit sich zu verabschieden. Ich würde es den beiden so gönnen. Doch wir bekamen nun mal nicht immer das, was wir uns wünschten.

Als sich der Nebel lichtete, erschien um uns ein typisches Krankenhauszimmer. In meinem Leben war ich wirklich schon oft genug an diesem Ort gewesen, dem irgendwie das Gefühl von Krankheit anhaftete.

Dann sah ich wer im Krankenbett lag und für einen Moment fühlte es sich an, als hätte man die Zeit zurückgedreht und es wäre wieder damals, als ich das erste Mal in meinen Körper zurückgekehrt war. Doch dort war nicht ich, sondern Jolanda.

Sie sah so friedlich aus, fast so als würde sie einfach nur schlafen... und nie wieder aufwachen.

„Ich dachte du würdest sie vielleicht gerne nochmal sehen, falls...", Meike beendete den Satz nicht und das musste sie auch nicht. Mir war bewusst, dass eine ganze Menge schiefgehen konnte. Angefangen mit dem Ritual bis hin zum absoluten Kollaps.

Einen Moment schaute ich meine Enkelin einfach nur an. So gerne hätte ich meine Hand ausgestreckt und ihren Arm getätschelt oder durch ihre Haare gestrichen oder sie sonst wie berührt, schlicht um die Illusion zu haben, ihr nahe sein zu können.

„Wir sollten weiter", erinnerte mich Laila sanft. Wäre ich in meinem Körper hätte ich jetzt wahrscheinlich wie in Trance genickt, so schwebte ich jedoch nur mit den anderen mit, als sie wie eine Trauergemeinschaft durch die Wand schritten.

Keine Ahnung ob mein Zimmer weit entfernt war oder nicht. Alles zog irgendwie an mir vorbei, ohne mich richtig zu erreichen. Jetzt ging es um alles oder nichts und... ich fühlte mich so leer.

Und dann standen wir da, vor dem Krankenbett in dem mein ruhender Körper lag. Immer noch war es befremdlich mich so losgelöst zu sehen, als wäre ich kein Teil von mir selbst...

Neben meinem seelenlosen Ich stand Titus und hielt meine schlaffe Hand.

Allein sein Anblick reichte, um mir dieses warme Gefühl von Vertrautheit und Geborgenheit zu geben. Wenn ich heute sterben musste, dann wusste ich wenigstens, dass ich umgeben war, von den Seelen, die ich liebte.

„In Ordnung. Wir sollten versuchen Ilka mit ihrem Körper zu überlagern und dann… führen wir das Ritual durch?", Liam wirkte ja sehr kompetent. Mithilfe der Lichtseelen erledigte ich schon mal den ersten Schritt der räumlichen Überlagerung, das änderte allerdings nichts daran, dass da nach wie vor keine Verbindung zwischen mir und meinem Körper war.

„Ich hätte ein paar Tränke, die vielleicht helfen könnten. Normalerweise trinkt man sie aber… kann ich sie einfach… über sie schütten?", unschlüssig nahm die Brauerin mit den kupferroten Haaren ein paar Fläschlein mit interessanten Flüssigkeiten hervor.

Ich war schon dankbar, dass ich das Zeug nicht wirklich trinken musste. Nach einem Nicken der beiden Lichtseelen-Experten wurde ich stattdessen darin gebadet und ich konnte spüren wie sie wunderbar geschmacksneutral ein Teil von mir wurden. Ansonsten merkte ich jedoch leider keine ausschlaggebende Veränderung.

Womöglich brauchten sie ja einfach ein bisschen Zeit zum Wirken oder die Verbindung baute sich so schleichend auf, dass man es gar nicht bewusst wahrnahm. Zumindest hoffte ich, dass es einer dieser beiden Fälle war. Es gab ja immer noch die unschöne Möglichkeit drei: Lailas Tränke wirkten schlicht und ergreifend überhaupt nicht.

„Ich sage Titus was er zu tun hat", mit diesen Worten stellte sich Meike direkt neben meinen Mann und schloss konzentriert die Augen. Wahrscheinlich hatte sie vor, ihre Stimme auch in dieser Dimension hörbar zu machen, kein leichter Trick, aber das nette Tastaturschreiben ging ohne Tastatur eben schlecht.

Stück für Stück erklärten die Wanderseelen das Ritual, wobei Uwe besonders am Anfang einiges an empörtem Stöhnen und Murmeln von sich gab.

Zuerst kam die Sache mit dem Handflächenschnitt. Praktischerweise spürte ich davon nichts, auch wenn es trotzdem kein schöner Anblick war, zuzusehen wie der eigene Körper verletzt wurde, egal wie behutsam der Verursacher auch vorging. Zum Glück hatte Titus sein Schweizertaschenmesser immer dabei, ansonsten wäre es wahrscheinlich etwas kompliziert gewesen hier im Krankenhaus eine geeignete Klinge zu finden. Wir konnten ja schlecht ein Skalpell aus einem Operationssaal klauen.

Nachdem der blutige Teil erledigt war, folgten die rituellen Formeln. Allerdings sagte Titus sie etwas ungelenker als Theo damals bei Jolanda, doch er hatte ja auch nicht Jahrzehnte gehabt, um sie zu studieren.

Unruhig wartete ich darauf, dass ich irgendetwas spüren würde. Vielleicht ein Ruck oder ein Prickeln oder die Last der Schwerkraft. Fehlanzeige. Die ganze Zeit blieb ich ein glühendes Etwas, das aus meiner Brust leuchtete.

Schließlich sprach Titus die letzte Zeile nach und... Nichts passierte. Es hatte nicht gewirkt! Was sollten wir jetzt tun? Einfach einen zweiten Versuch starten und einen dritten und einen vierten, so lange bis alles zusammenbrach? Das war unsere einzige Chance gewesen!

Plötzlich verschwand alles. Nein, nicht alles, ich konnte spüren, dass da was war, doch es war seltsam formlos. Energie. War das das Ende? Irgendwie fühlte es sich so ruhig an. Fremde Energie floss durch mich hindurch und wurde zu meiner. Sanft hielt mich das Leben fest. Hatten wir womöglich die ganze Zeit versucht etwas zu verhindern, dass nicht einmal schlimm war?

Instinktiv zog es mich zu der Energiequelle hin. Nur ein kleiner Teil sickerte zu mir durch, aber ich wusste, dass da noch viel viel mehr war. Es war als würde ich durch die Lücke zwischen den Latten eines Zaunes hindurch linsen, das Einzige was mich von der Energie trennte. Um mehr zu bekommen, musste ich die Latten nur rausreißen. Selbst in meinem geschwächten Zustand fiel mir das kinderleicht.

Ich könnte wieder ganz werden, stark werden. Aber... Irgendetwas stimmte hier nicht. Das Ganze war zu einfach.

Schlagartig umgab mich pure Finsternis und ich spürte eine Hand, die meine hielt! Der Geruch von Desinfektionsmitteln! Noch nie war ich so froh gewesen ihn zu riechen! Und diese Last auf meiner Brust! In einen materiellen Körper gezwängt zu sein! Ich könnte platzen vor Glück!

Schwach blinzelte ich. Meine Augen brauchten einen Moment, bis sie ihren Dienst wieder erfüllten, dann sah ich ihn, meinen Mann, wie er liebevoll auf mich herab lächelte. Es waren keine Worte nötig, ich bezweifelte sowieso, dass ich die Energie aufgebracht hätte, um sie zu formen. Dieser Moment war einfach nur perfekt.

Wankend stand Titus da. Die Verbindung hatte ihm viel abverlangt. Schrappend kam ein Stuhl durch den Raum gezischt und er ließ sich dankbar darauf sinken. Danke Meike. Unglaublich glücklich schaute ich ihn an und für einen Herzschlag war die Welt wieder in Ordnung.

Kapitel 24 – Jolanda

Hustend tauchte ich auf. Ich hatte mich übel am Wasser verschluckt und wahrscheinlich wäre ich wieder untergegangen, wenn mich nicht jemand festgehalten hätte. Immer noch nach Atem ringend schaute ich über die Schulter. Es war...
„Elisabeth!", hörte ich eine Stimme, die sich vor purer Freude überschlug.

Was war passiert? Der Abgrund... Der Stromschlag... Und jetzt?

Blauer Himmel spannte sich über uns und die Sonne schien wärmend. Wo waren wir? Träumte ich vielleicht?

Ungläubig schnappte Elisabeth nach Luft und drehte sich um, mich nach wie vor schützend im Arm. Spritzend lief jemand durch das Wasser auf uns zu. Wilhelm? Aber das konnte doch alles nicht sein! Oder war der Abgrund etwa zerbrochen und das hier waren jetzt die letzten Augenblicke bevor alles am Überfluss von Seelen kollabierte?

Dafür wirkte es hier echt ziemlich ruhig und friedlich. Warte... Hinter dem stürmischen Krieger konnte ich die zusammengefallene Villa sehen! Wir waren im See der Nebelseelen... Der eigentlich versteinert sein sollte. Ich verstand gar nichts mehr!

Völlig durchnässt erreichte Wilhelm uns. Auf seinem Gesicht lag ein Leuchten, das ich noch nie zuvor bei ihm gesehen hatte. Überwältigt streckte er die Hand nach Elisabeth aus. Mich ignorierte er vollkommen. Trotzdem war es mega seltsam zwischen den beiden zu hängen.

Dezent befreite ich mich aus dem Griff der Abgrundseele und paddelte zur Seite. Selbst dabei zuzusehen, wie sich die beiden anhimmelten und so berührt waren, dass sie kein Wort hervorbrachten, wirkte unangebracht.

Als ich so in der Gegend rumschaute, entdeckte ich auch Tobi, Pummelchen und die Schattenseele im See treiben. Häh? Auf ihren Gesichtern sah ich etwa die gleiche Verwirrung wie bei mir und die beiden Turteltäubchen wären sicher auch verwirrt, wenn sie nicht gerade so sehr mit sich selbst beschäftigt wären.

„Vielleicht hat uns die Energie vom Neustart wiederbelebt", überlegte die schwarz-weiße Katze bedächtig. „Ist das denn möglich?", ich wagte kaum es zu glauben. „Das kann ich nicht sagen", legte sich die pelzige Lichtseele nicht fest.

„Es fühlt sich aber verdammt so an. Ich verschwinde hier!",
mit diesen Worten setzte die Schattenseele zu einer Schat-
tenreise an und tappte damit prompt in eine Fesselfalle, sodass er schön verschnürt ins Wasser klatschte.

Auch wenn er zu der weniger netten Fraktion gehörte, tauchten Tobi und ich sofort nach ihm. Er hatte mit uns das Ritual
vollzogen. Irgendwie wäre es da falsch, ihn jetzt fallen zu lassen. Gemeinsam brachten wir ihn wieder an die Wasseroberfläche.

Der düstere Typ hatte schon recht, es fühlte sich wirklich real
an, lebendig. Tief atmete ich die frische Luft ein und genoss
für einen Herzschlag den Sonnenschein. Wütend fing unser
schattiger Kamerad an sich zu beschweren.

Wortlos zog ich meine Häkelnadel hervor und fing an die Fäden zu entwirren, was sich kombiniert mit dem Schwimmen
als gar nicht so leicht erwies. Vielleicht wäre es klüger gewesen, ihn ans Ufer zu schaffen und dann erst zu befreien.
Doch für eine Planänderung war es jetzt ein bisschen zu
spät.

Irritiert schaute mir die Schattenseele bei der Arbeit zu.
Scheinbar hatte er nicht damit gerechnet, dass ich ihm einfach so helfen würde.

Schließlich hatte ich den letzten Faden erreicht und Pummelchen setzte gekonnte ihre Kralle zum Zertrennen ein.

„Du bist mit uns durch den Abgrund gegangen. Das ist schon
in Ordnung. Allerdings würde ich an deiner Stelle deinen Abgang etwas ruhiger angehen, noch einmal hole ich dich nicht
raus", meinte ich mit einem kleinen Lächeln.

Gedankenverloren sah ich der Schattenseele dabei zu, wie
er mit einem undefinierbaren Murmeln, das vielleicht sogar
ein Dankeschön war, durch das Wasser pflügte und sich trie-
fend vom Acker machte.

Bei mir war immer noch nicht ganz angekommen, was das
alles bedeutete. Wie ein drückender Schatten war da die Erinnerung an den Abgrund. Irgendwie kam es mir ganz weit
entfernt vor und alles war so... unwirklich. Diese Welt hingegen war so bunt und kraftvoll, einfach lebendig.

„Wollen wir nicht auch mal aus dem Wasser?", fragte uns
Pummelchen mit diesem grinsenden Unterton. „Oh Pummelchen! Ich bin so froh, dich wiederzusehen!", fest drückte ich
die nasse Katze an mich und sackte kurz unter die

Oberfläche. Schnell brachte ich mich mit ein paar kräftigen Beinschlägen wieder nach oben.

Im Abgrund hatte ich gar nicht mehr gewusst, dass sie für mich gestorben war und jetzt lebte sie wieder und ich lebte wieder und Elisabeth und Wilhelm waren glücklich! Tränen stiegen mir in die Augen und ich fing doch tatsächlich an, vor Freude zu weinen!

Mit einem lauten Jubeln ließ ich mich spritzend nach hinten ins Wasser fallen. „ICH LEBE!", rief ich laut aus und ich schmeckte das Wasser und die Luft, ich schmeckte das Leben! Total aufgedreht ließ ich meine Zunge raushängen und fing die Tropfen mit ihr auf. Lachend klatschte ich meine Hände auf die Wasseroberfläche wie ein kleines Kind. Noch nie hatte ich mich so befreit gefühlt! Ich liebte Wasser! Ich liebte es! Ich liebte es! Ich LIEBTE es!

Plötzlich wurde ich von starken Händen unter Wasser gedrückt. Prustend kam ich wieder hoch. „Das ist dafür, dass du so eine kleine Nervensäge bist!", sagte Wilhelm, doch dabei sah er beim besten Willen nicht böse aus. „Was...?", setzte ich an und wurde von ihm sofort wieder untergetunkt. „Aber...", und nochmal.

Hey! Ich hatte Wasser in der Nase! Das brannte!

Bevor er es noch ein viertes Mal tun konnte, legte Elisabeth den Arm um ihn und lächelte: „Lass sie in Ruhe." Augenblicklich nahm er die Hände von meinen Schultern und schlang sie stattdessen um seine Freundin, mit der er ja lange genug eine Fernbeziehung hatte führen müssen.

Er beugte sich zu ihr, um ihr einen Kuss zu geben und die beide gingen unter wie die Titanic. Lachend tauchten sie wieder auf und er wollte einen zweiten Versuch starten, doch sie legte ihm einen Finger auf den Mund.

„Du wolltest doch noch etwas anderes erledigen", erinnerte sie ebenfalls mit diesem glückseligen Strahlen. „Wir sollten alle ins Krankenhaus", obwohl er damit wahrscheinlich auch mich meinte, hatte er immer noch nur Augen für seine verloren geglaubte Liebe.

„Alles klar und...", sie ließen mich nicht ausreden, sondern griffen einfach beide nach meinen Armen. In dieser Dreiecksformation starteten sie dann eine Nebelreise. Aber klar doch, warum sollte man mich auch beachten?!

Aber ich war gerade viel zu gut drauf, als dass ich ihnen dafür hätte böse sein können.

Unser fröhlicher Schwimmausflug verwandelte sich in die nüchterne Krankenhausumgebung. Hier herrschte ja eine richtige Versammlung! Und im Zentrum stand das Krankenbett auf dem meine Oma lag und daneben mein Opa, mit ihr Händchen haltend, auf einem Stuhl. Sie war wach! Sie war nicht tot!

Mir war egal, wie das möglich war, ich freute mich einfach nur so unglaublich. Schon überkam mich die nächste Welle Freudentränen. Alle waren hier. Boudica, Fuchszahn, Laila, die Wanderseelen und… „Theo!", rief ich und rannte auf ihn zu. Dabei blieb mein Fuß irgendwie im Boden hängen und ich segelte mit ausgestreckten Armen auf das graue Linoleum zu. Doch er fing mich auf.

Für einen Wimpernschlag schaute ich ihn einfach nur an, überwältigt, dass er da war. Nach diesem magischen, fassungslosen Moment schlang ich meine Arme so fest um ihn, wie ich konnte. Ich wollte spüren, dass er echt war. Und er ließ mich auch spüren, dass ich echt war.

„Du erdrückst mich!", presste ich hervor. Sofort ließ er etwas lockerer, aber loslassen wollte er mich noch nicht und ich genauso wenig.

Vor Glück am Überlaufen schloss ich meine Augen und lehnte meinen Kopf an seine warme Schulter. Irgendwie hatten wir es geschafft und wo Asche war, würde Neues wachsen.

Epilog

„Möchtest du etwas Seife in deinen Tee?", trällerte Boudicas Stimme und nur einen kleinen Augenblick später kam der Seifenspender aus dem Badezimmer durch die Tür geschwebt.

Lächelnd schüttelte Ilka den Kopf. Manche Sachen änderten sich wohl nie. „Nein Boudica, ich mag meinen Tee immer noch am liebsten pur, aber danke", grinsend hob sie ihre Tasse, als würde sie dem schrulligen Orakel zuprosten.

Es war ein wunderschöner Nachmittag für ein Kaffeekränzchen mit seinen imaginären Freunden. Zumindest könnte man sie für imaginär halten, wenn Jolanda nicht einen Anschluss für Geistergespräche installiert hätte, der die Geräusche aus der Geisterwelt perfekt übertrug.

Nur manchmal gab es kleine Störgeräusche wie ein unheimliches Knacken und Rauschen, was jedoch gut zu einer geisterhaften Spuk-Stimmung passte.

Das unscheinbare Kästchen mit Trichter, das schon eine gewisse Ähnlichkeit mit einem Grammophon hatte, stand mitten auf dem Küchentisch. Um die Verbindung herzustellen, hatte Jolanda auch noch einen Zwillingsapparat in der Geisterwelt angefertigt.

Jetzt saß sie jedoch gemütlich mit ihren beiden Großeltern am Küchentisch und genehmigte sich ein schön saftiges Stück Pflaumenkuchen mit einer extra Portion Sahne. Dabei behielt sie misstrauisch den nach wie vor schwebenden Seifenspender im Auge, denn auf eine zusätzliche extra Portion Seife konnte sie gut verzichten.

„Weißt du noch wie wir gemeinsam Kuchen gebacken haben?", flüsterte Theo ganz nah neben ihr und eine wunderschöne Sammlung von Erinnerungen an diese verrückte Aktion schwappte durch ihre Verbindungen zu ihr rüber.

Jolanda konnte gar nicht anders als grinsen. Alles war einfach so schön! Friede, Freude, Eierkuchen! Oder wohl eher Pflaumenkuchen.

„Nehmt euch ein Zimmer!", stöhnte Meike genervt auf. Irritiert schaute Jolanda auf und von Ilka und Titus bekam sie einen ziemlich unangenehmen Blick zu geworfen, unter dem sie feuerrot anlief. Dabei hatten Theo und sie doch nur in lustigen Erinnerungen geschwelgt! Sie hatten nichts getan!

„Nein! Nicht die beiden! Die da!", Ilkas älteste Geisterfreundin hatte wohl mal wieder vergessen, dass sie nur akustisch übertragen wurde und es nichts brachte auf jemanden zu zeigen.

„Entschuldigung", sagte Elisabeth mit einem fast schon nervösen Lachen. „Du musst dich für nichts entschuldigen", versicherte Wilhelm ihr liebevoll.

Aha, um dieses Pärchen ging es also. Eigentlich nicht verwunderlich. Seitdem Elisabeth aus dem Abgrund zurückgekehrt war, waren die beiden einfach unzertrennlich.

Es war immer wieder aufs Neue süß, sie bei solchen Treffen zu erleben, besonders weil Wilhelm wirklich wie ausgewechselt war. Außer er redete doch einmal mit jemand anderem als Elisabeth, dann zeigte sich wieder sein etwas bissiger Humor. Bis er sehr schnell wieder nur Augen für seine Geliebte hatte.

So viel Verliebtheit die ganze Zeit um sich zu haben, konnte sicher nerven. Ilka hatte vollstes Verständnis für ihre Freundin.

Mit einem Klatschen landete der Plastikseifenspender auf dem Boden und platzte auf. Leicht zähflüssig lief die grüne Limetten-Seife auf den Boden und erinnerte ein wenig an Pflanzenseelen-Rotze. Zumindest stellte Ilka die sich so vor. Grün, duftend, konnte zu schillernden Blasen werden. Klang doch ganz nach diesem verrückten Völkchen.

„Jolanda?", forderte ihre Oma sie mit einem zuckrigen Lächeln auf. „Warum ich? Meine Seele ist letztens noch durch den Abgrund gewandert und das ganze Krankenhauszeug danach war auch die Hölle. Ich verdiene eine Pause", entschieden lehnte Jolanda sich zurück und aß den Rest von ihrem Kuchenstück.

„Meine Seele war energielos in einem mechanischen Katzenkörper, dann in einem Grashalm und zum Schluss ein Glühball. Außerdem müssen Titus und ich uns die Energie teilen, wir dürfen uns nicht überanstrengen", argumentierte Ilka mit einem jugendlichen Funkeln in den Augen.

„Ein Neustart vom Abgrund ist doch viel schlimmer, als deine kleine geisterhafte Reise", erwiderte Jolanda gespielt ernsthaft. „Das war schon eine Aktion", stimmte Elisabeth ihr zu und in ihrer Stimme hörte man regelrecht das bedächtige Nicken.

„Ihr habt beide die Prophezeiung erfüllt und die Welt wieder ins Gleichgewicht gebracht. Ihr habt euch beide eine Pause verdient", meldete sich jetzt auch Pummelchen ruhig und kurz darauf war eindeutig ein schlabberndes Lecken zu hören.

Fasziniert schaute Titus dabei zu, wie die schmierige, grüne Seifenpfütze immer kleiner wurde. Angewandte Geistermagie war immer wieder ein ungewohnter Anblick.

Schließlich hatte Pummelchen alles gesäubert. „Und? Hat es geschmeckt Lord Voldemort?", benutzte Boudica mal wieder diesen völlig unpassenden Spitznamen. Als Antwort schallte ein saftiger Rülpser aus dem Geister-Grammophon. Zeitgleich ploppten aus dem Nichts jede Menge Seifenblasen.

Völlig gelöst lachte Jolanda auf und alle anderen stiegen mit ein. Von Pummelchen kam ein Rülpser nach dem anderen und durch die ganze Küche schwebten schillernde Seifenblasen.

Es war wunderschön. Für dieses Leben hatte sich alles gelohnt.

Und ein letztes Mal sage ich hier Danke.

Es ist ein unglaubliches Gefühl jetzt am Ende dieser Reise zu sein. Aufgelöst war mein allererstes Buch. Über etwa vier Jahre hat mich die Gelöst-Trilogie jetzt begleitet und irgendwie ist es auch seltsam sie nun loszulassen, allerdings auf eine sehr schöne Art und Weise.

Besonders vermissen werde ich wohl Boudica mit ihrer absolut schrägen Art. Mit ihr habe ich wirklich viel Spaß gehabt und bei ihren Outfits konnte ich meiner Fantasie voll und ganz freien Lauf lassen. Aber auch alle anderen Charaktere sind mir sehr ans Herz gewachsen, ja, selbst der Interficientis mit seinem diabolischen Zahnpasta-Werbung-Grinsen.

Und ich möchte jeder Seele, die bis hierhin gekommen ist, dafür danken, dass sie sich mit mir in diese Welt voller Geister, Magie und Gefahren gewagt hat.

Ebenfalls ein dickes Dankeschön hat sich Nigella verdient, die auch diesem dritten Band sein wunderschön mysteriöses Gewand gezaubert hat.

Natürlich müssen hier auch meine Freunde, meine Familie und meine Katzen genannt werden. Was wäre ich für ein Mensch, wenn ich mich nicht für ihre Unterstützung und Geduld bedanken würde?

Also Danke, Danke und Danke.

Ihr wollt wissen, wie alles begann?

Aufgelöst- Hinterm Nebel liegt die Wahrheit

ISBN: 978-3-7481-5878-3

Durch einen Busunfall fällt Ilka ins Koma und ihre Seele löst sich von ihrem Körper. Plötzlich ist sie eine lebende Tote in der Welt der Geister und das sorgt für einigen Wirbel. Ziemlich überfordert schlittert sie von einem Schlamassel in den nächsten und spielt zwischendurch in ihrem echten Leben ein bisschen Poltergeist.
Aber was, wenn sie nie wieder aufwacht? Und welche unheilvollen Geheimnisse schlummern in der Vergessenheit des Todes?

Eingelöst – Der Sturm zieht auf

ISBN 978-3-7519-9784-3

Jolanda ist Ilkas Enkelin und hat in ihrer Kindheit von ihr jede Menge Geschichten über die Geisterwelt erzählt bekommen. Trotzdem ist sie alles andere als vorbereitet, als sie Jahre später von einer Gruppe Wanderseelen entführt wird, weil diese der festen Überzeugung sind, dass Jolanda der Schlüssel zum Öffnen des Abgrundes ist. Schlagartig wird ihr Leben vollkommen auf den Kopf gestellt, nicht zuletzt durch den warmherzigen Theo.
Und während Jolanda versucht ihre beiden Leben unter einen Hut zu bekommen, spitzt sich die Lage immer weiter zu.

Ihr habt Lust auf mehr Fantasy?

Mephisto – und die Wette um mein Herz

ISBN: 978-3-7557-9899-6

Greta braucht keinen neuen Mann, doch Mephisto sieht das anders. Der Teufel aus Goethes Drama geht mit ihrer Tochter eine Wette ein - mit keinem geringeren Einsatz als deren Seele. Für die Deutschlehrerin ist klar, dass sie sich nicht verlieben darf.
Doch schnell ist dieser Teufelspakt nicht mehr ihr größtes Problem, denn Mephisto hat sich einige Feinde gemacht...

Die vergessene Plage

ISBN: 978-3-7562-1214-9

Amelias Leben ist ein ziemliches Chaos, aber was soll man auch erwarten, wenn man zu den elf Ägyptischen Plagen gehört, inklusive üblem Familienkrach, die beste Freundin eine Todsünde ist und man sich zu allem Überfluss auch noch verliebt? Und dann ist da noch die Apokalypse… Klasse.

Und für kleine Abenteurer:

Die Bougoslavien-Kinderbuchreihe

Band 1 – Eine Welt der Katzen
ISBN: 978-3-7504-6243-4

Band 2 – Im Winterwonderland
ISBN: 978-3-7528-9241-3

Band 3 – Winter ade
ISBN: 978-3-7504-8151-0

Band 4 – Wer Wind sät, erntet Sturm
ISBN: 978-3-8391-1725-5

Band 5 – Durch den Monsun
ISBN: 978-3-7519-0555-8

Band 6 – Der schwarze Kater
ISBN 978-3-7534-7653-7

Band 7 – Blumige Bedrohung
ISBN 978-3-7534-3615-9

Band 8 – Verloren im Großstadt-dschungel
ISBN: 978-3-7543-0450-1

Band 9 – Die Kühe sind los
ISBN: 978-3-7543-0413-6

Band 10 – Geschenke des Himmels
ISBN: 978-3-7543-1120-2

Band 11 – Ein Fisch namens Wanda
ISBN: 978-3-7557-7247-7

Band 12 – Stille Wasser sind tief
ISBN: 978-3-7543-6028-6

Band 13 – Löwenherz kennt kein Schmerz
ISBN: 978-3-7543-7807-6

Band 14 – Fluch der Katzibik
ISBN: 978-3-7543-8370-4

Band 15 – Tanz auf dem Vulkan
ISBN: 978-3-7543-0881-3

Spezial – Ein verspuktes Halloween
ISBN 978-3-7526-1119-9

Spezial – Abenteuer im All
ISBN: 978-3-7557-2662-3